西尾維新
NISIOISIN
Illustration
take

斬首循環

藍色學者與戲言玩家

目次

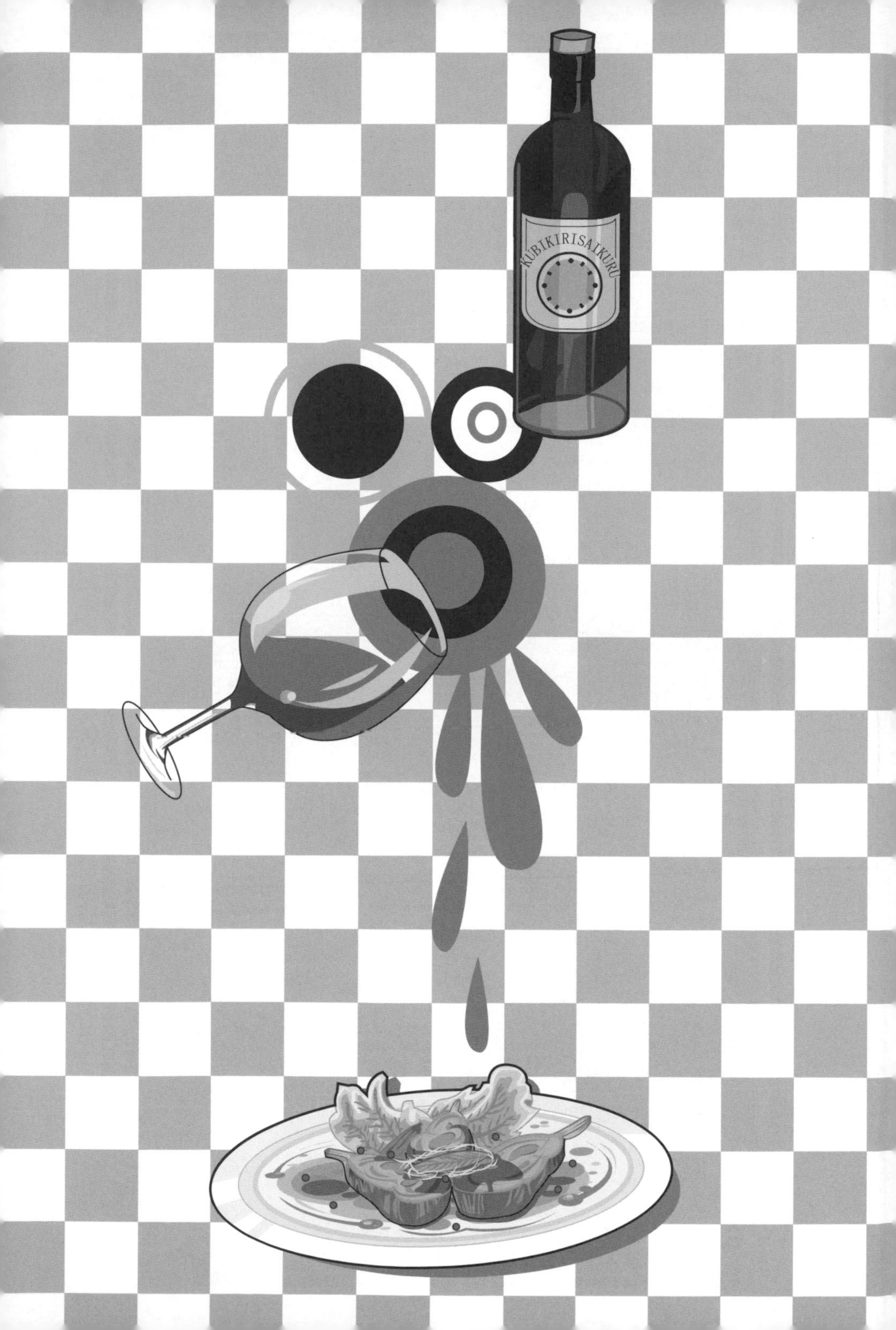
KUBIKIRISAIKURU

登場人物簡介

赤神伊梨亞（AKAGAMI IRIA）——鴉濡羽島的主人。

班田玲（HANDA REI）——女僕領班。

千賀彩（CHIGA AKARI）——三胞胎女僕・長女。

千賀光（CHIGA HIKARI）——三胞胎女僕・次女。

千賀明子（CHIGA TERUKO）——三胞胎女僕・三女。

伊吹佳奈美（IBUKI KANAMI）——天才・畫家。

佐代野彌生（SASHIRONO YAYOI）——天才・廚師。

園山赤音（SONOYAMA AKANE）——天才・七愚人。

姬菜真姬（HIMENA MAKI）——天才・占卜師。

玖渚友（KUNAGISA TOMO）——天才・工程師。

逆木深夜（SAKAKI SHINYA）——伊吹佳奈美的看護。

我（旁白）——玖渚友的陪同者。

哀川潤（AIKAWA JYUN）——人類最強的承包人。

多一項才能，比少一項才能更危險——

——尼采

我（旁白）
玖渚友的陪同者。

「能夠有自覺、有意識地將別人當作踏腳石的人，實在是相當可怕哪。」

會嗎？

我倒認為不自覺、無意識地將別人當作踏腳石，藉善意和正義來踐踏他人的人更加恐怖。

「喲？哈哈，原來你是個好人啊？」

對方一陣輕笑。

幸運的是，這跟我是不是好人一點關係也沒有。這應該不是想法差異，而是生存方式本身的不同吧。無須將他人當作踏腳石就得以立足的人，以及只能生為他人踏腳石的人，兩者間存在著絕對且無法跨越的鴻溝，我想其實就是這麼一回事。

例如沒有限定風格的畫家。

例如窮究萬事的學者。

例如通曉人間美味的廚師。

例如超凡入聖的占卜師。

那座島上的她們實在太過與眾不同。

邀請者與受邀者皆是莫可奈何、所向披靡、令人望洋興嘆的異類。她們存在於伸手無法觸及的遙遠之處，距離遙遠到一般人連腳丫子都懶得伸了。

因此——

「總而言之，這根本就是所謂天才是什麼，又不是什麼的問題嘛。無能當然是一種幸福，如果天生極端遲鈍，如果遲鈍到根本不會思考生存的理由、生命的意義、生活的價值，那人間就是歡樂天堂啦！平靜、和平、安寧，芝麻小事就是大事件，大事件倒成了芝麻小事，這樣應該可以擁有啵兒棒的人生吧？」

我想一定是那樣吧。

世界對優秀很嚴苛，世界對有能很嚴苛。

世界對清白很嚴苛，世界對聰敏很嚴苛。

世界對平庸很寬容，世界對無能很寬容。

世界對汙濁很寬容，世界對愚昧很寬容。

然而，一旦理解了這個事實、明白了這個道理，一切就在此完結，是一個沒有答案的無解問題；就像那種在開始前結束，在結束時完成的故事。

例如——

「簡單地說，人的生存方式只有兩種——明瞭自我價值的低賤而生存，或者明瞭世界價值的低賤而生存，就是這兩種。不是自我價值被世界吸收，就是將世界價值同化成己物。」

自我價值與世界價值，應該以何者優先？

世上的蠢事與愚蠢的自己，究竟哪個不算太壞？

兩者間是否沒有曖昧或模糊地帶？
那裡是否有明確的基準？
或者只是二選一的選擇題？
是不是非得做出抉擇？
「從哪開始是天才？哪開始不是天才？」
從哪開始是真實？從誰開始是謊言？
從誰開始是真實？從哪開始是謊言？
那是不被容許的提問。
對方似笑非笑地問：「——那，**你又是怎樣？**」
我又是怎樣？
「你是怎麼看待這個世界？」
對於曾經待在那座島上的我來說，對於守在那抹藍色身旁的我來說。同時，對於如今面對這個人的我來說——那根本是無須思索解答的無謂戲言。
所以，我沒回答。
而是移開視線，心裡想著另一件事。
究竟這個人眼中的世界又是什麼模樣？究竟在那丫頭的眼裡，我又是什麼模樣？

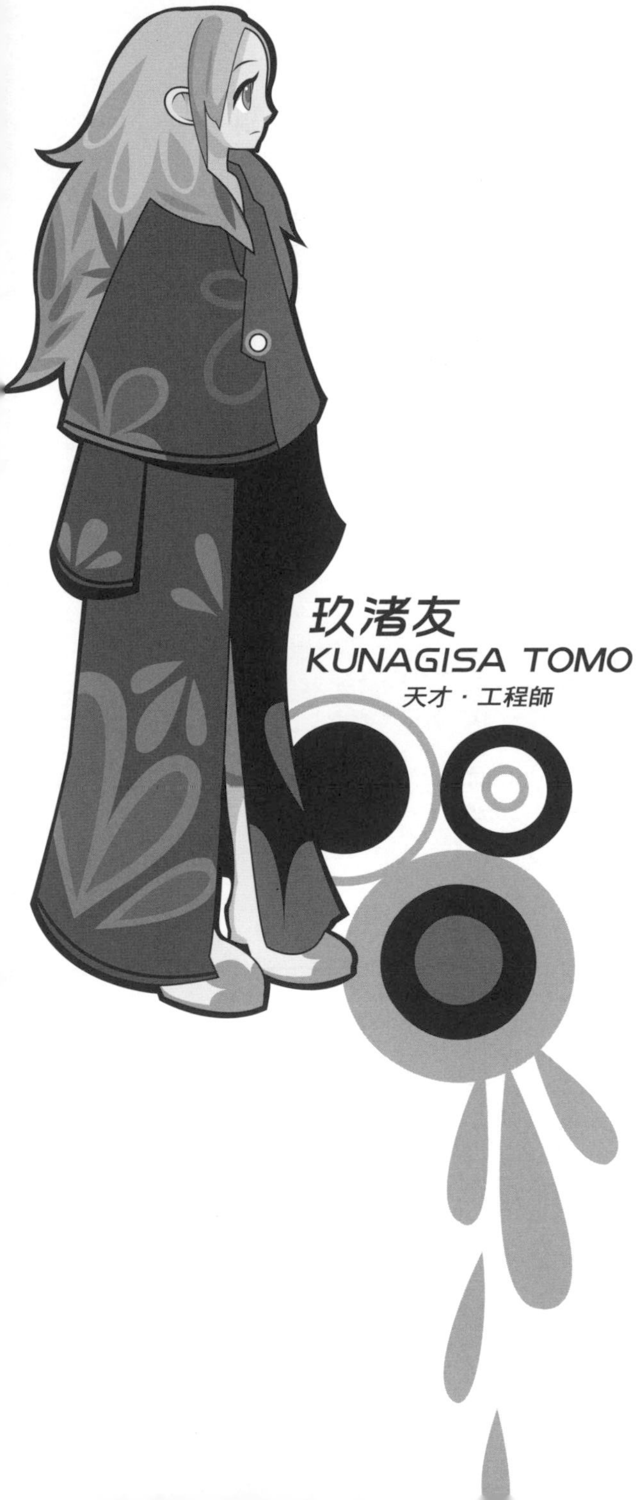
玖渚友
KUNAGISA TOMO
天才・工程師

第三天（1）——群青色的學者

別那麼慌張嘛。

反正，就輕鬆一下囉。

0

1

鴉濡羽島上的生活終於邁入第三天早晨，我一面分辨著適才的夢境與接踵而至的現實，一面幽幽醒轉。

些許晨光自高處的長型窗戶透進來，室內依舊晦暗。這個房間沒有電燈，要再晚些時候才會透亮吧。總之，現在是太陽剛昇起不久的時刻——約莫清晨六點左右吧？由生理時鐘和日出來推斷，應該是這個時間。這個推測的誤差我想不會超過十五分，但即使超過一個小時，我也絲毫不會覺得困擾。

「……起床吧。」

我一邊低喃，一邊緩緩挺起身子。

除了椅子以外別無長物的空盪房間，徹徹底底地空無一物，只在地上鋪著被褥。而挑高的天花板讓房間更顯空曠。這種「太過簡陋」的陳設不禁令人聯想到監獄，產生一種宛若死囚的心境。帶著這種感覺的甦醒，今天是第二遭了。

儘管這房間並非牢房，但它原本也不是住房，聽說這裡其實是間倉庫。我向彩小姐要了宅第裡最小的房間後，她就領我到這兒來。說是最小的房間，但已經比我租的地方寬敞許多，哎呀呀，還真令人喪氣哩。

「不……或許也沒啥好喪氣的吧？」

好啦，接下來呢？

我將思維頻率從死囚模式切換至正常模式。

我看了看手錶，想知道現在的正確時間，但液晶畫面沒有任何顯示，看來是睡覺的時候電池沒電了。不對，電池才剛換沒多久，或許是其他原因造成的故障。這樣的話，還是拜託玖渚修理比較妥當。

我轉轉剛睡醒的頭，做做簡單的柔軟操，接著步出房門。在看似高級，實際上應該也很高級的長長紅地毯上走了一會兒，來到螺旋梯附近的時候，冷不防遇見玲小姐和彩小姐。

「早安，兩位起得真早啊。」

總之，先出聲招呼表示禮貌，但她們卻只有微微頷首答禮，一語不發地擦身而過。

「……真冷淡。」

當然，她們一定正在工作，而且真要說來，我也並不是「客人」，那種程度的回應也該知足了。若想得到更大的回應，或許得伸開雙臂大喊：「呷飽沒——」，不過我也沒精力幹這種事。

班田玲小姐，以及千賀彩小姐。

她倆是在這幢宅第工作的女僕，玲小姐是領班，彩小姐是她的部屬。除了她們以外，另外還有兩名跟彩小姐地位相仿的女僕；換句話說，這幢宅第裡共有四位女僕。從宅第的主人和宅第的規模來看，四位女僕或許還嫌少，但她們似乎都是個中翹楚，將宅第維持得井然有序。

宅第的主人——玲小姐和彩小姐服侍的主子名叫赤神伊梨亞，她是這座小島和宅第的所有者，也是邀請玖渚和我至此的人物。

「啊啊……好像沒有邀請我……」

可是，彩小姐究竟幾歲呢？

從外表來看，玲小姐差不多二十七、八歲吧。對於我這種小毛頭而言，那種年齡的「女性」很難判斷，不過應該差不了多少。問題在於彩小姐，雖然不可能比我還小，但看起來實在有夠年輕；就像偶爾在鬧區看到的那種明明已經成年，卻還可以買學生票的類型。一邊半戲謔地想著不知她對比自己小的「男生」有沒有興趣（不，這真的只是戲言喔），一邊走上螺旋梯，來到二樓走廊。

目的地是玖渚的房間。

兩天前抵達這島上時，玖渚的房間當然早就預備好了，但並未準備我的房間。這也不能怪對方，要不是當天早上接到玖渚的電話，連我自己都壓根兒沒想到會來這座古怪的小島，更別說是她們了。

因此，彩小姐臨時幫我準備房間，但我還是慎重其事地婉拒了。為什麼？等我打開眼前的房門，你們大概就能夠理解其中原因。

我先輕敲兩下，接著將門拉開。

房內是一個廣大的空間，應該是純白色地毯、純白色壁紙與純白色傢俱讓空間顯得更加寬敞吧，連我也曉得白色具有擴散光線的能力。玖渚特別喜歡白色，所以**對方**特地配合她的喜好布置。房間中央放置奢華的沙發與木製茶几，挑高的天花板上掛著枝型吊燈，床舖則是中世紀貴族電影裡經常出現的那種附有頂蓋的白色大床。

「這樣睡得安穩才怪……」

因此我向彩小姐要了一樓的倉庫，不過跟纖細神經沾不上邊的玖渚友，此刻正在純白床單上好夢酣甜。

我望向牆上的華麗古董鐘（連時鐘也貼心地選用白色系），一如先前推測是六點多。我一面思考要採取何種行動，一面在床邊輕輕坐下，貪婪地享受地毯的鬆軟觸感。

這時，玖渚翻了個身。接著微微睜開眼皮。

「……唔……咦……阿伊？」

不知是否察覺到我的氣息，玖渚似乎醒了。她撥開夏威夷藍色的髮絲，用迷濛的眼神確認我的位置。「啊啊……嗯……阿伊……那個……你是來叫人家起床的啊……謝囉～」

「沒有，其實我是來催妳上床的……怎麼了？難得妳會在晚上睡覺，小友。莫非妳才正要睡嗎？」

要是那樣，我可真來得不是時候。

「唔——」玖渚輕搖玉首。

「人家應該睡了三小時左右，昨天……發生了很多事呢。阿伊，你再等人家五秒鐘。唔……唔……唔……早！好一個朝氣蓬勃的早晨哪！」

玖渚嬌小的上半身猛然從床上翻起，雙臂向前手掌向外伸著懶腰，並對我甜甜地笑著。「……唉唷，怎麼黑壓壓的？那就一點兒也不朝氣蓬勃了嘛。真討厭耶～早上起床的時候，還是希望太陽爬得高高的呀。」

「那是中午。」

「不過人家睡得很香呦。」

玖渚無視我的話，繼續說道：「人家應該是三點睡的吧？昨天發生了一些不愉快的事，所以乾脆早早上床。不愉快的時候睡大覺最好嘛，睡眠就像天神賜給人類的唯一救贖。那個，阿伊……」

「什麼事？小友。」

「你暫時別動喔。」

我還來不及表示疑問，玖渚就**猛然**一把抱住我；或許該說依偎比較恰當，她將全身重量壓在我身上。玖渚小巧的頭靠著我的右肩，兩人身體緊密貼合，玖渚纖細的手臂環繞著我的頸部。
緊緊擁抱。
可是我並沒有感到什麼重量。
「……那個，玖渚小姐？」
「充——電——中——」
她似乎正在充電。既然她這麼說，那我也不能亂動了。我放棄抵抗讓玖渚貼著。
話說回來，難道我是插座？
仔細一瞧，玖渚好像穿著大衣入睡。不論室內或室外、不管夏天或冬季，玖渚總是穿著大衣，而且是男用黑大衣。嬌小的玖渚穿起來，L號大衣的下襬幾乎快拖地了，但玖渚似乎非常鍾愛這件大衣。即使我一再勸她至少睡覺時把大衣脫掉，她依舊不當一回事，玖渚友我行我素的程度真令人吃驚。
這方面倒是跟我有一點像。
「唔……唔……唔……嗯，謝謝。」
玖渚說完，終於移開了身體。
「充電完畢，今天也好好努力唄。」
玖渚嘿咻一聲地下了床，藍色秀髮微微搖晃。她直接走向擺在對面牆壁窗戶附近的三臺電腦，那是玖渚從城咲家裡帶來的設備。三臺都是直立式，左右兩側的電腦是一般尺寸，中央的電腦則大了一號，顏色當然還是白色，我實在搞不懂玖渚為何如此喜歡白色這種容易弄髒的顏色。

電腦架呈U字型配置，中央放著一張軟綿綿的旋轉椅，玖渚舒舒服服地坐在椅子上。那種擺法似乎是為了能夠同時操作三臺電腦，可是手臂怎麼數都只有兩隻，要如何同時操作三臺鍵盤，就不在我的理解範疇內了

從後面偷偷望去，三臺電腦既不是ＡＳＣⅡ鍵盤，也不是ＪＩＳ鍵盤，更不是ＯＡＳＹＳ（註1），是很不可思議的排列法。話雖如此，我也懶得問她，對於終極工程師玖渚而言，自己做個鍵盤只不過是早餐前的休閒活動吧。

順道一提，玖渚並不使用滑鼠，她的理由是「那種東西太浪費時間」。可是，以我這種門外漢的角度來看，沒有滑鼠的電腦看起來非常不穩定、不自然。不過呢，我倒也不討厭不穩定的感覺。

「阿伊。」

「什麼事？」

「幫人家綁頭髮。」

「好。」我走到玖渚的椅子附近，取下套在手腕上的橡皮筋，幫她在左右兩邊各綁一個辮子。

「……該去洗洗頭啦，油油的都黏在一起了。」

1　富士通開發的日文鍵盤，可以使用大拇指操作Shift鍵。利用Shift鍵搭配三十個字母鍵，快速輸入日文五十音、濁音、半濁音、拗音與促音，是目前公認最有效率的日文輸入鍵盤。

「人家不喜歡洗澡。因為啊，頭髮不是會弄濕嗎？」

「那不是廢話？妳看，頭髮都變深藍色了。」

「誰會去看自己的頭？嘻嘻嘻，這樣下去就會變成群青色了。阿伊，謝囉～」玖渚說完，咬著下脣輕笑。

天真無邪、毫無防備的微笑，看得人不知所措。

「……唉，隨便妳。」

我們交談時，玖渚的手也沒有停過。簡直就像機械，用正確、固定的節拍不斷敲打鍵盤；彷彿在無意識之間，用既定方式完成既定工作。三臺顯示器飛快顯示著不明所以的英文與數字，然後又消失不見。

「才剛起床就在做什麼，小友？」

「嗯，有一點事。就算說了，你也聽不懂呦～」

「喔～是要三臺電腦才能做的事情嗎？」

我剛說完，玖渚就擺出略微複雜的表情說：「阿伊，中間這臺不是電腦，是工作站。」

「……工作站是什麼？跟電腦不一樣嗎？」

「唔咿！不一樣唷。電腦跟工作站都是以個人使用為前提，這方面確實有點像。不過阿伊，工作站的位階比較高呢。」

「啊——總而言之，工作站就是電腦裡的大王？」

我用了完全外行、簡單而愚蠢的說法。

「唔——」玖渚輕哼。

「所以阿伊，電腦就是電腦，工作站就是工作站唷。雖然都是通用計算機，還是想成完全不同的東西比較好。」

「通用計算機是什麼？」我問道。

「阿伊！阿伊真的什麼都不知道耶……」玖渚就像看見原始人般地含混說。

「阿伊，你在休士頓五年到底做了什麼呢？」

「跟妳做不一樣的事，小友。」

「喔——無所謂囉……」

玖渚側頭說完，旋即切換開關似地繼續展開作業，顯示器上的文字依舊像咒語般地飛逝。

儘管希望玖渚能夠再多跟我解釋一下工作站與電腦的區別，但我本身也不是那麼有求知欲的人，既然玖渚在忙也不好去打擾她。而且對於這個除了電腦以外就一無所知的科技宅女，要解讀她的話也挺不容易。於是我放棄追問，隨便幫玖渚揉揉肩膀，跟她借用洗臉臺，在那裡洗把臉順便也換好衣服。

「喂！小友，我去散步。」

玖渚頭也不回，只是輕飄飄地隨便擺擺手，另一隻手依然如歌唱般敲著鍵盤。

我聳聳肩，離開玖渚的房間。

2

假使我說自己很了解赤神財團，那就是天大謊言了。赤神財團並非很出鋒頭的組織，加上主要據點在關東地方，對於神戶出生、休士頓長大、現居京都的我而言，實在沾不上什麼邊。

如果要說得白一點，赤神家族從以前就是出了名的財閥。也許他們從事某方面的生意，又或者他們身處於不用做事金錢依舊滾滾來的系統，這方面並無定論，但我想也沒有深究的必要。總而言之，赤神財團就是有錢人。

不光在日本，他們在世界各地都擁有土地，這座鴉濡羽島據說也是赤神家族的不動產。

而位居鴉濡羽島中央的洋宅主人不是別人，正是赤神伊梨亞小姐。

正如她的姓氏，她是赤神財團主人的孫女。經過千錘百煉的血統證明，就算在名字後面加兩個「小姐」都不夠，道道地地的千金小姐。有朝一日會繼承鉅大財富與絕對權力，君臨於萬人之上。

只不過，因為她已經被赤神家族的主人逐出家門，所以這一切都是過去式。

逐出家門。

不知道她做了什麼好事，反正應該是做過什麼才對。據說五年前，在她十六歲的時候，就被赤神家族永久驅逐。當時，赤神家族的大當家給了她一點點的生活費（話是這麼說，但應該不是我這種低賤小市民所能想像的鉅額吧），以及零丁漂浮於日本海的這座小島。

換言之，就是流放外島。

儘管覺得那種做法太過迂腐，不過批判他人行為也稱不上聰明，更何況對方是跟自己住在不同世界的財團哪。

總之，伊梨亞小姐這五年來沒有離開這座島半步，跟四名女僕一起生活。在沒有任何娛樂、鳥不生蛋的偏僻小島過了五年，我推測那在某種意義上就形同地獄，但又有一點點類似天堂的生活吧。然而，伊梨亞小姐並沒有因此感到寂寞或煩悶。

玖渚被邀請到這座島，或許正是為了讓伊梨亞小姐消愁解悶。當然並非只有玖渚，赤音小姐、真姬小姐、彌生小姐和佳奈美小姐等人也都是為了不讓伊梨亞小姐無聊才會待在這座島上，這麼說也不誇張。

「……不對，或許這樣說有點誇張了吧。」

總而言之——

伊梨亞小姐心想，既然自己被禁止離開小島，乾脆將世界名人請來島上。如果「名人」這種說法有點偏差，或許可以這麼形容——伊梨亞小姐將所謂的「天才」邀請到宅第。既然自己無法離開，就請對方過來，是非常簡單明瞭的公式。

不論聞名與否，她不斷邀請具有才能或技術的人物到島上做客。住宿免費不說，其他一切費用也都由伊梨亞小姐負擔。非但如此，應邀者甚至還可以領取酬金，出手實在闊綽。

根據我的猜測，伊梨亞小姐是想仿效古希臘那種「沙龍」文化吧。請來各種不同的藝術家、天才進行交流，過著豐富的生活。雖然不是普通人的想法，嗯，的確是很驚人的點子。

除了宅第與森林外就一無所有的孤島，可是對於厭倦世俗的天才們而言，或許正好可以做為休養生息之地，而這個企劃似乎也相當成功。

言歸正傳。

我在荒涼的小島上信步而行，享受奢侈的森林浴時，突然在與宅第有一段距離的櫻花樹旁，遇上了深夜先生。

「啊啊……原來是你。」深夜先生舉手示意。「你起得真早啊？那個……你叫什麼名字？抱歉，我的記憶力不大好。」

個子足足比我高了十公分，穿著比我高級許多的名牌西裝，柔和的五官和柔和的語氣。身高與服裝一如形容，但深夜先生的為人是否真如外表柔和，我無從得知。我並沒有可以光憑外表判斷一個人的技術，也沒有笨到以為認識幾天就能了解對方。

「我應該還沒介紹自己的名字吧？」我聳肩回答深夜先生的問題。「我不過是玖渚友的附屬品，贈品也不需要名字吧？」

「這種想法還真是自虐哪，不過到了這座島，會這樣想也是難免的。不過，要說贈品的話，我也差不多吧。」

深夜先生苦笑。

對！不論是深夜先生或是我自己，都不過是附屬品。這是理所當然的事情，或許也沒什麼好解釋，我並非因為自己是天才而踏上這座島，被稱為「天才」的人乃是玖渚，我只不過是她的跟班。倘若玖渚沒有說：「人家要去某某小島，阿伊你陪人家一道去吧？」我這時應該在京都的兩坪小房間裡，準備去大學上課。

主角自始至終都是玖渚友。

這種事還是弄清楚比較好。

話說回來，深夜先生——逆木深夜究竟是誰的陪同者……其實她正在櫻花樹下。凝視著隨風飄散的櫻花花瓣，眼神既像在思索，又像在發愣。

金髮碧眼，讓人聯想到法國賽璐珞人偶的淡色系小禮服，以及華麗的裝飾品。單單一件首飾或一個手鐲，可能就超過我販賣自己的肝臟所得，搞不好賣光全身零件都還不夠。

伊吹佳奈美。

被稱為天才的人物。

聽說從小就不良於行，此刻也坐著輪椅。是故，深夜先生就像是她的隨身看護。

據說佳奈美小姐直到數年前為止還是雙眼失明，因此藍眼睛並不代表佳奈美小姐身上流有外國人的血統。

佳奈美小姐是畫家。

就連與那種世界毫無瓜葛的我也略有所聞，她是以**沒有**限定風格聞名於世的年輕女流畫家。我尚未親眼目睹過佳奈美小姐的作品，但如今那樣凝視櫻花，或許也是為了要畫在畫布上吧。

「佳奈美小姐在幹什麼？」

「正如你所見，那傢伙正在賞櫻，因為快掉光了。那傢伙不知為何很喜歡『瀕臨死亡』的那種短暫事物。」

島上幾乎都是常綠植物，但不知為何卻有一株櫻花樹。樹齡很長，不過一株櫻花樹孤伶伶地長在島上真的很詭異，或許是伊梨亞小姐從別處移植過來的吧。

「……聽說櫻花樹下埋有人類的屍體。」

「胡說八道！」

唉唷。

為了找話題而隨口說說，卻碰了個硬釘子。不過呢，真的是胡說八道。

「開玩笑的。」深夜先生笑言。

「就我個人來說，那種傳說比較適合梅樹……不，這種時候應該說是神話而非傳說吧……哇哈哈。未成年！島上的生活還習慣嗎？今天應該是第三天吧。咦……你們預定在這座島上待多久？」

「一個星期，所以還剩四天。」

「喔……那真是可惜了。」深夜先生意味深長地說。

「可惜什麼？」

「也沒什麼啦，一個星期以後，伊梨亞小姐看上的人物會到島上來。不過既然你們四天以後要離開，應該也見不到面吧？所以我才說『可惜』。」

「啊啊，原來如此。」

我一面頷首，一面暗忖——

看上的人。意思就是天才一類嗎？

「已經有了廚師、占卜師、學者、畫家和工程師，這次會是什麼人呢……」

「不知道，我也沒有細問，反正好像是樣樣都會的人喔！聽光小姐說，好像不是單一專家，而是全能者……聰明絕頂、知識淵博，連運動神經都很發達的人。」

嗯——看來真是一個不得了的人。即便是誇大不實的謠言，一旦出現那種謠言，就知道那個人絕非一般人物。若說我不感興趣，或許也是個謊言。

「見個面應該也沒什麼損失吧？要不要延長停留期間？伊梨亞小姐也一定會很高興吧？」

「這個提議是不壞啦……」我的臉上定然浮現苦澀的神情。「但老實說，這座島令人喘不過氣來，我是指對於我這種凡人而言。」

我剛說完，深夜先生就「哇哈哈哈哈！」地縱聲狂笑。

「喂！喂！喂～喂～喂～喂～喂～未成年！你該不會那個吧？就是對佳奈美跟赤音小姐她們感到自卑感？」

自卑感。雖然沒有像他形容的那麼露骨，我的感受應該跟那很接近吧。深夜先生砰砰地拍了我的肩膀。

「不用為了**那種傢伙**感到自卑，懂嗎？堅強點！兄弟。就算是佳奈美——」

他瞥了一眼櫻花樹下的佳奈美小姐。

「——就算是赤音小姐、彌生小姐或者玖渚，跟咱們猜拳三次，頂多也只能贏一次吧？真姬小姐就是例外了。」

「這種說法只會令人更沮喪……」

而且深夜先生竟連自己的雇主都用「那種傢伙」來稱呼。看來，佳奈美小姐跟深夜先生的關係雖非水火不容，或許也稱不上融洽。

「這跟才能這種東西啊一點關係都沒有，我反而覺得沒有才能比較好。才能這玩意兒啊，無聊死了。」

「這話怎麼說？」

「要是有了那種麻煩東西，不就非得努力不可？凡人反倒樂得輕鬆。我相信『不用鑽研』絕對是優點。」深夜先生聳肩嘲諷。「好像有點離題了……總之你們晚一點離開，也不會有什麼損失，我個人覺得啦。搞不好那個全能者連猜拳都可以贏過咱們所有人。」

「嗯……我會跟玖渚討論看看……」

這種事情不是附屬品可以擅自決定的。

「我想也是。」深夜先生說。「……看來你跟我還挺像的。」

他深深凝睇我的雙眼。

那是非常令人不舒服的視線。彷彿被人從身體內部打量般的那種不適感。

「……像？我跟深夜先生？哪裡？是指哪裡怎樣像？」

「別說得那麼嫌棄嘛……這個嘛，就是把自己想成是世界的零件，這部分覺得特別像。」

深夜先生似乎沒有繼續說明的意思，從我身上移開視線，重新望向佳奈美小姐。佳奈美小姐仍然全神貫注地抬頭看著櫻花，她周圍宛如有一種與世隔絕的超越感。難以親近，這氛圍應該用神聖一詞來形容。

「……佳奈美小姐來這裡以後，也繼續畫畫嗎？」

「或許應該說是為了畫畫才來這座島吧……那傢伙也只會畫畫，就像是為了畫畫而活，真搞不懂……」

深夜先生略顯無奈地說。然而，倘若可以百分之百相信那句話，我倒認為那是非常令人羨慕的生存方式。必須做自己想做的事，如此明確的人生，是我盼也盼不到的生存方式——對於找不到任何想做的事，或者應該做的事的我而言。

「……」

待我回過神來，一旁的深夜先生彷彿想到什麼惡作劇，臉上浮現詭異的微笑。我背脊一涼，有種不好的預感。深夜先生一副「本人剛才經由神明啟示而有所參悟」的神色，故意「啪」一聲擊掌。

「是了！反正機會難得，你要不要當當模特兒？」

我沒聽懂他的意思，一時語塞，深夜先生不理我的反應，「喂——」朝佳奈美小姐叫道：

「佳奈美！這位小哥說想當妳的模特兒！」

「……呃？等一下，深夜先生……」我總算了解事態，趕忙繞到深夜先生面前。「這樣不好啦……拜託，你就饒了我吧。」

「喂～喂～你在害什麼羞？你個性不是這樣的吧？」

「這跟個性沒有關係吧……」

老實說，我對這種事情超級不擅長，況且還是讓佳奈美小姐來畫？不論如何，那實在太過駭人聽聞。對於我的反駁，深夜先生卻只是隨口應道：「好啦好啦，別害羞了。」依舊等著佳奈美小姐的回應。

最後，佳奈美小姐改變輪椅方向，用藍色的眼眸看著我。既像在凝視，又像在估價，從頭到腳檢視一輪以後，用一種極度不耐的語氣說道：「你啊，是想要我畫你？」

這個問題實在不好回答。對象一旦換成佳奈美小姐這種天才，拒絕好像也很失禮吧。事情一旦如此發展，我就沒有抵抗力，完完全全的不堪一擊。對於在渾噩人生中與世浮沉迄今的十九歲而言，沒有改變故事劇情的能力。

「是的，萬事拜託。」我如此說道。

「嗯——」佳奈美小姐興致索然地點點頭。「那好吧，下午到畫室來。」說完將輪椅轉回櫻花樹，彷若打從心底無所謂的樣子，不過佳奈美小姐看來是答應了。

「那就拜託了，你下午有空嗎？」深夜先生不知為何很高興地說。

「有空。」我說完就匆匆離開，免得又惹上其他麻煩。

回到宅第，再度前往玖渚的房間。玖渚和剛才一樣坐在旋轉椅上對著三臺電腦（啊！是兩臺電腦跟一臺工作站才對），她似乎全副精神都集中在工作站，兩臺電腦的電源已經關了。

「小友，妳在幹麼？」

她沒有回答。

我從後面輕輕走近她，用力一拉兩條辮子。「唉唷！」玖渚尖叫一聲，終於發現我的存在。她維持那個姿勢，「哇」地一聲瞅著我。在玖渚的視野裡，我應該是倒立的吧。

「哈囉～阿伊，你散步回來了呀？」

「是啊……咦？那是麥金塔？」

玖渚前方的顯示器不知為何顯示著麥金塔的作業系統，我聽說麥金塔的作業系統只能在麥金塔電腦上運作。

「嗯，是麥金塔的ＯＳ呀，另外也有只能在麥金塔ＯＳ上運作的應用程式，是利用虛擬機器（virtual machine）起動的。」

「虛擬機器？」

「簡單地說，就是讓它誤以為這個工作站裡面有另一臺麥金塔，總之就是欺騙軟體。微軟視窗系統當然也有呀，大部分的ＯＳ這臺傢伙裡都有灌，所以它什麼事都可以做唷。」

「呃——」

實在搞不懂。

「……問一個很基本的問題，微軟視窗跟麥金塔究竟有什麼不同？」

對於這個真的很基本的問題，玖渚想了一會兒，然後回了一個基本的答案：「使用者不同呀。」

「……呃，這樣說也沒錯。嗯，這個問題就算了，我記得ＯＳ是基本軟體嘛？那這臺電腦就等於是多重人格囉？」

「真是有趣的比喻耶。」

「那麼，這臺電腦……啊，應該是工作站嗎？它最最最基本的ＯＳ又是什麼？就算是多重人格，也是有一個主要人格吧？」

「Ｇｅｏｃｉｄｅ。」

「沒聽過，跟『烏尼克士』有關嗎？」

「UNIX是唸『優尼克士』啦！阿伊既然都去美國留學了，就不要再用羅馬拼音唸英文了嘛，聽起來又很笨。唔——不過Geocide的確跟UNIX相容，是人家的朋友開發的OS唷。」

「朋友……」

玖渚的朋友，而且還是可以開發作業系統的朋友，那就只有那個「集團」的成員了，那個惡名昭彰的「集團」成員。

「……」

數年前的前世紀，在日本網路尚未普及的時期，**那個集團**出現了。不……出現這個形容詞並不正確，因為眾人根本來不及發現他們的模樣、影子，甚至是味道。他們也沒有為自己取名，都是其他人隨便稱呼他們，或許是叫「虛擬俱樂部」、或許是叫「網際恐怖活動」、或許是叫「怪客組織」、或許被稱為可以用一根斧頭創造摩天大樓的傢伙，但他們根本不在意，甚至也沒有任何反應。

完全沒有人知道他們的真面目。究竟是幾個人的集團？是由何種人物組成？一切盡在謎團中的「集團」。

至於他們做過什麼好事？

做盡了一切。

反正，他們什麼都做了。簡直找不到任何遺珠之憾，他們能做的都做了。作亂、作亂，總之就是到處作亂。我當時不在日本，因此並未親眼目睹，但據說那種作亂非常快、狠、準，甚至讓人無法察覺其目的、目標或者任何東西。從單純的駭客、破壞，到企業的顧問，甚至調停行為，聽說那時許多大企業都在他們的操控之下。

然而，他們並非只有製造麻煩。不論好壞，網路技術水平也因為他們而大幅成長，可以說是被強迫**升級**。由微觀的視野來看，固然有所損害，但由宏觀的角度來看，他們甚至帶來十倍以上的利益。

可是對「高層」而言，他們當然只不過是破壞法紀的麻煩罪犯，對於駭客和怪客們來說，他們更是除之而後快的眼中釘。是故，他們總是被排擠、被追逐，但終究沒有任何人抓到「集團」的尾巴。完全搞不清楚對方「究竟想要做什麼」，在沒有任何原因的情況下，整個「集團」在一年前的某一天突然消失，猶如熄滅的火苗般灰飛煙滅。

「……」

「唉唷，怎麼了，阿伊？忽然安靜下來。」

「不……沒什麼。」

玖渚搖晃著藍色秀髮咯咯地笑。

「……也不是什麼大事……」

如此這般，「集團」在某種意義上草草收攤。倘若說那個前無古人、後無來者的集團領袖，竟是這個不滿二十歲的無憂少女，又有誰會相信？宛如惡質笑話般的戲言，究竟有誰會相信？

但若非如此，玖渚就不會以資訊工學和機械工學專家的身分，受邀來這座島——這座清一色是天才的島。

「……怎麼可能沒有自卑感啊，深夜先生……」

「咦？你說什麼？」

玖渚突然回頭。

「戲言啦。」我回答。

「Ｇｅｏｃｉｄｅ我記得是『地球屠殺』的意思嘛……」

「嗯，我想應該是目前所有ＯＳ裡最強的，Geocide as number One——連ＲＡＳＩＳ也很完美呢。」

「總覺得妳好像是故意用專有名詞來欺負我，ＲＡＳＩＳ是什麼？」

「可靠性、可用性、可維護性、完整性、安全性的字首簡稱，當然也是英文……」

玖渚難以置信地解說。「簡單來說就是指穩定性。機器本身當然也必須具有相當性能，不過基本上它是不會當機的呦！小惡果然是天才！嘻嘻嘻～」

「『小惡』啊……好像挺親密的哪？」

「咦？吃醋了？嗯？嗯？」玖渚似笑非笑地看著我，不知為何一副開心樣。「不用擔心唷，因為人家最喜歡阿伊了。」

「是是是，真是多謝了。」

我聳聳肩，然後立刻轉移話題。

「可是，那麼好的ＯＳ為什麼沒有商品化？如果賣得跟微軟一樣好，就是一大筆財富了啊？」

「那是不成的啦。你知道『收穫遞增』嘛？既然已經差了那麼一大截，再怎麼掙扎都沒辦法扭轉局勢，生意不能只靠才能跟性能。」

收穫遞增——擁有者會擁有更多，對非擁有者而言一無可取的經濟學法則。這是很久以前學的概念，因此也記不太清楚，簡單來說它的意思就是「從現實層面來看，差距一旦造成，就不可能彌補」。不論是金錢或才能，似乎都是一樣。

「……而且小惡作完Ｇｅｏｃｉｄｅ就心滿意足了，他是光靠自我滿足就能夠滿足的人哩。」

「那還真是幸福……」

「即使不滿足，反正也不可能商品化。明明是基本軟體，要求規格卻非常驚人，真的是天文數字喔！就連人家的機器容量也很勉強。」

「喔？妳的硬碟是幾ＧＢ？一百ＧＢ左右？」

「一百ＴＢ。」

單位不一樣。

「ＴＢ……披（PICO）的相反……所以是ＧＢ的一千倍嗎？」

「不對，是一千零二十四倍呦。」

真是斤斤計較的丫頭。

「我可沒見過那種硬碟……」

「正確來說，它並不是硬碟，而是全像記憶體（holographic memory）呦。不像採用線方式記錄的硬碟，這種媒體是使用面方式記錄，以每秒兆位元的單位高速傳輸。正式上市要再過一陣子……可能還要很長一段時間吧？這是宇宙研發中心使用的儲存媒體。」

妳連那種地方都有人脈嗎？真是受不了的集團。

「除了機器容量以外，主機板也得自己重做，不然一般規格實在跑不動呢。小惡做東西不會考慮周圍，所以自然而然就變成那樣，他不會特別去配合別人喔。」

「自己做主機板……那種東西會有人自己做嗎？」

「就人家呀。」玖渚用大拇指朝自己一比。

是了，這丫頭原本就是工程師，無論是在硬體上或軟體上，都是提供「集團」夥伴「武器」的始作俑者，冷靜一想，這丫頭的本性相當頑劣。開發那種一般機器不能跑的OS或許很怪，可是配合那種東西，自己做主機板的傢伙也不大正常。

「先不管地球屠殺先生的事，妳沒想過要出售嗎？那個引以為豪的主機板？」

「人家也是光做就可以滿足的人唷。阿伊，你不是嗎？」

「呃……我也不知道。」

不論有沒有才能，人類最終可以分為兩種——追究者與創造者。先不管我是哪一種，玖渚鐵定是偏向後者。

「而且人家的錢多得花不完，又怎麼會想去賺那種東西嘛。」

「……原來如此。」

那倒也是，玖渚如今也不是非得自己去賣東西不可的平民身分。完全不是比喻，玖渚真的是揮金如土。城咲的高級大樓她就占有了兩層，沒有工作卻拚命購物的十九歲。雖然不知道有多少人比玖渚更有錢，但是花錢比她多的人也應該不多。

赤神財閥與玖渚家族的力量誰比較大，這個問題超出我的判斷範疇，但不論誰輸誰贏，即使她們花掉正常人生的九的九次方的九次方，相信財產都龐大到仍足夠找錢吧。

話說回來，玖渚也跟老家處於半斷絕關係的狀態，這點倒是跟島主伊梨亞小姐不謀而合，說不定兩人其實很相似？由這三天的經驗來看，實在不太像……但兩個人的確都很古怪，簡直不可能成為組織的一員被埋沒在集團裡。

「……」

一定是那樣吧。

要是那樣，這座島……

給她這座名為鴉濡羽的小島，代表的意思是……

玖渚再度開始敲打鍵盤。

「……我要去吃早餐，妳呢？」

「不吃！人家沒有食欲，因為發情期快到了。阿伊，你一個人去吃唄，連人家的份都一起吃唄。」

「知道啦。」我說完，走向餐廳。

3

赤音小姐在餐廳。

於是乎，我陡然緊張起來。

赤音小姐用不像日本人的優雅姿勢併起雙腿，獨自在餐廳圓桌用餐。不，她已經吃完了，現在正在享用餐後咖啡。

「啊！您早！」

用活潑開朗的聲音笑著向我打招呼的人，是在餐廳打掃的彩小姐。啊！不對，不是彩小姐，彩小姐不會活潑地向我打招呼，那樣的彩小姐並不是我的彩小姐。這麼說來——

「早，光小姐。」

我研判她是光小姐，便如此應道。似乎被我料中，光小姐笑咪咪地向我行了一個禮。

千賀彩小姐，千賀光小姐。

兩個人是姐妹，也是雙胞胎；其實應該是三胞胎，她們下面還有一個沉默寡言的妹妹叫明子。明子的視力似乎不太好，只有她戴著黑框眼鏡，因此很容易區別。但彩小姐跟光小姐從頭髮長度到穿著打扮完全相同，與其說她們**相似**，應該說兩個人**如出一轍**。

然而，相較於彩小姐，光小姐是一個爽朗而溫柔的好人，就連我這個理應不算是「客人」的跟班，都和他人一樣親切接待。

「您要吃早餐吧？請稍待片刻。」

光小姐說完，骨溜溜轉身奔回廚房。身材嬌小的人還真是靈活——我在心裡胡思亂想。

既然光小姐離開了，理所當然就變成我跟赤音小姐獨處。

我大約猶豫了$\sqrt{2}$秒，最後在赤音小姐附近的椅子坐下。儘管想要出聲招呼，但赤音小姐似乎正在思考，用若有似無的聲音不知在嘀嘀咕咕些什麼，連看也不看我一眼，她好像沒有發現我的存在。我不禁豎起耳朵，想要聽清楚她究竟在說些什麼。

「先手9六步兵……後手8四步兵……先手，相同步兵……後手8七步兵……先手8四飛車……後手2六步兵……先手3二銀將……後手9五步兵……先手4四角行……後手5九金將，後撤……先手2七桂馬……」

完全不解其意。

真不愧是屈指可數的「七愚人」，連嘀咕內容都如此與眾不同——我獨自在一旁嗟嘆，但仔細一聽，好像是日本象棋的棋譜。原來如此……蒙眼棋嗎？

而且還是自己跟自己下？這個人一大清早在做什麼？

「後手2三步兵，升變。先手，認輸。」赤音小姐說完，瞥了我一眼。「啊……我還想是誰，原來是你啊，早。」

「……您早。」

「呵呵呵，你不覺得日本象棋很難嗎？因為棋子的活動範圍比西洋棋廣……剛才我是後手，可說贏得相當辛苦。」

「啥？」

一個人下棋還有先後之分？或許赤音小姐就像海豚一樣，可以將腦部分成不同區塊。嗯～如果是赤音小姐，的確是有可能。

「你很懂日本象棋嗎？西洋棋也無妨。」

「說不上很懂……」

「是嗎？」

「我不太會解讀他人的內心。」

「是嗎？可能是吧，你看起來的確是那樣。」赤音小姐頷首。「剛才從這扇窗戶看到你在走路，早晨去散步嗎？」

「是啊，森林浴。」

「嗯，森林浴很不錯喔！森林浴很好！樹木散發的芬多精具有殺菌效果。」

誰曉得啊！

美國德克薩斯州的休士頓有一個叫「ER3系統」的研究中心。那裡集合了全美國，不對，應該是全世界的金頭腦，涉獵範圍遍及所有研究、所有學問：從經濟學到歷史學、政治學、文化學、物理學、高級數學、生物化學、電子科學、機械工學，甚至是超心理學等等，世人稱該中心為**學術盡頭**。

另外它也叫做「大統合全一學研究所」。

那裡是最喜愛學習、最熱衷研究的天才集合體，是求知欲超越食性睡三欲的非常人巢穴，徹頭徹尾的非營利組織，絕不出賣知識和研究結果。在某種意義上，可說是一個內向而封閉的機密組織。

基本的規則只有四項——

沒有自尊。

沒有節操。

沒有留戀。

絕不示弱。

在各種事情上不吝於相互支援，進行包羅萬象、雜七雜八的各類研究。即使世界將亡，也絕對不做無謂之事，即使宇宙將滅，也絕對不肯半途而廢。

想要研究，總之想知道一切，無法忍受無知——ER3系統集合了這些目的和手段全然一致的人們，從一流大學教授、先驅研究者，乃至於外行學者，雜亂無章地齊集各種人。他們甚至被部分媒體揶揄是「讀書讀到腦子燒壞的**宗教團體**」，帶有一股異樣的威信。

不過正因為如此，該組織也擁有豐碩的研究成果，諸如：達雷比歐非線性光學的釋疑、體積全像（volume hologram）技術的提升、以知覺技術證明近年來只被認定是神祕學的皮膚視覺（dermo-optical perception）等等，皆是ER3的研究成果；那並不是個人，而是團體的研究成果，但或許因為非營利組織的理由，ER3謝絕各種獎項與榮譽，如今仍舊默默無名，但在學界的評價絕對不低。設立迄今不滿一世紀的年輕研究所，可是網絡已然遍及全球。

然後，該研究所裡有一個名為「七愚人」的超越性存在。被尊稱為「最接近世界解答的七個人」，由被揀選者們所選出的七個人，正所謂「天才中的天才」。

而其中一個人，正是這位園山赤音小姐。

烏溜溜的秀髮，姿態給予人一種宛若用長尺區分出來的知性印象。身材以女性而言屬於高眺，體型纖細苗條。全身上下充滿女性魅力的這個人，位居日本女性學者的最高地位。

ER3系統在日本的知名度偏低，ER3本身的封閉性乃是其中一項原因，但最重要的理由是，那種雜七雜八，不加區別的研究理念並不符合日本的傳統。話雖如此，赤音小姐是以首位純日本人的身分，同時以二十歲之齡榮登ER3七愚人的偉大人物，照道理而言，即使是日本家喻戶曉的人物也不奇怪。

然而，儘管她是純日本人，我為什麼會對她如此熟悉？說起來也沒什麼特別，我並非什麼了不起的萬事通，只不過跟ER3系統有一點因緣罷了。

ＥＲ３系統似乎對事物考慮得很長遠，投注了相當心力來培育後進與次世代，設置稱為「ＥＲ計畫」的留學制度。我從國二開始的五年，曾經參與該計畫，自然也就知道「天上人」的七愚人——園山赤音。

因此，發現赤音小姐也在這座島上的時候，我一反常態地大吃一驚。我並非那種無條件屈服於地位、身分、權威或才能的老實人，但仍舊緊張不已。就連現在也不知道說什麼才好，究竟應該對七愚人說些什麼呢……

「對了。」在我沉默時，赤音小姐主動開話題。

「那個藍色的女生，玖渚。」

「啊！是。」

「真是沒話說。她昨晚幫我維修電腦，手腕相當高明呢。ＥＲ３也有工程師，不過像她那樣——有如機械般正確的手法，我還是首次見識，動作簡直就像執行例行公事般熟稔。這樣說或許有些失禮，但我一時間甚至懷疑她不是人類！也難怪伊梨亞小姐會對她如此迷戀。」

「啊啊……那丫頭做了那種事啊？她沒有打擾到妳吧？」

「呵呵。」赤音小姐一聽見我的臺詞，突然意有所指地笑了。

「你說話還真像『救護車』。」

救護車？這種恭維真是承受不起。

「……這，應該是監護人才對吧？」

「咦？可是都是保護安全，所以意思一樣吧？」

「救護車是車子。」

「啊啊，那倒是。」赤音小姐頷首。才能主要發揮在數理方面的赤音小姐，看來國文並非她的擅長科目。「無所謂啦！不過，她並沒有『打劫』我喔。」

那還用說！

「話說回來，她似乎是很難跟別人聊天的類型，是沒有在聽別人說話嗎……多虧了她，我的電腦一次升級了兩代。」

「現在那樣已經算不錯了，以前根本沒辦法跟她聊天……自己愛說就說，不說就不說，就只有那樣，我可累得要死哪。」

「喔？要說我個人的感想，倒是挺喜歡她那種率直的情感表現。」

「嗯——這點實在難以苟同……」

「是嗎？」赤音小姐聳聳肩。

「對了，昨晚聽玖渚說你參加過ＥＲ計畫？」

「唉唷！」

那個大嘴巴，竟然隨便出賣我，明明交待她要守密的……唉，不過我也知道「守密」對她來說沒有任何意義。

「早點告訴我就好了，也多個話題聊聊，總覺得浪費了兩天的時間呢。莫非你在跟我客氣？你可能誤會了，我並不是那麼偉大的人喔。」

「不，不是那樣……總覺得難以啟齒。更何況我雖然參加計畫，那個……中途就退出了嘛……」

計畫課程為期十年，我在第六年，今年一月退出，返回日本與玖渚重聚。幸好在計畫第二年時已取得高中畢業資格，便直接以留學生身分考上京都的鹿鳴館大學。

「還是很了不起啊，就算是半途『扭斷』……」

「中斷。」

「就算是半途中斷，ER計畫的申請考試也相當困難喔。了不起！你應該要以這段經歷為豪。」

ER計畫的考試確實難若登天，而且招募事項還寫著「無任何好處，不保證未來出路，死時無人收屍，僅提供徹底滿足求知欲的環境」。即便如此，全世界的菁英考生仍前仆後繼地參加考試。光是考上ER計畫，或許的確是足以自豪的一件事。

然而——

儘管如此，我畢竟沒有完成所有課程。

「一旦半途中斷，就沒有任何意義。這個世界，結果就是一切。」

「我倒認為一切才是結果，你該不會是抱持『天才是天才，就是天才，乃是天才』這種愚蠢想法的人吧？」

赤音略帶嘲諷地說。

「天才可不是玫瑰唷！日本不是很多嗎？那種認為努力本身就是驕傲的人。既然辛苦了那麼久，所以結果一點也不重要，或者認為努力本身就有價值。我覺得那也沒什麼不對，因為『努力過了』就是了不起的結果啊。我看不慣的是那些只會放馬後炮的傢伙，說自己要是努力也做得到啦！自己做不到是因為沒努力啦！『我只是說我做得到，又沒說我要去做』，啐……這世界還真是什麼人都有。」

「我是因為做不到所以不去做。」

「……嗯～呵呵呵，看來你的個性挺『玄虛』的嘛。」

「妳是指謙虛吧？」

「對！就是那個意思。」

赤音小姐揚起右嘴角一笑。她從口袋拿出菸盒，熟稔地叼起一根菸，點上火。

「咦……妳會抽菸啊？真意外。」

「你是討厭女性抽菸的人？」

「不，不是針對女性，抽菸對健康不好。」

「是健康對抽菸不好！」

赤音斬釘截鐵地說完，緩緩吐了一口煙。

不愧是七愚人，連說的話都與眾不同——正當我為此感動時，赤音小姐羞赧地苦笑說：「……我胡謅的，別放在心上，要是你認為我這個人不過爾爾就糟了。」

「換個話題吧，我高中為止都待在日本喔。」

「真的嗎？」

我略感詫異，但仔細一想，倒也不是什麼不可思議的事。

「哪間高中？」

「普通的縣立高中，也不是特別有名。當時參加女子空手道社，玩得很開心。儘管那時一點也不覺得，但如今回想起來，果然還是很愉快，真令人懷念呢……已經是十幾年前的事了……當年還流行這麼長的裙子。我的成績並不是很好，只擅長數學跟英文，因此投考美國的大學。結果家人強烈反對，我也與父母正面衝突，認為大人應該讓孩子多方『冶煉』，讓我在年輕時多吃點苦。」

「是讓孩子多方歷練吧？」

「反正就是那麼一回事，最後跟家人決裂，一個人去了美國，這對當時的我來說需要相當大的決心。」

經過這番波折後成為七愚人嗎？真是出人意料的灰姑娘啊。

「妳是真的很喜歡數學吧？不知為何就有這種感覺。」

「這個嘛——反正不討厭就是了。高中的時候呢，喜歡它只有單一解答，沒有不確定要素的特性，所以沉迷於數學，我以前很喜歡一清二楚的東西。但上了大學，參加ER3系統以後，才知道不是那麼一回事。跟日本象棋和西洋棋一樣，雖然結果只要『將軍』就好了，可是其間的過程卻有無限的可能性，總覺得自己被人矇騙了呢。」

「像是發現男朋友不為人知的另一面？」

「這個比喻很妙，但並不全然正確。」赤音笑了。

「但我也因此大為感動。微積分跟三次方程式，這種高中時認為出社會以後絕對派不上用場的東西，我跟你說喔，還真的有非用它不可的情況！原來日常生活也會用到階乘啊！對於這個事實，我真的非常感動。」

「我了解。」我點點頭。

這是真心話。

「嗯！嗯！」赤音小姐饜足地微笑。

「你數學也很強嗎？男性的數理一般應該比女性強，據說人腦的結構是如此。」

「是嗎？」

「統計結果是這樣。」

「滿像性別歧視造成的結果……」

而且所謂的統計結論，根本就不足為信。扔骰子連續一百次扔出六點，也不表示下一次就會是六點。聽我這麼一說，赤音小姐表示未必盡然。

「扔出一百次六點的骰子，是只會出現六的骰子，那已經不是偶然或單純偏差所能解釋的真實偏差。男女的統計也是如此……呵呵呵，原來你是女權主義者啊。不，或者是在跟我客氣？不過很可惜，我並不是女權主義者，甚至聽見女權擴張或女性解放的論調都會感到胸口一股鬱悶。你不覺得嗎？她們根本就是滿嘴胡說八道。現今社會的確是以男人為中心，但應該爭取的並非性別上的平等，而是對於能力的機會平等。由基因的差異來看，男女甚至可以說是完全不同的兩種生物，因此我園山赤音認為男女有其不同任務。當然大前提是任務和抱負不同，而小前提是**若要加排序**，應該以抱負為優先。啊！還有一個中前提，就是假使有能力完成自己的抱負。我認為她們不過是對於自己絕對做不到的事情，尋求一個可以達到的簡單理由吧。」

「我想跟大環境也有問題……」

「環境嗎？但是真的有過禁止女性撰寫小說、雕刻人像的時代嗎？從最近的傾向來看，我倒比較同情男性呢。這也是因為我的立場跟他們比較接近，我現在的工作都是男性的地盤嘛？一旦被他人介入，我想任誰都會生氣的。」

「她們也只是想矯正錯誤吧？這就是先驅者的痛苦。」

一邊暗忖自己為何必須替女性辯護，一邊試著反駁赤音小姐。「或許是吧。」赤音小姐點頭同意我說的。

「雖然我不太了解，但也可以體會她們對男性的不滿情緒。不過是在完成自己的任務，假如被誰擺架子，沒有人會感到舒服，生氣也很正常。我只希望她們別波及無辜，如果要我說真心話，希望她們可以去跟我無關的領域抗爭哪。無論如何，女性基本上就是一種無聊的生物，跟你們男性一樣。是啊——事實上，ER3的男性也比女性多。至於七愚人，其中五人都是男的呢。」

「就是收穫遞增吧。」

「喔？」赤音小姐略顯吃驚。「我倒沒聽過這種日語……收穫遞增？那是什麼食物嗎？」

「那是Ｂｅｔａ影帶贏不了ＶＨＳ的意思。」

「啊啊，原來如此，就是指經濟學上出現的偏差嘛。是啊，想要將男性優勢的現狀導正相當困難……事實上，只要雙方停止互相嫉妒的行為，什麼問題都不會發生——區別與歧視原本就是一體兩面，但大家似乎都不明白這個道理……」

「……這種話由赤音小姐說來，總覺得特別有說服力，果然赤音小姐是歷盡艱辛的人吧。」

「我從來沒有吃過苦。」

赤音小姐直言。

「只不過努力而已。」

耐人尋味的臺詞。

我這時忽然想起一件事，便開口提問。自從參加ＥＲ計畫，得知什麼七愚人不七愚人的存在以後，就一直很想問問熟悉內情的人。

「請問，ＥＲ３系統裡腦筋最好的人是誰？」

這個問題就不啻在問誰是地球上最有智慧的人，赤音小姐毫不猶豫地答道：「第二名是佛洛伊蘭・洛夫。」

「第一名呢？」

「喂！喂！傻小子，那還用說嗎？」

唉唷。

看著陷入沉默的我，赤音苦笑。

「……開玩笑的啦，開玩笑。是啊，認真回答這個問題的話……我個人最尊敬，換言之，就算是讓我一子，我也無法超越的最高存在，就是休萊特助理教授吧，他的確是至高無上。」

「七愚人的頂點嗎……」

完成難以言喻的成就，不但是前世紀最偉大，很可能也是本世紀最偉大、絕無僅有的才能。十歲以前就**精通**所有學問的獨一無二者，他被付予和總統同等級的豁免權，也就是舉全國之力來保護其頭腦——

如果赤音小姐對我來說等若神明，休萊特助理教授就像是宇宙本身。

「他是女性的話，歷史會因此改變都不誇張吧——」赤音小姐不知為何望著遠方說，嚮往的眼神。

「久等了！」

光小姐在絕妙的時機推著餐車出現，餐車上放著我的早餐。她熟練地將食物排列在我面前，最後在兩側擺上刀叉。「那麼，請慢用。」光小姐嫣然一笑，優雅地一鞠躬後，再度離開，她應該還有許多工作要忙吧。

九個乳酪炸凍丸子、萵苣、鮮魚湯、沙拉、潛艇堡，還有咖啡。赤音小姐看著我的餐點，低語道：「佐代野小姐真厲害哪。」

佐代野彌生小姐。

她是管理宅第廚房的廚師，但並不是女僕。對，她也是被邀請到這座島上的天才之一，已經在此客居年餘，目前是島上資歷最深的客人，聽說也有不少天才是為了她的料理才應邀來訪。

登錄的專門是西餐，但無論中餐或日本料理都一把罩，據說是美食界無人不知無人不曉的絕頂廚師。藝術或學界也就算了，我對美食界實在一無所知，來此之前完全沒聽過彌生小姐的大名。不過現在不但每天三餐，連零嘴都能品嘗到她的料理，也終於理解她的過人之處。

取名彌生的人，一般都是強勢的大姐姐，要不然就是嬌小的活潑女生，但彌生並不屬於其中任何一類，是個正直爽朗的短髮女性。待人有禮，被尊稱天才也不因此倨傲怠慢，或許是除了我以外，這座島上唯一的正常人。說到好感的話，她是這座島上的第二名；順道一提，第一名是光小姐，嗯～這只是戲言。

據說彌生小姐擁有**任何料理都可以做得比別人好吃的技術**，不過，那究竟是什麼技術呢？儘管我很想知道，但還沒有問過她，她幾乎整天都窩在廚房（這也可以稱為自閉嗎？），因此交談的機會並不多。

仔細一看，赤音小姐饞涎欲滴地盯著炸凍丸子。我仍然不發一語，她便將視線轉移到我身上，眼光與剛才不同，宛如狩獵中的肉食獸。

「人類本來只能區別到七為止的數字，你應該聽過吧？」

「……聽過一些。」

八以上的數字，本來都被當作「大量」的極大數。ＥＲ3的愚人之所以限定七人也是出於這個原因，我參加計畫時曾聽說的。

「嗯！所以單純地、冷靜地思考，即使九個炸凍丸子變成八個，你也應該不會有什麼感覺。」

「所以？」

「真是木頭男耶……難為你還能跟玖渚交往。」

「我們也不是那種關係。」

「別轉移話題！看來你就是想要我這個七愚人向你低頭，好吧。佐代野小姐的炸凍丸子很好吃，給我一個！怎樣？這樣你滿意了吧？」

「……」

我默默把盤子推向她。

赤音小姐一個接一個地大快朵頤，一轉眼炸凍丸子全被她掃光，看來「一個」其實是「一盤」的意思。

「……」

唉，反正我早上吃得也不多，也罷。雖然答應玖渚連她的份一起吃，可是，把這種事委託給別人的丫頭也有問題吧。

換個想法，我拿起三明治，也吃了沙拉。儘管這種感想很平淡，不過真的很好吃。要是每天端出來的都是這種美食佳餚（而且還是免費的），天才們會絡繹不絕地到這座島也是其來有自，搞不好眼前的赤音小姐正是其中之一。

「對了，剛才被你巧妙地轉移話題。」赤音小姐用紙巾擦嘴，開始鬼扯蛋。「假如不是『那種關係』，你跟玖渚是什麼關係？普通朋友不會一起來這種荒島吧？而且你應該也要上學。」

的確，因為來這座島，所以除了開學典禮以外都沒有去學校。順道一提，開學典禮也請假，換句話說，嗯……就是這麼一回事。

「我在參加計畫以前就認識那丫頭，所以大約是五年前。」

「嗯——結果回國一看，她卻成了網際恐怖分子？真是心酸的故事。」

的確如此。

雖然十三歲的時候就已經有徵兆了。

然而，那些事情姑且不論，留學五年回來見到的玖渚友，竟然跟五年前完全一樣，老實說嚇了我一跳。她就跟十三歲的時候一模一樣，換作其他人也要嚇一跳吧。不過，那也只限於外表，性格方面已經變得比較**像人類了**。

我跟玖渚的關係。

如果被人當面逼問，的確是難以回答的問題。

那丫頭需要我，這我是知道的。然而，那也不是非我不可。關於這方面的原因，要詳細說明並不容易，因為必須談及玖渚的祕密，而那並不是我所樂見的。

「嗯。」赤音小姐點頭。

「儘管跟玖渚談得不多……不過她要過正常生活，或許是缺陷多了點。嗯……缺陷這種說法不太好嗎？她本身並不差，只是集中力似乎太過偏頗，讓我想起熟識的學者症候群小孩。」

學者——源自法語 savant，意指有智慧的人。我知道以前的玖渚就是被別人用**那個詞彙**稱呼，因此我對這個字可說是清楚得不能再清楚了。

「所以她的確需要監護人，一個像你這樣的朋友，我也必須同意你有隨侍在側的理由。但是另一方面，對你而言又是如何？」

我無言以對。

赤理小姐續道：「你們的關係很接近共存吧。」

「共存……嗎？」

「你沒聽過嗎？」赤音小姐脖子一歪。

「那是人際關係裡的一種中毒症狀。例如酒精中毒患者，他需要有監護人陪伴，而那個監護人就得犧牲自己照顧他，但如果犧牲超過某一限度，就可以判斷為共存症狀；換言之，就是耽溺於奉獻的狀態。男女在戀愛時，也經常會出現輕微的共存症狀哪。不用說，這種狀態當然不太好，會相互拖垮對方。我也不是說你們一定是這樣，但或許小心一點比較好。」

「啊啊。」

「繼續維持失敗的人際關係，沒有比這更無聊的事了。可是……即使把這些事納入考量，玖渚的才能依然令人讚佩不已呢。ER3也有使用她……應該說是她『們』吧？她們製作的程式呢……真想不到會在這裡遇上本人。」

「……赤音小姐為什麼會來這座島？」

七愚人照理應該很忙碌。對於我的疑問，赤音小姐沉默數秒後回答：「沒有特別的理由。」這冷淡的說法不禁讓人有點在意。

「這些不重要。雖然你說沒有很懂，但至少知道日本象棋跟西洋棋的規則吧？要不要一邊暢談ER3的回憶，一邊來一局呢？」

「啊啊……」

跟七愚人對奕廝殺。真讓人有些心癢難搔。

「不過，蒙眼棋可不行，我的記憶力不好是公認的。」即便是我也很厭惡的那樣的評價。「可以換個地方的話，一定奉陪到底。」

「我房間有棋盤，是回日本買的第一件東西。對了，上午還有一點工作，下午如何？」

「好啊……啊啊，不行，我已經有約了……」

「有約？跟玖渚嗎？那就沒轍了……」

「不，是跟佳奈美小姐。」

剎時之間——

赤音小姐的表情變得非常駭人。

糟了！我忘了。抵達島上的一開始，光小姐就告訴我，赤音小姐跟佳奈美小姐是水火不容的關係，我公認的記憶力把這件事忘得一乾二淨。

「嗯，看我倆挺有緣才給你忠告，別跟那種低俗職業的人來往！只有傻瓜才會為自貶身價而欣喜。」

「……赤音小姐，真的很討厭佳奈美小姐啊……」

「不！不是，我對她本身並無個人好惡，但畫家這東西是最低賤的人種。啐！真是低賤的！」赤音說完，突然猛力拍桌。

「沒有任何事比畫畫更令我厭惡了，畫家是世界上最最惡劣的人種，跟他們相比，小偷跟強姦魔簡直就像耶穌基督。不過是拿隻筆在那裡塗個顏色，就自以為了不起。塗塗紅，塗塗綠，算什麼偉大的工作？哈！那種事白痴都會嘛！」

拍案叫罵的赤音小姐簡直像變了一個人，驚人的變化甚至讓我懷疑她莫非曾被畫家攫奪研究材料？

「啊啊，抱歉。」赤音小姐似乎發現我的愕然，終於恢復神志。

「失言了，不過我也沒打算收回。嗯，聽別人的壞話也不是一件愉快的事吧？我去冷靜冷靜。」

赤音小姐快速說完，擅自喝光我的咖啡，一溜煙地逃離餐廳。她好像認為那種失去理性的激昂是一種失態，即便如此仍不願收回評論，真不愧是七愚人……

「……唉。」

剩下一個人以後，我吁了一口氣。

真是的！有夠緊張。我原本就不善於跟他人聊天，況且對象還是ER3的七愚人之一——園山赤音，要我放輕鬆也是強人所難。

唔，最後雖然以失敗收場，不過對答應該比想像來得自然，總之結果尚可接受。停留期間還有四天，說不定還可以跟赤音小姐下下棋，屆時再拜託她多讓我飛車、角行、銀將和金將六子吧。

我又吁了一口氣，可是，現在似乎還無法放輕鬆。吃完早餐，心想差不多該回玖渚的房間時，呵欠連連的真姬小姐出現了。儘管是來這座島上度假，仍然穿著正式的外出服，紮著一束馬尾。

「啪！啪啪呀啪呀啪呀啪呀啪呀♪啪！啪啪呀啪呀啪～♪」口裡哼著朝氣蓬勃的旋律，走到我隔壁的椅子坐下。

「早安。」

「……妳好。」

「不行……早上的招呼是早安喲。哎呀，是我起晚了嗎？你六點多就起床了嘛……真厲害，我血壓超低，實在是、實在是爬不起來啊～」

真姬說著，又打了一個大呵欠。我敷衍了事地點頭應道：「啊啊。」為何知道我的起床時間？這種問題對這個人毫無意義。

我又開始緊張起來，不過原因跟赤音小姐獨處時不同。

姬菜真姬小姐。

當然，她並不是來這座島衝浪。既然會在這裡，就有待在這裡的理由。

真姬小姐的職業是占卜師。正如佳奈美小姐是繪畫天才，赤音小姐是學問天才，真姬小姐被稱為天才占卜師。

「……天才嗎……」

言歸正傳，我對真姬小姐很棘手。

因為初次見面的第一印象很差。

「占卜師嗎？我還是第一次遇上。如何？我的運勢怎麼樣？」

並非真的想知道自己的運勢，只是就禮貌上來說，我當時判斷應該對占卜師說這種話，因為大家都希望話題往自己擅長的方向進行吧。連邱吉爾都說：「我想發表自己知道的事，可是別人卻一直問我不知道的事。」因為不想變成那種別人，所以才說了那句話。

雖然只是藉口……

真姬小姐聽完，抿嘴一笑說：「那告訴我，你的生日、血型和喜歡的電影演員。」

我心想生日跟血型也就算了，可是電影演員跟運勢有什麼關係？不過仍舊回答她的問題。因為我根本不記得自己的血型，也幾乎不認識電影演員，所以這兩項乾脆隨口瞎編。

閉著眼睛聽完，真姬小姐便說：「我知道了，喏！這個。」從口袋取出紙片遞給我，然後自顧自地離開了。

我尋思莫非是什麼神籤，打開紙片一看，上頭用明朝體字型記載著我的生日和——剛才胡謅的血型與演員名字。

「……戲法嗎？」

我之後立刻去問玖渚。「我想可能是老掉牙的手法，例如預先在口袋裡放了寫好各種隨機數值的紙片。」

「唔——」但玖渚搖頭否定我的想法。

「不可能呦，撲克牌那種魔術還說得過去，這種的數值太多了。而且事前調查也行不通。血型跟演員兩項，阿伊你不是說謊了嗎？她不可能連你要扯什麼謊都猜得到吧？」

接下來，玖渚幫我舉行一場關於姬菜真姬的個別講座。原來是我自己才疏學淺沒常識，真姬小姐似乎是一位頗富盛名的占卜師。並不是雜誌星座運勢那種放諸四海皆準、用來自我安慰的占卜，而是專門幫著名政治家或企業服務的大師，與其說是占卜師，她的行為更接近正統的**宗教家**，飄飄然、低調地發揮才能。

天才占卜師——姬菜真姬。

「她也被稱為神諭師呢。」玖渚饒富深意地說。

那句標語是這樣的——知過去，通未來，明人事，曉世界，無所不知的**能力者**。

「……能力者是什麼？」

「超能力者呀。」玖渚立即回答。「extrasensory perception的能力者。」

「……啥？」

「ＥＳＰ。超能力分為ＥＳＰ跟ＰＫ（註2）兩種，呃～真姬的能力就是屬於ＥＳＰ，記得是retrocognition、precognition和telepathy吧。翻成日語的話，retrocognition是迴知過去，precognition是預知未來，telepathy是他心通。」

「等等！我都搞混了。照這麼說來……小友，真姬小姐不是占卜師嗎？」

「占卜師是職業吧？善用自我能力的職業，如此而已囉。跑得快不叫職業吧？但田徑選手就是職業啦。雙手靈巧也不叫職業呀，可是，技術人員就是職業呦。超能力是能力，占卜是行動，占卜師則是職業。」

「啊啊……」我恍然大悟地點頭。「總而言之，真姬小姐──」

「對！她預先解讀阿伊的想法，甚至包括你會問她那個問題哩。」

玖渚嬌笑道。

「──超能力啊。」

我斜眼偷覷真姬小姐，用她聽不見的聲音低語。玖渚那時的說明，確實有一部分說服了我，然而──

此刻，看她一副傻乎乎的愛睏模樣，實在難以信服。這種瞌睡的姿態，橫看豎看都只像低血壓的怪姐姐。

2　ＥＳＰ一般稱為超感知，ＰＫ則稱為念力（psychckinesis）。

「我是占卜師這件事，你好像很不滿呀……」

真姬小姐突然轉頭向我說話。初次見面後，這個人不知為何就猛找我的碴。

「假使我捧著水晶球到處走，或者披著黑斗篷的話，就比較好嗎？如果我用不吉的措詞，或者曖昧不清的話語宣告你將慘遭劇變，那你就可以接受嗎？原來你是以貌取人的那種人啊……」

「我沒有——那樣想。」

「應該是，我早就知道了……」真姬小姐搖頭晃腦地說。「不過，那也無所謂……你這個人無關緊要。」

「無關緊要？」

「嗯，無關緊要的日本代表！」

換句話說，我是日本第一的無關緊要男？

似乎被批評得體無完膚。

「不過，基於善意給你一個忠告吧。你對我的印象是大錯特錯，不僅如此，你對島上所有人的印象更是錯到極點，這也包括玖渚呦。話說回來，你在面對他人時，好像會故意扭曲自己的價值觀……我同意那種生活比較輕鬆，但不算是聰明的生存方法。你總有一天會吃大虧的，小心一點比較好喔。」

真姬一口氣說完，又像貓仔一樣打起呵欠。我這兩天一遇上她，就要聆聽這種刺耳的言論，而且她每每正中要害，彷彿真的有他心通，真姬小姐講的就是真相。

老實招供吧——

我覺得這個人很可怕。

「可怕是礙到你啦……」

真姬小姐嘀嘀咕咕，可能是想拿早餐吧，她朝廚房走去。

4

我當然不會放過這個千萬良機，離開餐廳，折回玖渚的房間。一如預料，玖渚依然埋首於工作站。儘管我覺得沒必要跑到別人家搞自閉，但這正是所謂的個人價值觀吧。

玖渚回過頭來。

「喔！阿伊，你回來啦。怎麼了？遇到誰了？」

「幾乎所有人都遇上啦，今天還沒見到的，我想想……明子小姐跟伊梨亞小姐吧？啊啊，對了，彌生小姐也沒見到。」

因為吃過料理，總覺得好像見到人了。

「唔——那就臻於滿分囉。」

「什麼跟什麼？」

「中午以前拜見鴉濡羽島總成員大賽，滿分！」

唸起來還真拗口。不過呢，也罷。

現在，這座島上有十二個人：「畫家」伊吹佳奈美小姐、「七愚人」園山赤音小姐、「廚師」佐代野彌生小姐、「占卜師」姬菜真姬小姐和「工程師」玖渚友，再加上跟班的逆木深夜先生和我。至於島上原本的居民，首先是島主和宅第主人赤神伊梨亞小姐，女僕領班班田玲小姐，萬能的三胞胎女僕：千賀彩小姐、千賀光小姐與千賀明子小姐；共計十二人。

一般房子要是住了這麼多人，早已處於飽和狀態，但這幢過於寬敞的宅第裡還有許多、許多、許多、許多空間。

思及至此，我忽然想起——

「對了！小友，妳原本預定在這座島待到何時？」

「還有四天呀，因為預定是一個星期。」

「我從深夜先生那裡聽來的。」

我把深夜先生今天早上說的話原原本本地告訴玖渚，伊梨亞小姐看上的全能者即將來此的傳聞，但玖渚好像沒有什麼興趣，「唔——」了一聲，根本就是左耳進右耳出。

「無所謂吧？情報太模稜兩可，沒辦法判斷，但人家也不覺得有見面的必要咩。人家來這裡又不是為了看別的天才，我對那種事沒興趣唷。」

「或許吧……對了，之前就很想問，妳為什麼要來這裡？既然說對那種事沒興趣，那就是對其他事有興趣才來的囉？」

最討厭出門的玖渚之所以答應這種旅行邀約，我實在不知道理由為何。玖渚側頭想了一會兒：「哎～不知不覺咩。」還我一個莫名其妙的答案。

「這種程度的行動不需要理由，難道阿伊是那種凡事都要理由才能安心的人嗎？」

我聳聳肩。怎麼可能？

「只要可以上網，到哪不都一樣？不過金窩銀窩終究不如自己的狗窩呢～」

明明還在別人家做客，玖渚竟然蹦出那種臺詞。

算了，反正她就是這麼隨心所欲。這既不是我該在意的事，也不是非得在意不可的事。我躺在純白色的地毯上，抬頭看著天花板的枝型吊燈。嘖……這幅光景還真有夠超現實，不過，要是反過來問我什麼叫做現實的光景，我也是答不上來。

玖渚看著我的模樣說：「阿伊，莫非你很無聊？」

「我是覺得人生很無聊啦。」

「那樣難看死了耶。」

唉唷。一刀刺中心臟。

「沒事做的話，要不要看看書？阿伊，人家也有帶幾本書來呦。」

「書啊……有哪些？」

「嗯——英日字典、六法全書跟情報知識事典。」

「那種東西拜託妳也帶個光碟版嘛……」

基本上，有誰會把那種書當作休閒啊？

啊啊，眼前就有一位……

一半傻眼，一半死心，我翻了一個身。

「咦？阿伊，你手錶壞了喔。」

「嗯？」

玖渚一說，我看著自己的手錶。是了，這麼說來，我是想拜託玖渚幫我修理手錶，可是早上遇見一大堆人，把這件事忘得一乾二淨。

「借一下唄，人家幫你修。」

「啊啊，可能只是沒電了。」

「唔——人家看看。」玖渚將手錶對著陽光。「不對，好像不是耶。你有沒有撞到哪裡？不過應該很快就可以修好。可是現在手錶也落伍了，因為只要一隻手機就全部搞定。咦？這麼說來，阿伊你的手機呢？」

「放在家裡。」

「要隨手帶著呀，是『手』機耶。」

「弄掉了怎麼辦？」

「嗯，話是沒錯啦……」

「何況帶到這種荒島也收不到訊號吧？能夠通話的也只有妳的電話。」

玖渚目前使用的手機，是可以利用通訊衛星打到全球各地的高檔貨，不論是滄海孤島或是其他地方，收不到訊號這種事是不可能發生在那臺電話身上，因此它的價格也不便宜。對於自閉在家的人來說這樣高檔的手機實在很浪費，然而現在我已經懶得提醒玖渚不要浪費錢。

「嗯，或許吧，而且落伍也不是什麼壞事。」

玖渚瞇起大眼睛，然後把我的手錶擺在架子旁邊。

就在此時，敲門聲響起。玖渚全無反應，我只好應了一聲去開門，訪客是拿著掃除用具的光小姐。

「打擾了，我是來打掃房間的。」

「辛苦了。」

我將光小姐帶進室內。

「呀呼~小光，哈囉！」

玖渚笑逐顏開地迎接光小姐，光小姐也笑著回應，這兩個人不知為何非常投契，感情好得很。很少有人能夠在那麼短的時間跟玖渚熟絡，我對此也略感意外。

「妳在做什麼，友小姐？」

「現在啊，我在做遊戲軟體唷。可以將文章轉換成音樂的應用程式，想當作紀念品送給伊梨亞小姐哩~」

「搞不太懂的遊戲，那是什麼？」

「呃，那就說明一下吧？那個，人家想想，喂！阿伊，你看過最長的小說是什麼呢？」

「《源氏物語》跟《唐吉訶德》看一半就放棄了……所以應該是托爾斯泰的《戰爭與和平》吧，那個真的很長。」

「嗯，假設先把那本書全部輸進電腦，可以用掃瞄器掃瞄，自己輸入也無所謂。接著呀，就像把『A』當作『Do』，『B』當作『Re』，『C』當作『Mi』，將數位訊號轉換成類比訊號，這樣樂曲《戰爭與和平》就大功告成了。那本書的分量嘛，應該一個小時就夠了吧？實際情況當然比較複雜，轉換編碼啦！交談（session）啦！整體不協調也不行。總而言之，就是將小說音樂化呦，很好玩吧？」

「嗯……先不管好不好玩，倒是挺特別的。妳用什麼程式語言？VB？C？」

「機械語言（註3）。」

竟然是超低階的程式語言。沒想到今時今日還有人使用。

「那不就等於跟電腦講哥兒們話嗎？」

「嘿！嘿！嘿！」玖渚顯得有些洋洋得意。

光小姐看來比我更不懂電腦，只是一副似懂非懂的表情讚嘆：「真了不起啊——」

「嗯——可是小友，那個軟體有什麼好玩？我實在搞不懂。」

「製作時很好玩呀。」

3　機器語言，是第一代的程式語言。由0與1二進位碼組成的命令，具有靈活、直接執行和速度快等優點，缺點是不易學習。

很明確的理由，她都說得如此坦白，我也無從抱怨。

光小姐興致盎然地聽著玖渚說話，「啊！對了。」忽地想起什麼似地轉向我。

「等一下方便去打掃您的房間嗎？倉庫……剛才去過您的房間，但是您剛好不在。」

「沒關係。」

雖然我不知道她想打掃那個房間的哪個地方。

「謝謝。」光小姐向我道了謝，便開始打掃室內。清潔工作大致結束後，光小姐「呼」地吁了一口氣，一屁股坐在地上。

「對不起……我有一點疲倦。」

「要休息一下嗎？」

「不，沒關係，而且玲小姐會生氣……玲小姐很嚴厲呢，我被罵了好幾次。沒關係！我很健康，也只有健康這一項優點，所以沒關係的。讓兩位擔心了，不好意思，那我就此告辭。」光小姐堅強說完，便走出房間。

「唉。」我不由得嘆了一口氣。

「……光小姐好像也挺辛苦哪。也許是我想像力太豐富，可是看她那副模樣，就像獨自背負著所有的苦楚。」

「就像看見另一個自己？」

「也不是那個意思，或許有一點同情吧。」

而且光小姐似乎不太幸福。

玲小姐和彩小姐彷彿早已將那些視為「工作」，但光小姐在那方面似乎仍無法妥善處理，是人生這個電路中沒有嵌入工作嗎？總覺得好像有什麼隱情。

至於另一位女僕——明子小姐，因為不知道她在想什麼，所以不予置評。

「每個人都有不同的苦楚喔，阿伊。」

玖渚一副很了解似地說道。

「大家都在吃苦，即使沒有，也在努力，不論是光、阿伊尊敬的小直或者赤音都一樣呦。不用吃苦、沒有努力就能生存的人，大概也只有人家而已。」

5

吃過中餐，我依約前往佳奈美小姐的畫室。玖渚仍然表示：「沒有食欲。」中午過後又鑽入被窩，那個年輕工程師是慢性睡眠不足。

「晚餐要叫人家起床喔~也得去見見伊梨亞。」

如此這般。

我敲敲畫室的門，等對方回應後，拉開門把。地面是木板材質，沒有鋪地毯，雖然讓人聯想到小學的美術教室，不過當然沒有排列坑坑洞洞的桌子，也沒有贗品似的石膏像，更沒有那麼寬敞。單就面積來說，這間畫室大約是玖渚那間的一半大吧？

「……歡迎，那麼，在那張椅子坐好。」

佳奈美小姐用略微冷峻的視線看著我的方向，沉默片刻後，如此指示。深夜先生看來是待在自己的房間，畫室裡只有佳奈美小姐。我穿過擺滿畫材和油漆等東西的牆邊櫃，依照指示坐在椅子上。

與佳奈美小姐呈正面相對。

「……請多指教，佳奈美小姐。」

不過，她長得還真漂亮。

金髮碧眼，就像舊電影裡登場的深閨大小姐，同時兼具知性美，再加上繪畫才能，老天還真是不公平啊。

「……」

不……或許也不盡然？

佳奈美小姐不良於行，直到數年前為止也雙目失明。四肢健全的我竟然還有所不滿，或許才是傲慢自大的呆子吧。話雖如此，佳奈美小姐本人並未將這些視為不利條件或殘障。

「上帝是公平的。要是連我都四肢健全，對**健全者**反而是一種不公平吧。」「腳只是裝飾品（註4）。」「視力恢復以後，我的世界也沒有任何改變。社會跟我想的一樣，自然淘汰和命運其實都沒什麼品味。」

4　日本卡通《機動戰士鋼彈》的經典名言，男主角夏亞搭乘吉翁古時，維修人員對他說：「腳只是裝飾品，高官們都不了解。」

——以上節錄自伊吹佳奈美的畫冊評論。

佳奈美小姐跟我一樣，坐在圓木製的椅子，因為穿著小禮服，似乎坐得不太舒服。

我陡然發現！

「佳奈美小姐，呃……妳要穿著那件衣服畫嗎？」

「你是在質疑我的服裝品味？」

佳奈美小姐的神色變得有些駭人，她並非在說笑，好像真的很不高興。我慌張解釋道：「不、不是這個意思，我是怕妳的衣服弄髒。」

「我畫畫的時候，不會特意去換衣服，衣服至今未曾被畫具弄髒，請不要把我當白痴。」

「啊啊……是嗎？」

就像書法家那樣嗎？的確衣服被畫具弄髒不啻是外行人的行徑，佳奈美小姐已是世界一流的畫家，我竟在關公面前耍大刀，實在太不知好歹了。

我聳聳肩。

「可是，真的要畫我嗎？」

「你是什麼意思？」

佳奈美小姐依然用駭人的表情反問。嗯——她的心情好像不太好，不，此人的內定值就是這種感覺吧？

「呃，怎麼說才好，這樣會不會拖累妳的畫家身價？」

就好比玖渚友，她在工程師方面的技術，在任何世界都可算是出類拔萃。可是，那丫頭卻只把那種技術用於玩樂，因此很少有人承認她是偉大的天才。

「權威只是一種結果呀，做不到跟不去做是一樣的呦。」

據她本人所言，似乎是那麼一回事。

對畫家來說，我想也是一樣。用玩樂的心情，隨便畫隨便的題材，這種畫家豈不是很難讓別人肯定他的價值嗎？

然而，佳奈美小姐否定了我的想法。

「我不是才要你別把我當白痴嗎？你的腦袋瓜裡真的有裝腦漿？本小姐才不會挑題材，我跟你說啊……人蠢只要閉上嘴巴就不會被捉包，你還是少開口為妙吧？」

她一副鄙夷的態度，連我都跟著意興闌珊。

「我啊……就是最看不慣那種事，一想到就噁心。沒有好題材所以畫不出來啦！模特兒不好啦！環境不對啦！那種題材不適合自己啦！不光只有畫家，什麼這不是我想做的事啦！老師，我找不到想做的事啦！淨說些自我中心的廢話，你周圍應該也有這種傢伙吧？」

「啊啊，有啊。」

就是我。

「真是的！」佳奈美小姐盛怒不已。

「想做的事啦！不想做的事啦……不先反省自己的無能，我最討厭那種傢伙了，真覺得他們不該死皮賴臉地活著。縱然不至於叫他們去死，但希望他們別活得那麼丟人，去做點有意義的事，別在那裡哭爹叫娘的。我告訴你，再平凡的男人，甚而是昆蟲內臟，我都有辦法畫成藝術！」

儘管外貌清秀，自尊卻相當高。別說是她自己，甚至也不容許別人妥協，她應該是那種嚴格的人。

雖然跟昆蟲內臟相提並論不是一件愉快的事，但既然昆蟲內臟都可以畫，當然沒道理不能畫我吧。再客氣下去反而顯得失禮，對這個人客氣也只是吃力不討好，我於是選擇沉默。

我瞄到佳奈美小姐背後有一塊畫布。那是一幅鉛筆畫，用仰角描繪一株櫻花樹，是今天早上她和深夜先生一起看的那顆樹。

猶如黑白照片般細膩的畫，畫素應該一千萬左右吧？不不不……無聊透頂！對於這麼細膩的畫，根本不需要那種比喻方式。

「……那個。」我指著畫布。「是什麼時候畫的？」

「上午，你有何不滿？」

佳奈美小姐賞櫻是在早晨，換言之，就是距今五個小時以前的事。短短五個小時，就可以畫出如此細膩的畫嗎？要完成如此一幅畫，總覺得再快也得花上一個星期。因此，我很自然地對佳奈美小姐露出懷疑的視線，佳奈美小姐不可一世地嗤笑。

「一個星期可以完成的工作花費三、四個月，那是白痴的行為，倘若不是白痴，必定是懶骨頭。我兩者皆非，因此三個小時能夠完成的事情，不會花更多的時間。」

唉唷喂呀。

懶骨頭最佳代表的本人聽來格外刺耳，全身劇痛不已，也很希望玖渚那丫頭來聽聽這句臺詞。

「喂？你應該也是這麼想吧？」

佳奈美小姐用不懷好意的語氣徵詢我的同意，總覺得像是被人當面侮辱，而且，那應該不是單純的錯覺吧。

「咦？沒有，呃、對……哎呀哎呀，不過妳畫得真好。」

「嗯，是啊。」

彷彿早已聽膩那種平凡的讚美，佳奈美小姐興致索然地應道。不，確實是太過庸俗的評論。什麼畫得真好？講了等於沒講！這種話連五歲小孩都會說，我是白痴嗎？

「……那個，佳奈美小姐是畫工筆畫嗎？」

「什麼都畫啊，你不曉得嗎？」

是啊，又失言了。我面對的乃是拒絕任何風格、屏棄所有流派的女流畫家——伊吹佳奈美小姐。不論是工筆畫、抽象畫或其他畫，她不畫或者不會畫的東西根本就不存在——

佳奈美小姐瞇起單眼說道：「一直拘泥於單一風格這種蠢事我是不幹的，我不是說不要拘泥於自我風格，但是過於拘泥也很奇怪，根本就是瘋了。其他事情姑且不論，只少繪畫方面我要隨心所欲地畫。」

「或許是吧。」因為難以反駁或贊同，我只好敷衍地點點頭。不知是否看穿我的詞窮，佳奈美小姐嗤地一聲訕笑。

「我問你……你看過我的畫嗎？」

「是看過幾次畫冊，但是不夠用功，今天第一次現場觀摩。」

「喔——那你覺得如何？我是說這幅櫻花，而不是畫冊。」

我對佳奈美小姐的問題略感意外，因為我以為被稱為天才的人種，並不會在意他人的評價。以七愚人園山赤音小姐為首的ER3成員，包括參加計畫的那些**討厭鬼**，不論是名聲或虛榮，他們壓根兒不在意別人對他們的評價。

「自己的價值自己最清楚，腦袋不靈光的傢伙給的評價，我才不希罕咧！」那群傢伙異口同聲地如此宣稱，也因此引起我的反感。

「……這個嘛……」我不知所措地回答。「是啊……我覺得很漂亮。」

「嗯……很漂亮嗎……」佳奈美小姐重複我的話。「你不需要討好我喔？我也不會因此生氣。」

「不……我也沒有那種鑑賞或批評的眼光……就是覺得很漂亮。」

「喔……漂亮啊……」

佳奈美小姐不勝惋惜地看著畫布。

接著用細若蚊蚋的聲量喃喃自語：「漂亮！漂亮、漂亮、漂亮！那種形容詞啊……

並不是對藝術的讚美哪……」
「咦？」
「這幅畫還是不行嗎……真可惜……真不想這麼做……白白糟蹋了啊……」
「唉——」佳奈美小姐一聲長嘆，微微彎身拿起那張畫布。
颼地一聲舉起——摔向木板地。
樹木迸裂的聲音響起。
地板當然沒有裂開。
「等……妳、在做什麼？」
「如你所見，銷毀失敗作品……啊——為何我非得做這種事不可呢……」
那應該是我要說的吧？
「啊——」佳奈美小姐惋惜不已地垂首俯視粉碎的畫布，接著又悵然若失地頻頻喟嘆。
「嘖……以後應該可以值個兩千萬吧……」
「兩千萬？」
「兩千萬美金。」
單位竟然是……
「當然，那是好幾十年以後的事。」
「……藝術家有時真亂來……」

況且也沒有必要在我的面前做吧？一想到我的無心之言，竟導致這種結果，不免要湧起一股討厭的罪惡感。

「你不需要感到罪惡，這是我的責任，我不是那種把責任推給旁人的糊塗蟲。」

「我畢竟是外行人，何必因為外行人的意見，就把自己的心血……」

「挑選鑑賞者的作品，我不會稱之為藝術。」佳奈美小姐嚴詞厲色地說。

原來如此……是這麼一回事嗎？

聽見那句話，我終於理解了。

儘管言語跟態度都充～滿惡意，但這個人確實打從骨子裡是藝術家。

「可是，明明就像照片一樣逼真……」

「那個也不是褒獎。我跟你說……假如『像什麼什麼一樣』是你讚美別人時的口頭禪，最好快點把它戒掉，因為那是最高級的侮辱。但是，如果你的腦漿只夠理解限制在風格框框裡的東西，那也沒辦法了。」佳奈美小姐轉向我。「嗯，像照片一樣的那種說法倒也可以理解，因為照片原本就是由圖畫創造的。」

「是嗎？」

「是啊，你不曉得嗎？」佳奈美小姐揚起一邊眉毛。

「你不曉得嗎？」似乎是佳奈美小姐的口頭禪。

「發明銀版攝影（daguerreotype）的人其實是畫家，而透視法（perspective）的研究據說也跟相機發明有關，雖然這些是深夜告訴我的。你知道照相暗盒（camera obscura）吧？」

那我當然知道。

換言之就是暗箱——在黑暗房間的牆壁上鑽一個洞，室外景色就會映照在對面牆壁的現象。那是很老舊的技術，西元前由亞里斯多德所提出，據說也是照相機的起源。

「那是為了正確複製外界所發展的技術之一。因為透視畫法的基本概念就是『將所見事物如實畫出』，這是法國畫家庫爾貝（Gustave Courbet）說的……他另外也主張『我沒看過天使，所以不畫天使』這種現實主義，不過這跟我的哲學理念相反。小孩子畫畫不是沒有遠近，全部擠在前面嗎？物體的尺寸也是亂七八糟，或者把人畫得跟房子一樣大，或者把最重要的東西畫得最大。總之，不是看起來如何，而是將自己的感覺直接表現在畫布上。如果繪畫是一種自我表現的手段，那小孩子的手法就是正確的。這麼想的話，『像照片一樣』就稱不上是好作品了。」

「啊——」

言話間開始夾雜專業術語，我變得不知該如何回應。而且佳奈美小姐從剛才就只顧著說話，甚至沒有準備繪畫道具，究竟何時才要開始畫呢？

「就連照片也不能算是完全複製真實……只要修正得宜，輕易就能欺騙欣賞者……在可以恣意妄為的意義上，照片跟圖畫其實沒有什麼差別吧？」

「……那個……佳奈美小姐，妳不開始畫嗎？」

「現在正在記憶。」

原本還以為又要被叱無能，沒想到佳奈美小姐用意外平和的語氣回答。

「你可能不曉得吧？我是獨自工作的類型，跟別人在一起就無法集中精神。」

她說了像達文西一樣的話。

觀察與繪畫分開進行的畫家，儘管並不常見，倒也不是從未聽聞，因此我也沒有特別詫異。

「所以畫人物時，就得全憑記憶了。」

「那種事辦得到嗎？」

「對我而言，記憶跟認識是同義詞。」

這次她則說了像人魔漢尼拔一樣的話。

「就這樣在這裡聊兩個小時吧？等你離開以後，我就會開始畫……啊！還得先重畫這幅櫻花，至少要畫成你能夠理解的藝術。然後才是你的畫，我會上兩層色，所以要多花一點時間，等它乾……明天早上應該就可以給你了。」

「可以給我嗎？」

「給你呀，我留著那種畫也沒用，我對完成的畫沒有興趣。我會簽名，所以應該可以賣得不少錢。當然如果你不中意，撕掉也無所謂，只不過有點浪費喔，因為我打算畫個五千萬。」

很現實的形容法。

嘆息。

「……話說回來，聽說妳跟赤音小姐的感情不太好。」

「是不好啊，不過，好像是她討厭我吧。就我個人而言，對於學者的園山小姐、研究者的園山小姐，以及ＥＲ３七愚人的園山小姐，我自認是心存善意，甚至自認懷有敬意。」

「自認、自認的，總覺得妳話中有話。」

「對呀。」佳奈美小姐嫣然一笑。

「但對園山赤音**本人**，的確非常討厭喔。」

時間是兩小時以後。

我離開佳奈美小姐的畫室，先繞去玖渚的房間。玖渚雖然躺在床上，但似乎曾經起床，手錶已經修好了。玖渚的一流惡作劇，錶盤的數位數字左右顛倒，但也不是不能用，我便戴回左手，摸摸沉睡中的玖渚的頭，道謝後，再前往赤音小姐的房間。

「請多讓我飛車、角行、銀將和金將六子！」

我如此懇求後，赤音小姐嬌笑道：「我再多讓你幾步吧。」

她將西洋棋的棋子排列在日本象棋盤的己方陣營。

「這可是西日合併喔。」

「感覺有點像特殊格鬥技之戰……」

儘管獲得如此讓步，我依舊慘敗，一敗塗地。

而且還是七連敗。

第三天（2）——集合與算數

倘若無視於你的意見中的完全舛誤處，大概就是正確的。

0

1

把睡得像綿軟泥人般的玖渚挖起來，強迫她洗把臉，再幫她的藍髮綁好辮子。半揹著依然昏昏沉沉的玖渚抵達餐廳時，宅第裡的眾人均已到齊。

圓桌剩下兩個空位。

攙扶玖渚入坐，我也在她身旁坐下。我一邊彎腰，一邊依序掃視眾人的臉。

「……」

十二個人之中最引人注目者，該說是天經地義？還是果不其然？正是宅第主人——赤神伊梨亞小姐。美人是一種見仁見智的概念，是故這種評價對伊梨亞小姐並無任何意義吧。我認為伊梨亞小姐是美人，那是我自己的感覺，再怎麼說也只是我個人的感覺而已。話說回來，若要問我個人的喜好概念，我絕對更喜歡女僕彩小姐，呃，那種事無關緊要。

真的！

要說每個人都會表示贊同的事情，赤神伊梨亞小姐她很高貴。直捲的美麗黑髮配上高級的小禮服，雖然看起來不甚協調，但伊梨亞小姐的高貴氣質足以彌補那個缺點。年紀似乎跟我差不了多少，明明才二十歲左右，哎呀呀，出身跟血統那種玩意兒對人類果然相當重要。當然其他的東西也很重要，可是仍舊無法改變那種玩意兒的重要性，任何時代皆然。

赤神伊梨亞。

赤神財團的直系血親，異端的孫女……

「各位，既然玖渚小姐也到了，就讓我們好好享受一天中最快樂的時光吧。」

伊梨亞小姐像小孩子一樣雙手合掌說：「開動。」她在這方面是精神年齡相當低的人，正確來說應該是不知民間疾苦，不過那跟她的外表也沒有太大差異。

話說回來，幾乎容許客人為所欲為的島嶼團體生活，也有唯一的一項規則，那就是「大家一起吃晚餐」。聽起來像是人人都能遵守的簡單規則，但據說還是有不少「天才」因為無法遵守這個簡單規則而被請出小島。天才這種人，往往跟欠缺常識與情理的人有許多共通點。

伊梨亞小姐左右兩邊分別坐著兩位女僕，左側是明子小姐跟玲小姐，右側是彩小姐與光小姐。因為無法區分彩小姐與光小姐，所以不知道彩小姐在右邊還是左邊，光小姐在左邊還是右邊。倘若可以從動作或神情來判斷倒還好，不過對於缺乏觀察能力的我來說，那有點困難。玖渚可以區別她們兩人（毋庸置疑，因為她是玖渚），但據說連她們的主子伊梨亞小姐都分不出來，兩位當事人對此也不是很在意。

「各位，請舉起手邊的杯子……乾杯！」

伊梨亞小姐高舉玻璃杯，唱歌般地說，包含我在內的所有人也跟著舉杯。話雖如此，我和玖渚前面的杯子裡並不是紅酒，而是果汁。

因為我跟玖渚都還未成年。

圓桌上擺滿了賞心悅目的料理，那是天才廚師佐代野彌生的得意作。就從最接近我的餐點開始依序為各位介紹吧：

慕思香烤小羊排、卡布其諾甘薯湯、陶罐鵝肝醬與松露貝殼麵、清蒸貽貝、比利時風味青醬燉鰻魚、醋漬鯡魚、鯨魚生魚片。義大利麵、沾醬義大利餃、駝鳥肉薄片。各式水果、馬鈴薯蛋沙拉、橄欖油拌炒蘑菇。

「……」

一頭霧水。

彌生小姐應該是配合十二個人的喜好，天馬行空地烹調料理吧。縱使聽了菜名，我也不知其中含意。也無所謂，反正名字這玩意兒對本質一點影響也沒有。

我是如此認為。

之後還會上甜點，但冷靜思考，還真是驚人的分量。再加上彌生小姐的料理實在太過美味，總是讓人禁不住多啖兩口，維持體重就變成一大難題。不過，這方面的調配，彌生小姐好像早已替大家計算好了。

「計算卡路里還可以如此美味，真不愧是天才……」

我用只有自己聽得見的音量，重複說著這句話。

這麼說來，午餐時和彌聲小姐聊了一會兒。偶然餐廳只有我跟彌生小姐兩人，我便趁機問她關於她的那個傳聞。

換言之——任何料理都可以做得比別人好吃的技術，究竟是什麼？就是這個問題。

彌生小姐聽完，神色有些古怪地笑了。

「可惜要讓你失望了……我跟姬菜小姐不同，沒有那種超能力似的東西喔……基本上就是努力跟鍛鍊。」

「是嗎？」

「只不過……關於那個**傳聞的起因**，我大概猜得到是什麼。跟他人相比，我有一點……不，應該是非常，我的味覺和嗅覺非常敏銳喔。」

如此說完，彌生小姐忽地輕吐香舌。「用小故事來比喻的話……對了，海倫凱勒雖然失明，據說可以憑體味識別他人。我也跟那個很像……只是嗅覺沒有她們那麼厲害，不過，例如……」

彌生小姐攫住我的手臂，突然舔了我的手背一口。我做夢也沒想到她會這麼做，驚訝得差點驚呼出聲，最後總算將「哇啊啊！」的喉嚨震動嚥下去。

「你是ＡＢ型吧？」彌生小姐依然伸著舌頭，像愛因斯坦般地微笑說：「而且，還是

Ｒｈ陰性……對不對？」

她這麼一說，我猛然想起正是如此。領取護照的時候，健康檢查的醫生曾經對我說：「你的血型真少見。」所以，彌生小姐說得確實沒錯，可是——

「那種事情，舔一下皮膚就可以知道嗎？」

「正確來說，是舔『汗水』。我的舌頭可以將約莫兩萬種味道分為二十個強弱等級。嗅覺的話，大概是它的一半吧……」彌生小姐螓首微側，動作很是可愛。「我既沒有園山小姐那麼聰穎，也不像伊吹小姐精通藝術。既不像玖渚小姐那麼擅長機械，也沒有姬菜小姐那種超能力，其他方面完全不行，唯有這個是從小就有的優點。我心想如果要發揮這項長處，就只有當廚師了。」

那似乎叫做「絕對味覺」。

就像是「絕對音感」的味覺版，但跟絕對音感不同，無法經由訓練習得。總而言之，對！簡單地說，佐代野彌生是神所揀選的人。能力優秀者可以分為兩種：被選擇的人跟自己選擇的人，正如具有價值的人跟創造價值的人。當然後天的努力鍛鍊是彌生小姐自己的苦功，但基本上彌生小姐是屬於前者的天才。

換句話說，彌生小姐並非自己選擇踏上現在的「廚師」之路，正因為先天具有那種能力，彌生小姐才會學習烹飪術，遠赴歐美磨練她的長才。

味道這種東西終究得基於個人的味覺判斷能力，而能夠將多少味道當作自己的東西加以發揮與使用，應該跟烹飪技術有相當程度的關係。這麼一想，便能肯定彌生小姐的烹飪手腕。

如此這般的強詞奪理，實際上毫無意義。重點是——彌生小姐的料理很美味。

如果將圓桌想成時鐘，伊梨亞小姐當作十二點，這位佐代野彌生小姐剛好就坐在彩小姐隔壁的三點鐘位置。

四點鐘位置是逆木深夜先生。他向來擔任佳奈美小姐的看護，但在這種場合卻看不出有任何自卑，反而顯得落落大方。

然後，他旁邊的五點鐘位置是伊吹佳奈美小姐。她的椅子後面有一張輪椅，應該是坐著那張輪椅來的吧。心情看起來並沒有不好，但也沒有很開心的樣子。

六點鐘位置是玖渚友；換句話說，宅第主人赤神伊梨亞跟玖渚友是面對面的形勢。儘管這也不代表什麼，但僅僅如此也很令人緊張。不過，我緊張也沒有任何意義，而當事人玖渚的字典裡根本就找不到「緊張」這兩個字。

所以——坐在幸運七位置上的人就是我。

左側的八點鐘位置是七愚人園山赤音小姐。赤音小姐正專注地享用彌生小姐的料理，沒想到她是個食欲旺盛的人。話說回來，身為學者的赤音小姐同時也是人類——或許本人會否定這種說法——不吃飯當然無法生存，但即便用正常人的角度來看，她仍舊是個大胃王。那種吃飯的模樣，連旁觀者都為之心情愉悅。自己的料理如此被人大快朵頤，彌生小姐想必是得償所願吧？

赤音小姐隔壁的九點鐘位置是天才占卜師，或者稱為ＥＳＰ系超能力者的姬菜真姬小姐。她不知何時換了衣服，跟早上的打扮不同，頸部抽繩的露背條紋襯衫搭配淡粉紅色羊毛衫，印著羊咩咩圖案的七分褲，頭上梳著雙馬尾。不知是否注意到我的視線，她對我噗嗤一笑，咬了一口小羊排。彷若「洞悉一切卻仍不置一詞」的那種神氣，讓對方坐立難安。

哎呀呀。

那麼，接下來是十點鐘位置，應該跟彩小姐與光小姐擁有相同基因，戴著黑框眼鏡的千賀明子小姐。沉默寡言，幾乎沒有表情，彷彿只是處理般地將食物送進口裡。享用這等料理卻沒有任何反應，搞不好明子小姐沒有味覺。

十一點鐘位置是女僕領班，同時是伊梨亞小姐的心腹，彩小姐等三人的直屬上司——班田玲小姐。相較於略帶稚氣的彩小姐三人，玲小姐則像是成熟、俐落的上班女郎。雖然並未與她深入交談，但性格似乎一如外表嚴厲，從光小姐那裡聽過幾次訴苦。

如此這般——

「——共計十二人。」

……幸運七？就憑你？

純屬戲言。那種玩意兒又有何意義？此刻顯然就只有我格格不入，根本就是走錯地方。話說回來，迄今十九年的人生裡，無論是神戶、休士頓、京都或是這座荒島，我在哪裡都是格格不入的那一個。

在這廣大的世界裡，我是孤獨的。
無所謂。
我喜歡孤獨。
那並非虛張聲勢。
就算是也無所謂。
「對了，話說回來。」
伊梨亞小姐將適才的話題全面推翻。這張圓桌的談話主導權完全掌握在伊梨亞小姐的手裡，這方面的任性程度真不愧是大小姐。
伊梨亞小姐用清亮的聲音續道：「謠言好像已經傳開了，我就向各位宣布吧，關於下一位客人——下一個天才。」
眾人都盯著伊梨亞小姐，不，只有玖渚偏偏繼續吃著鯨魚肉。想要引起這丫頭的興趣，是一件頗為困難的事。
「我可以明確告訴大家，預定一週後造訪本島的人物具有卓越超群的才能，比起在座的各位相信是毫不遜色。我極欲款待那個人，也請各位多幫忙。」
眾人反應各異，特別是聽見「比起各位毫不遜色」云云時，情緒也隨之波動。在互相牽制對方般的氣氛中，舉手「提問」的是凡人的深夜先生。
「對方是怎樣的人？我只聽過傳聞，知道的並不多，聽說是非比尋常的全能者？」
「是的，雖然我只有見過對方一次……對！一次就已經夠了。基本上，那個人就像我的**英雄**。」

伊梨亞小姐用若有所思的視線抬首望天。「對我而言，就等於**英雄般的存在**。就像推理小說裡的名偵探，或者怪獸電影裡的怪獸吧？」

怪獸？

我不由得感到自己的雙眉蹙起。伊梨亞小姐剛才大刺刺地脫口說出「怪獸」，但那個比喻正確嗎？那不太像是用來比喻人類的單字，即便使用，也絕非褒揚之詞吧。

「看來妳對那個人是讚譽有佳，似乎非常值得期待。」深夜先生好像很開心，誇張地哈哈大笑。「——既然是全能天才，莫非那個人？不知道會不會畫畫呢？」

「雖然沒有看過，但也沒道理不會吧？對那個人來說，畫個圖應該是易如反掌。」

這句話果然傷了佳奈美小姐的自尊。佳奈美小姐有點……不，是用極為不忿的表情，語中帶刺地說：「可以請教尊姓大名嗎，伊梨亞小姐？那種非比尋常的高人想必是聲名遠播吧？」

白天也有這種感覺，這個人的自尊心非常強烈。儘管不是壞事，但那也並非全是好事。既然是佳奈美小姐自己選擇的生存方式，我也不便置喙，不過，至少我不可能接受那種生存方式。

伊梨亞小姐完全不知道佳奈美小姐為何生氣（而且，她應該是真的不知道），先是一臉訝然，繼而神色如常地回答：「哀川大師。」

令人一楞。

為這種小事生氣的人簡直就像白痴。

「因為貴人多事，所以哀川大師只能停留三天，請各位跟大師好好相處。我非常喜歡哀川大師，簡直就要愛上大師了。」

伊梨亞小姐嬌羞說完，雙頰升起兩朵紅雲。看見那種小女生似的舉止，眾人更加目瞪口呆。該怎麼說才好，伊梨亞小姐身上似乎有一種氣質，不論說了再蠻橫的話語，對方總忍不住要原諒她。

這或許又是所謂的血統吧。

「——話雖如此，哀川嗎……」

前所未聞的名字。至少，孤陋寡聞如我從未聽過。我偷覷了玖渚一眼，也不知她有沒有聽過，依舊一個勁兒地吃著料理。對於自己沒有興趣的事物，玖渚大概就是這副模樣，比小孩更難講理，比動物更難相處。啊，不過至少還肯乖乖坐在椅子上哪。

「啊啊，真是萬分期待，哀川大師竟然願意再度大駕光臨，幸虧我沒有放棄，不斷邀約。簡直就像做夢一樣，如果真的是夢怎麼辦呢——」

伊梨亞小姐如痴如醉地說。從她的樣子判斷，伊梨亞小姐對於那個叫哀川的男人相當迷戀，那種口吻簡直就像在訴說自己長年愛戀的男人。

而那種名字的稱呼方式——彷彿帶著深深的敬意。

「啊——對了，玖渚小姐。」伊梨亞小姐將話題帶到玖渚身上。「玖渚小姐在那之前就要離開了嗎？」

「咦？嗯！嗯嗯！」聽見問題的玖渚簡單回應，可是雙手的筷子卻沒有停頓的跡象。唉，從雙手持筷這點來看，要求這丫頭遵守用餐禮儀的人才是蠻不講理。「對呀，還剩四天唷。」

「那真是太可惜了，這麼難得的機會。我也非常希望玖渚小姐能夠見見哀川大師，非常希望能將玖渚小姐這種人才介紹給哀川大師，不能改期嗎？」

「不行，人家是絕不變更預定的專家，簡直可稱為會走路的時間表呢！當然阿伊也是呦。」

幹麼拖我下水！基本上，本人的時間表上也沒有來這座島的預定。

「是嗎？」伊梨亞小姐不勝惋惜地頷首。接著，刺探般地詢問玖渚。「那個……莫非玖渚小姐在本島玩得不開心？妳好像也很少離開房間。」

「人家是很少離開房間的專家呀。唔——很開心哩！超級開心，人家不論何時、何地、任何情況都很開心呦。」

「……」

我因為玖渚的話而微微一僵。玖渚這話一點也不誇張，對於將自己的世界完全建構於腦裡的人而言，根本不可能有不開心的時間。可是，不知道「開心以外」的感情，究竟是怎麼樣的情況？不論何時、何地都很開心，又是多麼可怕的悲劇？

那些我已經知道了。

「喔——是嗎？」伊梨亞小姐聳聳肩。

「可是，玖渚小姐，我覺得跟哀川大師見面，對妳一定有所幫助喔。只要跟那種人見面，一定會有所啟發。」

「啟發？真是無聊！」

就在此時，宛如一直在旁俟時而動，佳奈美小姐立刻插口。

「受他人影響這種事啊，我認為就是凡人的證據，無能的證明。笑死人了！雖然不曉得那位大師有多了不起，但我認為跟那種人見面一點意義也沒有。」

「哎呀哎呀，真的是那樣嗎？」

跟佳奈美小姐唱反調的人，這個情況說「自不待言」也無妨吧？正是園山赤音小姐。

「我在ER3系統裡，跟地球最頂尖的頭腦一同生活超過五年，倘若沒有那段經驗，我想也不會有今時今日的我。跟優秀的人相處，自我也會因此提升。」

「什麼ER3？真可笑！不，根本就是**愚蠢**！要我被那種集團束縛，本人絕對敬謝不敏！」

「沒有什麼束縛不束縛的，大家都是自由發展，相互提升能力而已。」

「自由？請妳別濫用自由這個字眼，沒有限制的集團就不是集團了。反正園山小姐妳啊，也只是特權階級的一分子吧？啐！我跟妳在這座島上的相處時間也不算短，可也不覺得自我價值有所提升，反倒覺得被拉低了呢！」

兩個人怒目相向。當著這麼多人面前吵了起來，怎會如此不成熟？我有一點錯愕。

女僕們坐立不安，彷彿想要出聲打圓場，但見到主子伊梨亞小姐興致高昂地微笑觀戰，她們也只能噤口。我不太適合幹這檔子事，彌生小姐也是興味索然的樣子，真姬小姐則是一副事不關己的態度，而深夜先生像是早已司空見慣，完全無動於衷。喔喔！這麼一大群人卻沒有半個人挺身而出？真令人震驚。

「……」

不……有嗎？

還有一個人。

「反正人類就是群聚的生物啊，伊吹小姐。像妳這種好耍無賴、仗恃特權意識的人，我才認為應該好好反躬自省。」

「那是因為妳不跟別人攪在一起，就活不下去吧？人類可不是洄游魚！況且我也沒有特權意識，不過不願意貶低自我罷了。合理評價物事的正直者，那就是我的生存方式！」

「是嗎？」

「**是嗎？**啊——又來這一套！自以為這樣模糊問題就沒事了？自以為不闡明自己的意見、採取曖昧的立場，就會顯得很聰明？『啊～是啊是啊』的敷衍態度。您的確是冰雪聰明呢，**是嗎？**我啐！」

「有一點聽不下去咩。」

話聲——是玖渚。

她就像鬧彆扭的小孩般地嘟起嘴，看著佳奈美小姐。

「吵死人啦！佳奈美，赤音。」

眾人驀地一驚。似乎沒有人想到玖渚會說那種話。

我以前有過經驗，因此並未特別吃驚。這丫頭——玖渚友非常討厭別人在她面前吵架。從她平常漫不經心的態度來看，或許有些意外，但也不是不能理解。最喜歡開心的玖渚，當然不喜歡不開心，道理就這麼簡單。

「……對不起，說得太過火了。」

儘管有些意外，先開口道歉的人是佳奈美小姐。這樣一來，赤音小姐也算是有頭有臉的大人，當然不能隨便敷衍，有點窘迫地別開視線說：「我也不好。」

然後兩人都垂下玉首。雖然依然殘留一股尷尬的氣氛，但一連串的騷動也終於落幕……

原本應該如此，然而最後卻被真姬小姐摧毀了。

「好像還有一場風波喔……」

真姬小姐臉上浮現高人一等的微笑，用眾人皆可聽見的聲音冷冷低語。好不容易回歸平靜，這個占卜師在那裡嚼什麼舌根？「那是預言嗎？」陡然眼放異彩的伊梨亞小姐追問她。

「是怎樣的『風波』，姬菜小姐？我非常有興趣，可以告訴我嗎？」

「我不會說的，我——什麼都——不會說——是啊……」姬菜真姬說著，眼光唰地瞥向玖渚。「因為我並沒有想要干預全世界的那種傲慢思想呢。」

「那是什麼意思？」我忍不住出聲反駁。當事人玖渚這時已經開始專注地攝取營養，看來她剛才真的只是嫌吵。「真姬小姐，妳那是什麼意思？」

「什麼意思也沒有，就像你的行為沒有任何意思。你喔……嘻……原來是會為不相干的人生氣的人啊。我覺得那樣不太好，雖然也不是壞，但就是不太好。」

「哎喲，為什麼呢？」

伊梨亞小姐插入我們的談話。啊！正確來說，應該是我插入她們的談話嗎？

「我倒覺得能夠為不相干的人生氣很了不起，現今社會很難得有這種人呢。」

「可以為了別人發洩情緒的人啊，一旦出了事情，也會把責任推給別人。我啊，最最最討厭你這種人了！」

我也很久沒被人這般當頭叱罵了。真姬小姐緩緩轉頭，目不轉睛地注視我。

「你是隨波逐流的人，跟著眾人闖紅燈的那種類型。你啊，是令人嘆為觀止的舉棋不定先生。我們不是常說『和而不同（註5）』嗎……少年郎！你的情況就像是『同而不和』……我可沒說那樣不好喔！我不會說那樣不好，不會說的，因為我不認為有主體性就等於有個人價值。比起沒有在鐵軌上行駛的火車，行駛中的火車就是好火車，因為

5　出自《論語子路篇》，君子和而不同，小人同而不和。意指君子內心能與人和睦相處，但不盲目苟同，小人則反。

此我對此不予置評。可是，我討厭那種人，最討厭！因為那種人總是怪罪他人，不願自己承擔責任。」

隨波逐流。的確，那是我的生存方式。可是——

「我——」

因為我很討厭那種事。與玖渚相遇以後，打從心底厭倦那種事。

「我沒理由要被妳指責，姬菜真姬小姐。」

「生氣了喲？想不到你的沸點這麼低，容易沸騰……容易冷卻？」

「夠——」

夠了！

夠了！夠了！

夠了！夠了！夠了——

夠了！妳這個——

「阿伊。」

颼地一聲。

玖渚扯扯我的袖子。

「不可以為這種小事生氣唷。」

……

玖渚友。

「……知道了。」

感覺體溫唰地降低，力量從體內消失，與其說是脫力的感覺，倒比較接近疲憊。

我把抬起的腰部重新放回坐位。

真姬小姐用非常溫柔的笑臉看著玖渚說：「對不起，開開玩笑而已。」

這天晚餐就在這種不愉快的氣氛下草草收場。前兩天當然也不是平靜無波，但「全能先生」的存在似乎徹底破壞了某種東西，因此，不免令人憂心「哀川大師」抵達後的情況。不過，屆時我已不在這裡，其實跟我也沒什麼關係。

話說回來，我實在搞不懂真姬小姐為何一直找我麻煩。或許我給她的第一印象確實很差，但事情應該沒有那麼單純。真姬小姐彷彿真的非常討厭我，可是，絕對不可能因為這個理由就不斷找我麻煩。

愛的相反不是恨，而是無視。倘使只是單純的厭惡，應該不至於那樣百般糾纏。若是針對其他天才，那也就罷了，為什麼姬菜真姬要對普通老百姓的我找碴呢？兩者之間，原本應該毫無瓜葛才對啊。

真是不可思議。

我一味想著這件事，對於真姬預言家所說的「風波」一詞並未多加深究。倒也不是說如果當時多加留意，情況就會變得如何如何，但事後回想起來，總是令我後悔不已。

那是莫可奈何的事吧。

畢竟能夠事先後悔的人，這座島上也只有真姬小姐而已。

2

跟玖渚借用浴室，神清氣爽地梳洗完畢時，時間已經超過十點。玖渚坐在電腦前面的旋轉椅，可是三臺電腦都電源都沒有開，她只是在椅子上轉來轉去地玩著。這丫頭的三半規管還挺硬朗的！

「妳也去洗個澡啦！」

「不要。」

「……今天不洗就算了，明天要洗喔。」

「不要。」

「明天就算剝掉妳一層皮也要把妳綁進浴室。不願意的話，就自己乖乖去洗。」

「唔——真麻煩耶。」

玖渚離開椅子，猛然伸直腰桿。「人家好羨慕小魚兒唷，牠們一生都不用洗澡，不過冬天會不會冷呢？嗯——對了，阿伊，你有聽過嗎？那個啊，魚不是養在水槽裡？如果慢慢增加水槽的溫度，就是不讓魚發現那樣慢慢地、慢慢地、一點點地、一點點地增加，然後最後就變成熱水了嘛。可是因為身體適應那種緩慢的變化，所以小魚兒就可以在沸騰的熱水中繼續游泳呦，如假包換的事實。那麼，阿伊，我們從這則故事可以得到什麼啟示呢？」

「溫室效應不會影響人類。」

「答對了！」

玖渚興高彩烈地嘻笑。真是元氣十足的女生啊——正當我胡思亂想之際，玖渚冷不防「吧嗒」一聲摔到。沒有任何防護動作，整個人正面撲向地板。

連在旁觀看的我都心裡發毛。

「好痛唷~唉唷~」

那當然痛了。

「妳在搞什麼鬼……」

「肚子好餓耶~」

「剛才不是吃了一堆？」

「那種事才沒有關係呢。人家今天早上、中午都沒有吃，一定是吃的量不夠。白天已經睡得很夠了，所以到明天為止不睡也沒關係。人類沒有囤積食物和睡眠是不行的喔~」

「人類的身體才不是那樣！」

「那人家就不是人類囉。走吧！阿伊，去找東西吃吧？不過，可不可以先幫人家重綁頭髮？」

「彌生小姐可能已經回房了。那個人起得很早，可能已經睡了吧？」

再怎麼說，也不能把她挖起來做宵夜，不能忘記彌生小姐也是客人之一。

「小光應該還沒睡吧？小光的料理也是料理，另有一番小光料理的美味呢。假如小光也在睡覺的話，阿伊！阿伊來做就好了呀。」

「為什麼要我做？」

「因為阿伊做菜的背影很可愛咩。」

玖渚趴在地上咯咯怪笑。

「……好好好好！我知道啦！懂了啦！不過先幫妳綁好頭，過來！」

「遵命！」

我先解開玖渚的頭髮，再幫她綁成比較鬆的辮了。我們於是離開房間，朝客廳走去。

「啊啊，對了，剛才抱歉。」

「什麼事？啊啊，真姬的事嗎？唔，沒關係，原諒阿伊。可是跟以前相比，阿伊也變圓滑了呢~人家也沒想到一句話就可以阻止你，休士頓的生活很辛苦嗎？」

「是啊……在那種砂漠住個五年，價值觀當然會變——或許跟砂漠也沒什麼關係。」

「在那裡發生過什麼事，有空再告訴人家喔。」

「……妳也變了很多，外觀姑且不論，我是說內在。」

「世界上沒有不會變的東西，就像Panta Rhei。」

「班田玲？」
「萬物流轉說咩……阿伊腦筋明明很好，可是什麼都不知道耶。」
「只是記憶力不好啦！我也希望至少可以擁有正常人的記憶力。」
至少不會忘記快樂回憶的記憶力。
至少可以明瞭人生也有許多樂趣的記憶力。
「啊！發現小彩了。」
玖渚說完，便往前方走廊奔去。仔細一看，彩小姐的確在前面。不，就算距離沒有這麼遠，我基本上就不可能區分出那是彩小姐還是光小姐，也可能是剛好摘下眼鏡的明子小姐。可是，既然玖渚說是彩小姐，應該就是彩小姐吧。
玖渚跟彩小姐在我抵達前說了兩、三句話，然後玖渚折回我身邊，彩小姐則直接朝走廊的反方向離去。這麼晚了，彩小姐還有工作沒做完嗎？倘若如此，那真是辛苦了——我在心裡胡思亂想。
「妳們說了什麼？」
「她說小光在客廳。」
「啊，是嗎……那真是太好了。」
然而，人世間的事，往往無法盡如人意。
客廳裡除了光小姐以外，還有逆木深夜先生，以及我的天敵——姬菜真姬小姐。三個人分坐在U字形的沙發上談笑風生。

茶几上擺著酒、杯子和一大盤下酒用的起司。光小姐率先看見我們，舉起手招呼。「啊，友小姐！」既然被發現了，那就莫可奈何，我們走到沙發坐下。

更不幸的是，玖渚迅速占領光小姐隔壁的位子，因此我只能坐在真姬小姐旁邊。當場離開不啻是挾著尾巴逃走，我是一萬個不願意，臨陣脫逃欠缺武士精神。真姬小姐彷若在宣示她已完全看穿我的心思，做了一個促狹的表情，再若無其事地說：「歡迎來到真姬俱樂部。」

「剛才真抱歉耶……好像不小心踩到你的痛處。」真姬假惺惺地道歉。「我真的覺得很不好意思喔。那麼痛的地方被人踩到，任誰都會生氣的嘛。」

「其實也不是什麼痛處。」

「對呀，應該是心痛之處……」

真姬小姐對我嗤嗤調笑。她喝醉了嗎？不，這個人就算沒有喝醉，也是這副模樣，喝醉說不定還比較好。真姬小姐咕嚕一聲將紅酒一飲而盡，然後把酒杯伸向我。「來！你也喝一杯，少年郎。酒精是個好東西唷，可以讓人遺忘所有煩憂。」

「我沒有什麼想要遺忘的煩惱。」

「也沒有想要記住的歡樂。」真姬側頭嘻嘻一笑。「我覺得你不是因為沒有記憶力，才記不住快樂的事。人生裡沒有太多快樂的事，也沒有太多悲傷的事，啥～都沒有！空空如也！啥都沒有比黑暗更可怕，是吧……哇哈哈，人生真快活！」

迴知過去，他心通。

那塊招牌看來並非只是虛張聲勢，甚至還免費奉送千里眼咧！

「……饒了我吧，真姬小姐。這簡直是欺負人嘛！」

「就是在欺負你呀，來來來，快乾一杯。」

「我還未成年，不能喝酒的。」

「真是個乖寶寶耶。啊～不管！不管！故意裝冷漠。嘩──阿伊酷斃了！你想要我這麼讚你嗎？嘖，真是夏天也要被你給冷死了。」

真姬小姐無趣地將杯子移回自己面前。

玖渚不知是否餓過頭，狼吞虎嚥地吃著下酒用的起司。雙手並用，很不雅觀。我知道勸也沒用，如今也提不起勁來糾正她。

「這是至尊（Supreme）、瓦蘭西（Valencay）、馬羅瓦爾（Maroilles）、森林起司。」光小姐親切地向我介紹，聽說都是跟紅酒很合的起司。我試著取一塊放入口裡，的確很好吃，但能夠猛吃起司不喝水的傢伙，大概也只有玖渚吧。

「佳奈美怎麼了？」

過了半晌，深夜先生一手拿著起司問我，一副等著看好戲的態度。

「模特兒的事情順利嗎？」

「嗯嗯，還好，沒發生什麼問題。」

「那傢伙個性很差吧？」明明是他的老闆，深夜先生卻沒皮沒臉地說道。

「不，沒的事……」

「是嗎？至少我沒見過個性比她差的女人。」

我見過。如今就在隔壁大口喝酒的人。

「沒發生什麼麻煩……啊！不過，被她突然砸畫的舉動嚇了一跳。」

深夜聽完後苦笑。

「啊啊，那個……對對對，我去畫室的時候，她還在那兒說：『深夜，把這個垃圾處理掉。』『你以為你是畢卡索啊！』……真抱歉，那種行為就像是那傢伙的派頭，別放在心上。她是幾乎沒什麼努力就成功的類型，才會那麼不可一世。要是不耍耍威風，她就活不下去。」

「派頭嗎？」

「嗯，做了那種行為以後，看起來就很像一流藝術家吧？她有沒有說那些藝術家派頭的話？應該有說那些裝腔作勢的話吧？那傢伙就是那樣。」

「呃，的確有……可是，那應該是佳奈美小姐的真心話吧？我是這麼覺得。」

「當然是真心話啦，鐵定是真心話。不過，那種話沒有必要說出口吧？如果是真正的藝術家，就不會說那種話了。佳奈美雖然是天才，但不能算是藝術家，那樣只不過是在擺架子，至少我是如此認為。所以，我真的希望佳奈美能夠再剝掉一層皮……」

深夜先生的神情略顯寂寞。他啜了一口紅酒，又接著說：「事實上啊。」雖然跟這個話題沒什麼關係，不過我覺得他這個人跟紅酒杯十分相襯，有一點羨慕。

「拜託你當模特兒，也是基於那個理由，因為那傢伙很少畫人。」

「是嗎？可是她跟我說，她是不挑題材的。」

「儘管不挑題材……那是好惡的問題，那傢伙很討厭人，不管怎麼畫都會抱怨。以前是眼睛看不見，加上現在雙腳不便，更重要的是她那種性格，所以跟別人處不來。」

「天才就是那樣子啊。」

善於跟人打交道的天才，我也只聽過高斯而已。米開朗基羅據說就相當惹人厭，啊！不過米開朗基羅好像是因為本身不喜歡人，所以才會被人討厭。

「即使不是天才，有些人也很不會跟人相處哪。」真姬小姐悠悠議道。

啊啊，或許正如她所言。

「那傢伙一直都是自己走過來的，她對此也很自豪……我想應該是這樣，才會跟園山小姐處不好吧。」

的確，在ER3系統內、在團體中施展長才的赤音小姐，跟終極的個人主義者佳奈美小姐，是完全不同類型的天才。兩人會如此不對盤，應該是再自然不過的事吧。

「教佳奈美畫畫的人就是我。」

深夜先生說道。

「那傢伙的眼睛後來治好了……但是那傢伙當時一無所有，既沒有家人，也沒有擅長的才能，所以我才教她畫畫。原本只是希望讓她有個慰藉……沒想到她一個月就超越我了。」

「……深夜先生也畫畫？」

我頭一次聽說。

深夜先生害臊地聳起右肩。

「被佳奈美趕過以後，就放棄啦！韋羅基奧（註6）一發現自己被達文西超越，便停止作畫了。那種心情，我那時終於明白了。既然身邊就有那麼厲害的傢伙，我也沒有提筆的必要了。」

今天早上，深夜先生對我說：「你跟我還真像。」當時不明白他的意思，現在我懂了。

伊吹佳奈美之於逆木深夜。

那就猶如玖渚友之於我。

縱使嘴上講得很難聽，但深夜先生對佳奈美小姐有一種可以稱為絕對的好感，現在我終於明白了。

「深夜先生也是替別人緊張的類型呢。」

彷彿解讀出我的內心想法（啐！真是諷刺的比喻），真姬小姐說道：「不過呢，跟某某人不同，我倒是相當喜歡深夜先生。」

「為什麼？」

「因為深夜先生不會把責任推給別人。」

---

6 Andrea del Verrocchio（1435-1488），十五世紀佛羅倫斯派畫家和雕刻家，曾為達文西之師。

這個人說話真是句句不入耳。

「那、那個……」光小姐一臉為難地替我和真姬小姐調解。「要喝什麼飲料嗎？」

「……有果汁的話，什麼都可以。」

「好，請稍待片刻。」

光小姐從客廳一隅的迷你冰箱中取出薑汁汽水的小瓶子，旋即折回，笑咪咪地繞到我旁邊。

「請用請用。」

「……」

這個人果然是飽經風霜。此刻跟真姬小姐吵嘴，總覺得對光小姐很抱歉，因此我拚命抑制激動的情緒。

啊啊……我的確是將責任推給別人。

可惡……

就像被人玩弄於股掌之上。

「小光，人家也想喝果汁耶。」

「好！馬上來——」

光小姐立刻繞到玖渚身邊。真姬小姐看著她們說：「說起來，玖渚也是未成年嘛。」

「不過無所謂吧？如何？就喝一杯？」

「請不要鼓勵她喝酒。」

「哎呀呀，擺起監護人的架子啦？」真姬小姐覺得奇怪地笑了起來。「真好！真好！年輕真是太好啦。」

「真姬小姐也還很年輕吧？」

「我已經二十九了。」

真姬小姐輕描淡寫地應道，可是我有一點詫異。她老是穿得跟小孩子一樣，因此我以為她頂多跟伊梨亞小姐差不多。

「喲！那就跟佳奈美同年了。唉，姬菜小姐，那的確還很年輕，不像我已經三十二了。年過三十以後，就感覺歲月不饒人，跑個步都喘得跟什麼似的。」

「光小姐幾歲呢？」我趕緊把握這個機會問道。

「二十七。」

「……換句話說……彩小姐也是二十七嗎？」

「啊啊，是啊，我們是三胞胎嘛。」

二十七……那個數字不停在腦海盤旋。二十七歲，彩小姐跟光小姐都二十七歲啊……這麼說或許有些失禮，但實在看不出來。莫非這座島上流竄著阻止成長的古怪空氣？

「……」

當然不可能。

又不是夢幻島。

「赤音記得是三十歲，彌生也應該差不多吧？這麼說來，大家都很年輕哩～伊梨亞一定是喜歡年輕的女天才唷。」

「那還真是詭異的興趣……」

「對呀。」玖渚點點頭，將起司塞進嘴裡。她好像不小心拿到辛辣口味，猝然就著瓶口猛灌汽水，結果汽水似乎不慎流進氣管，又開始咳個不停。這丫頭到底在搞什麼！

「唉——」深夜先生嘆了一口氣，感慨萬千地說：「我想假如帶佳奈美來這座島，過過孤獨的團體生活，或許她會有什麼改變……喏！就跟帶那些逃學的小朋友去露營一樣。可是，這次作戰看來是失敗了，我也差不多要束手無策……那傢伙可能一生都只能那樣生活吧……」

不被任何人理解。不求任何人理解。

不依賴他人，只依賴自己。一邊啃蝕自己，一邊繼續生存。

「……那也是一種生存方式吧。」

「你在說誰？」

刻薄的臺詞出自於誰的檀口，已無須多加解釋。

「……話說回來，姬菜小姐是來這座島做什麼的？」深夜先生問真姬小姐。「我之前就很想知道，應該不是純度假吧？」

「嗯——就是純度假。因為很快樂嘛，白吃白住，又有錢拿，真是桃園仙境哩。只要利用網路，在這裡也可以占卜，真是便利的世界。快樂！快樂！快樂似神仙——」

無可救藥的大人。而且是程度頗為嚴重的無可救藥。

「你有什麼資格批評我？」真姬小姐對**無言**的我抗議。「要批評別人的話，你自己又是來做什麼的？玖渚叫你來，你就跟著來了——你該不會說這種蠢話吧？」

明明知道答案，這個人真是夠了！

真是的！她為什麼要一直找我麻煩？說不定真的沒有任何目的、沒有任何理由，只是單純在戲弄我，這種可能性非常高。

「才不是呢。」

真姬小姐對我如是說，接著又轉向玖渚。

「算了，反正你這種傢伙怎樣都無關緊要。玖渚！玖渚是來這裡做什麼的呢？」

「心血來潮呀！心血來潮！人家才不會對自己的行動一一找理由。」

「真的是這樣嗎？」

真姬小姐大有深意地笑了。雖然不知道別人怎麼能夠忍受她這種個性，可是除了我以外，真姬小姐跟包括玖渚在內的其他人都處得不錯。

「其他人才不像你這麼魯鈍。」

……

「啞口無言啦？啊啊，是放棄掙扎了嗎……呵呵呵，不過我可不會放手，就讓我狎玩到煩膩為止吧。」

根本就是虐待狂的笑容。我的心境猶如被虜獲的獵物。

「他心通嗎？還是這麼厲害啊，姬菜小姐。可是，偶爾也要讓對方喘口氣哪。」

深夜先生無奈之餘，替我打幫腔。「有不少天才就是因為妳做這種事，才會離開這座島。反正他也快走了，妳也不用急著趕人吧？」

「每次我想玩一玩的時候，就會被大家厭惡，這是超能力者歧視！」

超能力……

儘管大家都說得煞有介事，可是那種東西究竟真的存在嗎？ER3系統既然提倡「大統合全一」，當然也有關於超心理學，即關於超能力的研究。諸如：PK、ESP、皮膚視覺、空中飄浮跟隔空取物——關於這些既無法解釋，亦無法觀測的能力，我參加ER計畫時也多次看過相關論文，實際上也見過**自稱**擁有超能力的人（不過最後發現那個人是冒牌貨）。

而經過這些經驗，我所導出的結論就是「終究滿布疑雲」，那些論文就像對「沒有解答的事物」恣意加上自己的解釋。

換言之就是——Dry Love（註7），論文裡盈溢著冒牌科學家們乾涸的愛，固然有其趣味，但也只是有趣而已。若要用來說服他人，少了某種關鍵性的東西。

「那是因為你的價值觀太狹隘吧？」

「……你沒有隱私權的概念嗎？」

7　一種法律用語。

「沒辦法啊！會看到的東西就是會看到，會聽見的聲音就是會聽見。而且你想逃也逃不掉喔，不論你在哪裡，我都照樣感同身受。」

「那樣的話，真姬就是有千里眼跟千里耳的能力囉～」玖渚說。「人家也有很多超能力者的朋友，但好像是第一次遇見有那麼多能力的人呢。多功能！多功能！好棒耶～」

即便是此刻，可能連自己的過去、未來和內心都被對方洞悉，玖渚卻仍舊一派悠閒，莫非玖渚根本沒有任何不願被別人察覺的祕密？

「老實說，我還比較想擁有念力……不像現在全部偏向ESP……喏！隔空取物不是很方便嗎？」

念力——又稱為PK，在學問上跟ESP分屬完全不同領域的能力。現今的超心理學主流認為，倘若排除PK的存在，僅限定於EPS的話，超能力是可以驗證的。因為PK是屬於非人類的能力，但ESP卻只是實際感覺延伸上的一種概念。

「ESP大概也只能用來占占卜……是沒什麼用的能力哪。」真姬小姐嘆道。

如果要運用在實際生活，ESP確實只能用來占卜，但即便如此，我還是抱持懷疑態度。

「真姬小姐能夠證明自己擁有超能力嗎？」

「我覺得根本沒有證明的必要……就像你，要怎麼向別人證明『我就是我』呢？給別人看駕照嗎？假如我有超能力證照，你就會相信嗎？反正怎樣都無關緊要，不管是真的、假的，還是煮的，什麼都不會改變。就像我，即使知道所有事情，也不會有任何改變。」

「是嗎?」

「你的疑心病還真重耶……是了!那我再幫你卜一卦吧?」真姬小姐突然如此提議,微笑地看著我。

不妙!這是出乎意料的發展。

「第一天給我巧妙地避開了……好!就這麼辦吧。而且機會難得,我可是很少幫別人免費占卜的喔。」

「不用麻煩了。」

「回絕得真快啊……看來你是真的很討厭?呵呵,我師父教我要『勇於嘗試別人討厭的事』,就這麼辦吧。」

「根據個人拙見,那句話應該不是那個意思。」

「你是個大說謊家。」真姬小姐不理我,開始下達神諭。「不喜歡表露情感,可是又不善於控制情緒,所以經常做出後悔的事。雖然經常遵從他人意見,但其實主體性相當強。面對困難時拔腿就跑,但腦筋並不差。嗯——所以你才不喜歡跟別人競爭吧?」

「那只是冷讀術(Cold Reading)吧?」我試著抵抗。「那種事情,愛怎麼說都可以,套在任何人身上都適用。」

「是嗎?或許是吧。既然如此,我來說說你跟玖渚的事吧?換言之,就是戀愛占卜……你跟玖渚都是需要朋友的人。不過,為什麼偏偏你們兩個會黏在一起?理由就是……哎呀呀，這小子相當偏差哪。你之所以待在玖渚身旁，是因為非常、非常羨慕玖渚。你非常羨慕可以隨心所欲表露情感的玖渚；但即使如此，卻看起來一點也不幸福的玖渚；明明擁有自己想要的一切，明明可以做到自己做不到的一切，可是卻依然不幸福的玖渚，你看著她，就有一種安心感。啊啊，就覺得自己的願望無法達成也無所謂啊。」

「真的嗎？」玖渚不可思議地歪著脖子看我。

不管那是真的，或者不是真的，我也不認為那種事情可以當著玖渚的面講。我搖搖頭回答：「不是。」

「真姬小姐，你似乎是誤會了，我的人格並沒有那麼複雜，結構其實非常單純。」

「天曉得……或許是，或許不是。」

「喂！真姬。」玖渚移到真姬小姐旁邊。「那人家為什麼會跟阿伊黏在一起呢？」

「不好意思，我沒辦法解讀玖渚的內心跟過去。」

真姬小姐緩緩地聳肩。

「偶爾會遇上妳這種人，也許是八字的問題吧……這種人周圍的氣息也會變得曖昧不清，有一點傷腦筋。就像到了昏暗處，內心有些不安，然後就會情緒不佳。」

所以才找我的碴嗎？真差勁。

「姬菜小姐，利用這個機會，我也來問個問題吧……可以看透未來跟人心，究竟是什麼感覺？」

深夜先生說道。

「這個問題只是基於個人的好奇。」

「嗯——這就像在問蜘蛛用複眼看到的景色是什麼模樣呢。假如要試著說明，對了！就跟看電視一樣，感覺就像房間裡塞滿了電視，而我的手上沒有遙控器。既不能關掉電視，也沒有其他事好做，所以只能看著螢光幕。就像比普通人多了好幾個大腦，這樣聽得懂嗎？」

鬼才聽得懂！

「那麼，雖然話題被那裡的某個呆子扯遠了。玖渚啊，妳還沒告訴我們，妳為什麼要來這座島呢？」

「所以就說心血來潮咩。」

「不對喔，儘管我無法解讀妳的內心，不過至少還曉得不是那樣。」

「唔咿～」玖渚用很奇怪的聲音嘆了一口氣，她好像有一點為難。雖然對真姬小姐的質問方式不以為然，但那也是我所在意的事情。玖渚究竟是為了什麼理由，才想來鴉濡羽島呢？明明是無與倫比的終極自閉。

「既然這樣，我就說了。」終於，玖渚一邊用舌頭翻滾著起司塊，一邊說道：「人家對這座島以前發生的事件感興趣唷。」

3

很可惜，我沒有機會問玖渚那句話的下文。

「事件？那究竟是怎麼一回事？」

原本意欲如此提問，可是差一點就咬到舌頭，因此最後無法開口。即使奇蹟性地說完，不但玖渚聽不見，其他人也不可能聽見，甚至連我自己都聽不見吧。

因為被更大的聲音掩沒。

是搖晃。

我立刻曉得那是地震。

「嗚哇！」驚叫出聲的人是深夜先生。

基於任何情況下都必須沉著以對的女僕職業性質，光小姐馬上對眾人下達指令：「請各位鎮定！」但那實在沒有什麼效果。

真姬小姐彷彿事前就預測出會發生地震，從容自在地將渾身重量壓在沙發上。

我想起中學一年級，仍在日本時所學到的地震知識：小搖晃之後，應該會有大搖晃。至於哪個是S波？哪個是P波？哪個是垂直震動？哪個是水平震動？我的腦筋轉速已經追不上了，但那些都無關緊要。

總之在小搖晃之後，立即出現激烈數倍的強烈震動。身旁的玖渚一副「根本不知道發生了什麼事」的呆滯表情，我急忙將她推向沙發，用身子護住她。枝型吊燈就在玖渚的正上方，萬一掉下來的話，嬌小的玖渚鐵定完蛋。我如此考量後才有此行動。

但那種擔心似乎是杞人憂天，搖晃一下子就停了。然而，「一下子」本身乃是一種絕對性的時間，那段時間對於感覺「只比把手放在火爐上好一點」的我來說，地震彷彿持續了五分鐘之久。

實際上的搖晃時間應該不到十秒鐘吧。

「──結束了？」我壓著玖渚問道。

「結束了喔。」回答的人是真姬小姐。

既然預言家這麼說，應該可以信任吧。「嗚──」臉埋在沙發裡的玖渚好像很痛苦，我於是抬起身子。

「地震嗎……相當大哪。震度有多強呢？」深夜先生一面四下環顧，一面說道。茶几上的杯子和保特瓶東倒西歪，光小姐反射性地整理起來。

「對不起，光小姐，借個電話，我有點擔心佳奈美。」

深夜先生指著內線電話，光小姐點頭同意。深夜先生走向櫥櫃旁邊的白色話機。

「光小姐，有沒有收音機之類的？震度那些資訊……小友，可以用網路查嗎？」

「應該會有快報……呃，從都道府縣來說，這裡是京都吧？不是嗎？」

「這座島的震度是三或四，因為位置微妙，所以沒辦法限定。震央在舞鶴附近，那裡的震度是五。」真姬小姐理所當然地說：「市中心應該沒有災情喔。」

「……妳怎麼知道？」

雖然覺得這個問題很愚蠢，不過就一介正常人的反應，還是試著問問看。真姬小姐先「哎呀哎呀！」一聲，接著答道：「那還用說？就是知道嘛。你腦筋雖好，卻沒有理解力，也沒有記憶力，哎喲？那不就等於腦筋差嗎？總之，用成語形容的話，就是『洞若觀火』啦！伊吹小姐跟其他人應該都沒有受傷。」

「……啊啊，千里眼跟千里耳啊……」

既然如此，距離就不是問題了。既可以跨越海洋看對岸的電視，同時只要先預測出哪個位置有電視就成了；換言之就是ＥＳＰ的複合技巧。

不過就如今的狀況來看，縱使真姬小姐信口開河，我也沒有辦法確認。因為真姬小姐說的內容，都是可以在事後強加解釋的範疇。

但這幢宅第沒有發生重大災情應該是真的吧，目前能夠知道這件事就足夠了。

深夜先生打完電話，折回來說：「佳奈美沒事。」

「她在畫室。說什麼櫃子上的油漆罐倒了還是灑了，有點麻煩，不過佳奈美本身沒有受傷。」

「你不去看看她嗎？」

深夜先生畢竟是看護，即便不是，也應該會擔心雙腿不便的佳奈美小姐吧？「不去也沒關係。」深夜先生兩手一攤。

「我想她也不希望我去。」

「為什麼這樣想？」

「因為她叫我別去。」深夜自嘲苦笑。「佳奈美那傢伙好像正在工作。你知道的嘛，就是在畫你的肖像，她說要畫成一幅曠世名作，叫我別去打擾她。」

「就算是伊吹小姐，倘若模特兒不好，再高深的技巧也難化腐朽為……」

「……喂！妳該不會是真的很討厭我吧？」

「嗯！」真姬小姐很認真地點頭。

哎呀呀……

唉，也罷，反正我的人生也不過爾爾。

我轉向光小姐。

「這座島經常發生地震嗎？」

「倒也稱不上頻繁……不過深夜先生也經歷好幾次了，是吧？」

「嗯，可是這次特別強烈。」

「傢俱不知道有沒有傾倒？我有一點擔心。」

「搬傢俱的話，我可以幫忙。」

「不，那怎麼好意思。我們明天會按照玲小姐的指示處理，請放心。」

光小姐嫣然一笑。倘使有這種媽媽的話，小孩子想必也會健全成長吧。假如不是在這種地方，以這種方式相遇，我說不定會真的喜歡上她——我不由得這麼想，但也是因為理解那種事絕不可能發生，才會如此作想。

「唔咿咿，好久沒遇上地震了。」玖渚終於從沙發上爬起，一邊玩弄著藍髮，一邊嘟噥。「嗯——人家房裡的電腦寶寶們沒事嗎？應該沒事吧。震央在舞鶴的話，家裡應該也沒事吧。說起來，大地震還真令人懷念哩～阿伊是那個嘛？那時已經在休士頓了嘛？」

「嗯，是啊。」

好像在那邊的小房間裡看過新聞，又好像沒有。

「人家那時可慘了耶～因為那時還是神戶人，電腦類幾乎都瞬間當機呦，害人家嚇了一跳。」

那種程度的地震也只有「嚇了一跳」而已嗎？

「……妳不是擔心房裡的電腦嗎？吃那麼多起司也滿足了吧，差不多該回房囉。」

我研判此刻是個好時機，便起身離開客廳。如果再跟真姬小姐糾纏下去，我也沒有自信能夠繼續保持冷靜。這種時候就是人們所謂的好機會吧？

真姬小姐彷彿在說「我早已看穿你的老套伎倆」，不懷好意的視線戳得我背脊生疼。我傾注所有心力無視那道目光，拉著玖渚的手臂返回房間。

玖渚房間裡的三臺電腦（錯了，是兩臺電腦加一臺工作站）因為仔細地跟整個架子固定住，所以完全沒有受損。

「哈——」玖渚打了一個呵欠，伸伸懶腰。「今天早點睡吧，吃飽飽就想睡覺了。阿伊，幫人家解開頭髮～」

「這種事可以自己弄吧？」

「解頭髮很難自己弄嘛～人家身體很硬。也不是不行，可是身體會痛唷，有一次還因此骨折呢。」

「好啦好啦……妳這丫頭還真可愛。」

我從辮子上取下髮圈，接著幫她梳理頭髮。「嘻嘻嘻。」玖渚友發出色咪咪的笑聲。等我梳好頭，她就直接朝被窩撲去。一股腦兒倒進白色的彈簧墊，舒暢無比地滾來滾去。

「……把大衣脫掉！我不是說過好多好多好多次了……妳那樣子不熱嗎？喂！」

「這是充滿回憶的大衣，不行唷。」

「喔……回憶啊。」

是怎樣的回憶呢？連那個ＥＳＰ系占卜師——姬菜真姬都宣告無法解讀玖渚友的內心與過去……是『集團』時代的回憶嗎？

「話說回來，雖然不像佳奈美跟赤音那麼明顯，不過阿伊跟真姬的感情也很差耶！」

「不是感情差，是她在找我麻煩。」我一邊想佳奈美小姐也說過類似的言論，一邊說道：「就我個人而言，並不覺得真姬小姐很討厭。」

「人家想也是呀。阿伊對別人不會有討厭或憎恨這種積極的情緒，就算有，也頂多是『鬱悶』這一類吧？」

「喔？妳倒是形容得很有趣。」

「開玩笑的咩！」玖渚仍然色咪咪地笑著。「可是啊，阿伊其實也沒有真正喜歡或者愛上誰的經驗吧？」

「沒有哪。」

「人家就是最喜歡阿伊這一點唷。」

她似笑非笑。

「……」

不對勁！玖渚現在分明是在跟我調笑，莫非誤把紅酒當作薑汁汽水喝了？不過我沒看過玖渚喝酒，所以也不知道她喝酒以後會變成什麼樣子。

「……對了，小友。」

「啥咪碗糕？」

「妳相信世界上有超能力嗎？」

「嗯——就算真的有，人家也一點兒都不擔心呀。」玖渚滿臉笑意地說：「雖然人家不會想擁有，可是有夢最美囉！聖誕老公公也是有比沒有好嘛，跟那是一樣的呦。」

「妳還真樂觀……」

就算有，也一點都不擔心嗎？

嗯……的確，或許正如她所言。那種東西有也好，沒有也罷，基本上跟自己的人生也沒什麼關係，今天只不過是個例外罷了。

因為在這座島上……

因為在這座島上。

「……我也要回房休息了，明天見。既然妳現在就要睡了，我早上會來叫妳起床，明天一起吃早餐吧。」

我正準備離開時，仰躺在床上的玖渚忽然叫住我。

「喂——阿伊！」

「我們來『嘿咻』嘛——」

她一面招手，一面說出那種話。

我愣了一秒鐘，回答：「不要。」

「怪～人！沒出息～膽小鬼！懦夫！懦夫——」

「是是是。」我關上門，走下樓梯，朝自己那間倉庫走去。心想祈禱著別在走廊上遇見真姬小姐，幸好也沒有遇見，也許真姬小姐今晚打算跟深夜先生聊到天亮。

在房間前面，才發現這扇門有附鎖。因為這裡本來是倉庫，倒也是很正常的事，但總不由得會想，萬一睡覺的時候被鎖在裡面，那就出不來了。況且倉庫裡的窗戶高到用椅子也搆不著，如此一來，就真的形同監獄。不過，把我關起來也不會為誰帶來利益，那應該是無謂的操心吧。

走進房間，鑽入被窩，我一面看著天花板，一面想著事情。

「………」

想的事情當然是剛才真姬對我的批評——

哎呀呀，這小子相當偏差哪。你之所以待在玖渚身旁，是因為非常、非常羨慕玖渚。你非常羨慕可以隨心所欲表露情感的玖渚；但即使如此，卻看起來一點也不幸福的玖渚；明明擁有自己想要的一切，明明可以做到自己做不到的一切，可是卻依然不幸福的玖渚，你看著她，就有一種安心感。啊啊，就覺得自己的願望無法達成也無所謂啊。

「唉……」

可惡！

「真的被她說中了……」

七愚人赤音小姐認為我跟玖渚的關係是「共存」，但真要說起來，真姬小姐的見解比較接近真實。

玖渚對我而言——或許正是我最想變成的目標。

不！不是那樣！雖然不是那樣，玖渚對我而言，所以說……

所以說？

「所以說是怎樣啦……」

不選神戶，卻故意選擇京都的大學，是因為玖渚搬到了京都。就連從休士頓回日本，也無法否認她是其中一個理由。

可是，我為什麼要做到這種地步？

正如玖渚所言，我沒有討厭或憎恨這種積極的情緒。即使有人來找我麻煩，那也只像是淋了一場雨，不會有什麼特別的感受。就算真姬小姐再討厭我，就算佳奈美小姐再如何惡言相向，我也不會對她們產生任何感情。

因此忍不住要想——我真的是人類嗎？

完全不了解別人的心情。

倘若真的存在——倘若真姬小姐所使用的超能力真的存在，或許我很想擁有。

「不……不需要吧。」

我推翻先前的想法。

別人的心情，知道多少就有多少鬱悶。潘朵拉的盒子整個打開的生活，我是敬謝不敏，我可沒有足以忍受那種生活的強壯神經。

「純屬戲言啊，啐……」

旅行最是磨人。老是想一些無謂的事情，儘管不知道那些事情是不是無謂的……總之，很可能會毀掉自己，淨去想一些危險的事情。

還有四天，倒也不是無法忍耐……

我並不討厭忍耐，至少已經習慣了。

辛苦，還有痛楚，那種事情早就習慣了。

「話雖如此……畢竟不是一件舒服的事哪。」

真是的！真想早點回到大海對岸的正常生活，我一面胡思亂想，一面進入夢鄉。

然而，我第二天早上發現了一件事——
這三天已經算是非常平靜的正常生活。

第四天（1）——斬首之一

0

人上有人，唯高處不勝寒。

1

那是非常淒慘的光景。

如果硬要用什麼來比喻的話……對了！就是葛魯伯特‧諾貝特的那幅「河」。那種令人作嘔的大理石色河川，就描繪在佳奈美小姐的畫室**靠門口半側**。

應該是昨天地震時掉落的油漆吧，油漆罐散亂各處，就連鐵管搭成的簡易櫃子也傾倒在地。地震把櫃子震倒，連帶堆放的油漆罐滾落，顏料潑灑一地，結果就是這條「河」。那並不難想像，事實也多半就如推測。

然而，儘管那已是非常異樣的光景，問題卻在那條河的**對岸**。關於對岸的景象，既無法想像，也不可能推測，根本就不是「地震造成」所能解釋，世界上沒有任何地震可以造成**那種結果**。

頸部以上消失的人類身體伏倒在地。

沒有頭的屍體。被斬首的屍體。

如何形容端看個人，那都是同一件事。

「……」

那個欠缺頭部的身體，穿著跟昨天佳奈美小姐一模一樣的小禮服。看起來很高級的小禮服，佳奈美小姐曾對我咆哮穿著它畫畫也絕不會弄髒的小禮服，如今卻被流出的血液染成紅黑色，已經不能再穿了。

而且連應該穿它的人，也已經不在了。

倘若要更正確地表現——應該要穿它的人，已經死了。

「這……太殘忍了。」

我忍不住低語。其實沒有必要特別說出口，但我真的忍不住低語。

稀釋劑的臭味。

距離佳奈美小姐的身體倒地處不遠，有一個朝著反方向的輪椅和一張畫布。距離有點遠所以看不清楚，但畫布上畫的人似乎是我。

「……」

那真是了不起的成品。即使在這種距離，即使在隔了一條河的這種距離下，也能夠了解。不是頭腦，而是整個身體為之驚異。就某種意義而言，那幅畫比無頭屍更加震撼。

我想起佳奈美小姐昨天說過的話。挑選鑑賞者的作品，我不會稱之為藝術。

原來如此……現在這幅就無可挑剔了。

伊吹佳奈美的的確確是個天才。連我都為之戰慄的天才。因此也更為惋惜。對事物感到惋惜，那種感覺已經很久沒有過了，但我是真的覺得很可惜。

對佳奈美小姐的死。

對伊吹佳奈美的死。

「……為什麼……」

是的，伊吹佳奈美死了。這世界上有誰被人砍下頭以後還能夠活著呢？縱使是拉斯普廷（註8），倘若腦袋被砍也難逃一死吧，更何況佳奈美小姐在肉體上只不過是普通的人類。

「總之……一直佇在這裡也不是辦法。」

因為沒有人開口，所以我便說了。一看玖渚，她正嘟著下脣，一副驚訝、不可思議的神情看著佳奈美小姐的屍體。是有什麼想不通的事嗎？不過，現在也不是考慮這種事的時候。假如要對玖渚的一舉一動尋找理由，那我的人生就結束了。

正要向前踏一步的時候，玖渚拉住我的手臂。

「阿伊，等一下。」

「什麼？怎麼了？」

---

8 Grigori Yefimovich Rasputin(1872-1916)，俄羅斯僧侶，受尼古拉二世和皇后的寵幸，幹預朝政，被稱為「怪僧」。

「油漆還沒乾呢。」

「咦？啊啊，是啊……」

我蹲下身用指尖確認，確實如她所言，中指染成了大理石色。

「可是現在也顧不了這些。」

眼前有一具無頭屍，鞋子弄髒真的只能算是雞毛蒜皮的小事。

「所以，人家就叫你等一下嘛。」

玖渚說完，我正想她要做什麼，她竟然脫下身上那件黑大衣，咻一聲扔向油漆河的正中央，就像在河裡擺了一塊踏腳石。

「……那不是充滿回憶的大衣嗎？」

「此一時彼一時呀。」

對於玖渚如此爽快放棄自己的「重要回憶」，我儘管想要說些什麼，可是確實如她所言，現在不是計較這些的時候，更何況覆水難收。無可奈何之下，我先一躍降落在大衣附近，再一躍抵達對岸。

「唔……」

喉嚨顫抖。

近距離看無頭屍這種事，也已經很久沒有過了。我脫下上衣，用它蓋住佳奈美小姐的上半身。

朝門口——眾人的方向緩緩搖頭。大家當然早已心知肚明。

「各位。」伊梨亞小姐終於開口。「可以到餐廳集合嗎？關於今後的事情，好像有必要商討一下。」

然後，伊梨亞小姐開始朝走廊走去，玲小姐、彩小姐、光小姐、明子小姐四位女僕們也趕忙跟在她後頭，其他人也三三兩兩地離開佳奈美小姐的畫室。

最後只剩下我、玖渚和——深夜先生。一臉蒼白的深夜先生呆滯地盯著佳奈美小姐。

「……深夜先生。」我踩著大衣回到門邊。「我們走吧，在這裡也是……」

「沒有意義」這四個字我實在說不出口。

「啊啊……嗯，說得也是。」

他心不在焉。深夜先生雖然回話表示同意，但果然還是沒有動。彷彿無法理解眼前的景象，又像大腦拒絕去理解，深夜先生一直站在原地。

我了解他的心情。

換成了我，倘若玖渚遭此變故，我也會跟眼下的深夜先生一樣吧。不，可能比他更慘，整個人喪失理智，最後還可能會放聲大哭。對於真姬小姐曰「抹煞感情生存」的我而言，那是無法想像的情況，但應該會是那樣吧。

就那種意義來看，此刻的深夜先生很了不起。

雖然面色蒼白，卻仍臨危不亂，跟我的對話也算成立。儘管很勉強，真的非常勉強，依舊保有理性。

相較於只不過是小孩子的我，差別就在那裡。

深夜先生是大人。

深夜先生跟佳奈美小姐是什麼關係？單純的看護？看護以上？看護以下？我無從得知。

話雖如此——昨夜那雙寂寞的眼眸。

一旦看見此刻的深夜先生，總覺得可以理解。

玖渚這次為了移動而拉住我的手臂。

「我們先走吧，阿伊。」

「……是啊。」

如此這般，平靜的小島生活宣告落幕。

同時，下一場的幕就此揭開。

2

第四天早上，開始得非常、非常、非常普通。

我跟平日一樣醒來。抵達玖渚的房間時，那丫頭已經起床，正對著電腦，好像在收電子郵件。連一聲早安也沒有，玖渚就說：「幫人家綁頭髮。」我於是幫她在頭部上方綁了兩束辮子，換言之就是雙馬尾辮，我想這種髮型她自己應該也能夠解開吧。

「人家今天想要吃早餐哩。」玖渚如此說，所以我們前往餐廳。中途往客廳一看，真姬小姐跟深夜先生依然面對面喝著紅酒，看來兩人是徹夜喝到天明。別做那種不顧年紀的荒唐事！儘管我心裡這麼想，不過當然沒有真的說出口。

禮貌性地邀請兩人共進早餐，他們均表示同意，四人朝餐廳走去。結果餐廳裡除了赤音小姐以外，伊梨亞小姐也難得出現。

「哎喲，真難得。」伊梨亞小姐也說：「一大早大家就聚在一起……總覺得是命中注定呢。機會難得，乾脆把其他人也叫來吧？偶爾大家一起吃早餐也不錯。」

伊梨亞小姐說完，喚住附近的彩小姐，請她去找應該在廚房的彌生小姐和其他女僕。

「那麼，我去叫佳奈美那傢伙。」深夜先生說：「工作照理也該結束了，啊啊，或許是在睡覺……反正那傢伙也沒有下床氣，平常脾氣倒是挺大的。」

他說完，自己也忍俊不禁。「好好期待你的畫吧。」深夜先生看著我說，然後便離開餐廳。

接下來就是我和玖渚來島迄今，第一次跟所有人共進早餐的場面——然而那終究沒有實現。

返回餐廳的深夜先生，帶來了佳奈美小姐的死訊。

「佳奈美……**被殺了**。」

深夜先生用了那種說法。仔細一想，**那般明確**顯示**這種結果**的屍體應該很少。不管怎麼說，脖子以上都不見了，不可能是病死，也不可能是意外身亡，更不可能是自殺。

然而……

即使如此。

殺人事件。

而且，這還不是普通的殺人事件——

「我……是啊，晚餐以後就一直跟玖渚在一起。借用玖渚房裡的浴室，後來玖渚說她肚子餓，所以就去客廳。途中應該有遇到彩小姐……我們有遇到妳嘛？是的。客廳裡有光小姐、真姬小姐和深夜先生——然後……地震！有發生地震嘛？地震發生以前都待在客廳，之後送玖渚回房，然後……我就睡了。早上六點起床，之後都跟玖渚在一起。」在眾人的視線穿刺下，我竭力維持平靜答道。

不在場證明調查——

「好！就從你開始。」雖然不知為何要從我開始，但既然宅第主人伊梨亞小姐如此下令，我也只得照辦。看來對伊梨亞小姐而言，我似乎是最大嫌疑犯。

餐廳——

一邊吃著有點涼掉的早餐。

不過，或許是因為剛剛目睹那種無頭屍，大家都不太有食欲。就連我也是如此，可是彌生小姐的料理太美味了，所以也沒辦法一口都不吃。

圓桌——

伊梨亞小姐、玲小姐、彩小姐、光小姐、明子小姐、赤音小姐、真姬小姐、彌生小姐、深夜先生、玖渚友和我，大家都坐在固定的位置。然而，就只有五點鐘的位置——佳奈美小姐的位子是空的。而且，再也無法填滿。

伊梨亞小姐聽完我的說詞，先是微微側頭，然後望向坐在一點鐘的女僕問道：

「光，那是真的嗎？」

「是的。」光小姐點頭。「的確到地震發生為止……呃，是一點鐘嗎？是一點鐘嘛？包括我在內的五個人都在聊天，這件事我可以作證。」

「可是，中途都沒有人離開一下嗎？」

「沒有。」光小姐略顯不安地點頭。「——我記得是如此，但如果問我有幾成把握，我也沒辦法保證。」

「沒有喔。」玖渚幫光小姐說明。「人家的記憶力是完美的，所以不會有錯呦，沒有人中途離開客廳哩。」

「原來如此。」伊梨亞小姐閉上眼睛。

「——那麼，關於地震發生以前的不在場證明，你、玖渚小姐、逆木先生、姬菜小姐以及光可以相互作證囉。地震以後又是如何？」

「我一個人在睡覺，所以沒有不在場證明。」

「謝謝——接下來，**首先**應該由我來說明自己的不在場證明吧？我昨晚跟玲、佐代野小姐三人在我的房間談話。因為昨天的晚餐特別可口，想問佐代野小姐是如何調理。沒錯吧，佐代野小姐？」

不知是否因為突然被點名，彌生小姐略顯吃驚，但旋即點頭說：「是的。」

玲小姐做了一個微微聳肩的動作，但終究沒有說話。發生這麼嚴重的事情，仔細一想，她還真是冷靜的人。明子小姐固然是極端沉默，不過玲小姐似乎比想像更為沉默寡言，不曉得是忠於職守？或者天生性格使然？

「地震發生後……我就趁機回房去了。」彌生小姐回想般地吶吶說道。

「正是。」伊梨亞小姐點頭。「我跟玲後來繼續討論到早上，因為玖渚小姐快離開了，想說舉辦一點有趣的活動……就是歡送會，算是本島的慣例。結果錯過睡覺的時間，才決定直接來吃早餐……」

換句話說，伊梨亞小姐和玲小姐也有完美的不在場證明，而彌生小姐的不在場證明跟我和玖渚一樣，只到地震發生以前。

「深夜先生和我的不在場證明目前也算完美吧。」真姬小姐說。

「地震發生以前，玖渚等人可以作證，至於地震以後，我和深夜先生也可以相互作證……酒精真是太棒了！」

醉鬼的證詞究竟能相信幾分？我的想法似乎被真姬小姐識破，她瞪了我一眼，但是沒有對我說什麼，轉頭徵求深夜先生的同意。「對吧？」

「啊啊……是，沒錯。」深夜先生神情恍惚地點頭。

「嗯……光？妳在地震以後做了什麼？」

「我回房了。房間裡有彩跟明子……之後就睡了，早上五點起來開始工作……」

「彩跟明子呢？彩，妳說。」

「因為我們在晚餐後就沒有工作……」彩子用手撫著臉頰，一邊回想，一邊答道。「我跟明子一直在房間，地震發生以後……沒多久光也回來，所以就睡覺了。」

「妳們三人住同一個房間嗎？」

這個問題是我問的，彩小姐似乎壓根兒沒想到我會插口，訝異地看了我一眼。

「……是的，我們三個人是住同一個房間，有什麼不對嗎？」

「不，沒什麼。」

純粹好奇而已，我低下頭。即便很想再問是不是睡同一張被褥，終於還是忍了下來。

喔……

這麼說來，彩小姐跟明子小姐在地震以前也有不在場證明。地震以後因為睡著了，所以無法替對方作證。

明子小姐只有對彩小姐的意見輕輕頷首，依然不發一語。她似乎是在不著痕跡地表達意見，但實在很難理解。

「看來事情變得相當棘手……」

伊梨亞小姐目光轉向最後一位園山赤音小姐——

「妳呢？」

——終於問了。

「昨晚做了什麼？」

彷彿在觀察事態發展，一直雙手交叉胸前，默不作聲的赤音小姐索然無味地哼道：「嗯——」只睜開一隻眼睛。

「從剛才各位的談話中都未出現我的名字來推測，答案已經非常明顯……是的，我沒有跟任何人在一起。」

赤音小姐愈發理直氣壯地說：「晚餐結束後，我一個人在房間裡打電腦，進行模型化的工作……詳細內容就略過不提。登入紀錄應該還留著，只要調查一下就可以證明，不過那種紀錄可以造假，也稱不上不在場證明吧。」

「我對電腦方面不太熟，玖渚小姐，妳說呢？」

「咦？」玖渚猛然抬頭（這種時候竟然還恍神！這丫頭），接著回答伊梨亞小姐的問題。

「唔——如果是有一定程度的人，要竄改登入紀錄也很簡單，不知道赤音小姐對電腦熟到什麼程度呢？」

赤音小姐也忍不住苦笑。

「我回答這個問題也沒有意義吧？」

「啊！有道理。」玖渚大點其頭。「唔——是啊，而且如果使用軟體，外行人也可以竄改登入紀錄呀，那也不是很難……軟體到處都可以下載呢。」

「有辦法查出登入紀錄被人改過嗎？」這個問題是我問的。

「有是有，可是也有隱藏竄改紀錄的方法唷，基本上電腦就是什麼都有可能。想要用那個當不在場證明，人家覺得有一點困難哩。」

玖渚友——以「集團」首領的身分，受邀到這座島上的玖渚友。既然不是其他人，而是這位玖渚友說的，那就不可能會錯。如此一來，赤音小姐就沒有任何不在場證明了。

「哎呀呀。」赤音小姐叫道。

「可是，我還是得為自己抗辯一下，畢竟自己的清白還是挺寶貴的……我先聲明，我可不是犯人。我的確很不喜歡畫家，可是我也不覺得他們有值得我殺的價值。他們活著也是形同死人，沒有必要由我下手，因此我先說我完全跟此事沒有『芥蒂』。」

她應該是把沒有「瓜葛」講錯了，但赤音小姐的態度裡沒有虛張聲勢，也沒有半分勉強，實在不像是在演戲。

「嗯——那個……各位，請等一下，先讓我在腦中整理整理。」

「抱歉，在那之前請等一下。」儘管對話變得有點詭異（在『等一下』之前又要再『等一下』），但我對伊梨亞小姐說道：「那個……伊梨亞小姐……妳打算做什麼？」

「什麼？」

「從剛才就一直覺得很奇怪……當然這裡是妳的島，這裡是妳的宅第，我知道自己不應該隨便發言……畢竟我根本不是這裡的客人。不過，我還是想請教一下。伊梨亞小姐，妳究竟打算做什麼？」

「做什麼？當然是推理。」

伊梨亞小姐溫柔一笑，接著又說：「只要看畫室就知道了吧？」

「伊吹小姐是被**某人**殺死的，而且這個某人就是指**在這裡的某人**吧？你說得沒錯，這裡是我的島，我的房子。我所邀請的客人在這裡被殺，而殺人犯就在我們之中喔！我當然不能置之不理。」

伊梨亞微笑環顧眾人。

確實如伊梨亞小姐所言，這裡是滄海孤島——滄海孤島，無人島，密閉空間。鴉濡羽島。

有十二個人，其中一個人被殺，犯人一定就在剩下的十一個人裡面。那是連小學生都知道，簡單明瞭的減法。然而——

「不過……又有人死了嗎？」伊梨亞喟嘆。

咦？

又有？她剛才是說又有嗎？

「而且還是無頭屍……莫非這座島被詛咒了？姬菜小姐，妳可以幫忙占卜看看這方面的事嗎？」

「被詛咒的是伊梨亞小姐！」真姬小姐立刻回答。「島只是島，倘若有誰被詛咒，就一定是伊梨亞小姐。」

那是一個足以令人不快的說詞，但伊梨亞小姐卻只是似笑非笑地說：「或許是吧。」

啊啊，原來如此……真姬小姐的態度和語氣惡劣如斯，卻可以跟除了我以外的人相處融洽，我一直覺得很奇怪……原來如此，因為這座島上的人根本就不在意別人的言論。

「嗯——不過，這次的事件非常單純。」伊梨亞小姐說：「或許根本用不著推理，你們也是這麼認為吧？因為……事件的發生時間已經被限定了。」

「是嗎？」

「是啊，你也看見了呀？油漆因為地震灑了一地，伊吹小姐的屍體就在對面。你覺得那條油漆河有多寬？」

因為無人回應，我便答道：「乍看下，三公尺左右吧。」

「對……雖然不是很寬，但一般人是跳不過去的。因此，可以斷言事件必然是發生在**地震以前**。」

地震把櫃子震倒，造就了那條大理石色河川。那代表著什麼？地震比想像中來得大？然而，並不僅只於此。

那條河……那條河真正代表的意義是——

「請等一下。」赤音小姐插口，她的表情有些為難。「這樣下去，話題好像對我很不利，伊梨亞小姐。因為。因為——」

因為——**除了赤音小姐以外，所有人在地震以前**都有不在場證明。

我一直跟玖渚在一起，光小姐、真姬小姐和深夜先生也是。彩小姐和明子小姐。伊梨亞小姐、玲小姐和彌生小姐。每個人有都別人可以證明自身清白。

伊梨亞小姐說得沒錯。地震傾倒的油漆所造成的那條大理石色河川，不是一般人可以跳越的距離。倘若要到河川對岸，基本上就一定會踩到油漆，勢必留下腳印。

這樣一來——犯罪時間必然就限定在地震以前，而那段時間沒有不在場證明的人，就只有赤音小姐。這樣下去，話題確實對赤音小姐很不利。赤音小姐輕輕咂嘴——

「伊梨亞小姐，我就單刀直入地問了，你是不是認為我是犯人？」

真的很單刀直入。

「對呀。」伊梨亞小姐也爽快承認。「因為除了妳以外，就沒有別人呀？」

「……」

赤音小姐將視線從伊梨亞小姐身上移開，沉默不語。或許她也想反駁，然而以七愚人的頭腦，卻想不出任何有效的反駁言論。我跟赤音小姐有一點緣份，縱然只是一點點的緣份，也想要幫她說句話，可是連七愚人的她都腸枯思竭，中途退出計畫的我又如何想得出來。

一時之間，沉重的空氣在十一個人之間流動，最後是玖渚打破了那種氣氛。

「那不對唷。」玖渚說道：「那種想法有一點不對唷，伊梨亞。」

「哎喲！為什麼呢？」伊梨亞小姐卻高興地反問。「啊啊……原來如此。玖渚小姐是想說可能有共犯嗎？的確有那種可能……這麼一來，不在場證明就有問題了，是嗎？」

「不是的，就算不考慮共犯，伊梨亞的想法也不對唷。喂！阿伊。」

「咦？」壓根兒沒想到話題會兜到我身上，我不禁詫異一哼。「……不對嗎？」

「對呀！阿伊，昨晚發生的事，你跟大家說明一下嘛。」

「昨晚是指……什麼啊？」

「……」玖渚目瞪口呆，那是很難得的事情。「……」

「……沒辦法嘛！我跟妳不同，記憶力不好。」

「真受不了……真的不記得嗎？那阿伊就不是記憶力不好，而是根本沒有記憶力耶。那麼重要的事情，一般人不可能會忘記吧？地震以後啊，深夜不是有跟佳奈美聯絡？」

「……啊。」「啊。」「啊！」

光小姐和深夜先生也恍然大悟地抬起頭。

正是如此。深夜先生在**地震以後打電話**給佳奈美小姐，確認過佳奈美小姐**平安無事**，確認她**毫無異狀**。

原來如此。正如玖渚所言，這是很重要的事情。這麼一來……怎麼回事？那樣的話，事情究竟是怎麼樣？

「換句話說，佳奈美是在地震以後被殺的喔！」

「請等一下。」伊梨亞小姐有些慌亂地將手伸向玖渚。「可是，油漆河……」

「所以呀，伊梨亞，事情就是這麼一回事——」

玖渚停頓一會兒才又說道：「那間畫室是**密室狀態**。」

一瞬間，眾人面面相覷。

要跳過那條油漆河，的確是不可能的事情。寬度大約三公尺，假如是急行跳遠，倒也不是絕對不可能，然而房間裡沒有助跑的空間。那麼一來，當然就如伊梨亞小姐所言，犯案時間就被限定在地震以前，但那卻被深夜先生否定了。地震以後，佳奈美小姐既沒有被殺，更沒有被斬首……

「逆木先生。」伊梨亞小姐問深夜先生。「你確定那是伊吹小姐嗎？」

面色蒼白的深夜先生有些疑惑，但終於點點頭。

「嗯……那絕對是佳奈美，不可能會錯。她說她正在工作……油漆倒了很麻煩等等，她是那麼說的。所以……我只能說，佳奈美小姐在地震以後還活著。」

「我也有聽見逆木先生在打電話。」光小姐對自己的主子伊梨亞小姐說。「他跟我說想要借電話……所以伊吹小姐那時應該還活著。」

「對！那個時候『還』活著哪……」

深夜先生自虐地說完，雙手抱頭。

「那個時候，要是我沒有坐下，直接去畫室的話……混帳！我怎麼那麼蠢……真是笨到極點……」

「……」

我不知該如何接話。到頭來，真正可怕的不是地震，也不是打雷，更不是火災，只不過如此，只不過如此而已吧。

後悔這種行為似乎可以讓人心裡好過一點。凡事只要先後悔，便可以逃離眼前的問題，將錯誤全部賴給過去的自己。正因為如此，那並不是什麼了不起的自責。

唯有利用後悔的行為，自己才能保持正確。

深夜先生的想法也並非罪大惡極，人類這種生物的思考回路本來就是如此。罪大惡極的，或許是只能如此看待人類心思變化的我吧。

「這麼一來，事情就變得很奇怪。」赤音小姐撫著下顎說道：「由深夜先生、光小姐和玖渚小姐的證詞來看，犯案時間**只能限定在地震以後**。可是地震以後有油漆造成的河，因此沒有人可以殺她。那麼——」

「就是那樣呀，赤音。」玖渚噘起櫻脣說道。那是開始對事情產生一點點興趣時的玖渚友。「這是非常奇怪的事件唷！」

「密室就是這個意思嗎——」伊梨亞小姐同意似地點頭。「嗯，那個油漆，記得好像還沒有乾……既然如此，要越過那條河進入房間的話，就一定會留下腳印……嗯——彩！畫室的內線電話在哪裡？」

「窗戶旁邊的電話櫃。」彩小姐迅速答道。
「嗯——」伊梨亞小姐雙手抱胸思索。
「玖渚小姐，妳既然會提出這種質疑，應該已經知道答案了吧？妳是不是已經知道誰是犯人……」
「不知道咩。」玖渚不知為何自信滿滿地笑說。
我當然也不知道。
沒有人知道。
「窗戶怎麼樣？例如從窗戶侵入，有沒有那種可能性？」
這是深夜先生的提問，回答者是光小姐。
「是二樓喔！我想不太可能。而且那扇窗戶，我記得是從室內上鎖……」
「那是無法從外側破壞的鎖嗎？」
對於我的提問，光小姐簡短答道：「應該是。」
原來如此。窗戶也不行，門口也不行，地震以前也不行，地震以後也不行。這麼一來……
萬歲！
這樣就完全陷入僵局了。眾人再度默然——然後，視線全部集中在赤音小姐身上。
「咦？」赤音小姐有點意外。「——什麼？我以為我的嫌疑已經洗清啦？」
「應該還沒有吧？」伊梨亞小姐說：「不論如何，就物理層面來看，是不可能跳過那條油漆河吧？換句話說，犯案時間還是地震以前。」
「那深夜先生的證詞呢？」
「那可能是某種**騙術**，例如幻聽之類的。」
幻聽？荒謬！那太荒謬了！所以我說：「……我覺得那種思維方式太過牽強。」可是伊梨亞小姐滿不在乎地說：「我不這麼覺得。」
「就算不是幻聽，也可能是他搞錯了。那條河川絕對不可能越過，那麼犯案時間在地震以前才是合理性思考吧？這麼一來，犯人果然也只有赤音小姐了。」
「傷腦筋哪——」赤音小姐真的像是很苦惱地苦笑。「如果可以再讓我抗辯一下，我認為彩小姐和明子小姐的不在場證明也很可疑。作證者是親人的話，在法律上是不具效力的喔！」
「我們不是在討論法律上的問題。」
伊梨亞小姐斬釘截鐵地說。赤音小姐彷彿早預料她會有此反應，只點點頭說：「我想也是。」
「——可是用消去法來決定犯人，我還真是吃不消哪。實在太愚蠢了！而且強迫排除深木先生他們的證詞，不能算是合理性思考吧，伊梨亞小姐？那是選擇性思考。」
「選擇性思考？」
赤音小姐瞥了我一眼，好像在暗示我進行說明。
「就是偏見驗證（confirmation bias）。」為了不在「前輩」面前出糗，我拚命搜尋研修時的知識。「簡單地說，就是只採納對自己有利的證詞和證據，將不利者當作例外性失誤不加考量的一種思考法。在超能力實驗中——」

我不覺朝真姬小姐的方向望去。

「——經常使用。記得是叫 Dry love 吧?只專注於**就是那樣**的證據，而忽視**不是那樣**的證據，將故事編纂成自己容易理解、企望的樣子——」

「我聽不太懂。」

虧我記得如此詳細，伊梨亞小姐卻不肯聽到最後，我不禁有一些悵然。

赤音小姐「唉~」地一聲長嘆。

「我跟伊吹小姐的確不合——」

我想起昨天晚餐，赤音小姐和佳奈美小姐發生的激烈爭執，那個心證實在太過強烈。伊梨亞小姐之所以如此懷疑赤音小姐，並非單純因為不在場證明，也是包括那個理由吧。

當然，伊梨亞小姐的心情也不是不能理解。倘若採信深夜先生的證詞，就連赤音小姐都無法懷疑。

無法犯案的狀態。嫌疑犯零人。被害者一人，嫌疑犯零人，不可能有那種狀況。

因此，為了打破這個狀況……

「果然逆木先生的證詞還是很奇怪。」伊梨亞小姐一邊偷覷深夜先生的臉，一邊說。

「就算沒有說謊，也可能是誤會、作夢或其他原因吧？」

「可是我有聽到他在打電話。」

光小姐說完，伊梨亞小姐搖搖頭。

「妳和玖渚小姐他們並沒有聽見伊吹小姐的聲音吧？只有逆木先生直接聽見伊吹小姐的聲音，所以……」

「可是我……」深夜先生出聲抗議，但終究找不出反駁的確切證據，旋即垂首不語。「……」

「嗯，那樣就只能懷疑我了。或許從那個角度來看，那種想法也可以成立。」

赤音小姐宛如在訴說他人之事，看起來仍舊不像是虛張聲勢，亦不像在演戲。ER3系統的七愚人——園山赤音，她彷彿在說，這種程度的戰鬥場面早就習以為常了！

「可是終究沒有任何證據。伊梨亞小姐，即便妳是這座島的主人，這幢宅第的主人，只要沒有證據，就不能拿我當犯人看吧？不討論法律上的問題也無妨，可是我們也不是在討論迂腐的推理小說吧？用稱不上算式的單純消去法和選擇性思考就斷定我是犯人，妳沒有那種權利吧？任何人都沒有權利做那種事。」

「話雖如此，園山小姐，妳也無法證明自己不是犯人呀？」

「向被懷疑的人要求舉證義務，這根本是無理取鬧……證明不可能證明的事情，終究不能算是證明哪，伊梨亞小姐。只有懷疑的人有舉證義務，被懷疑的人是不沒有的，伊梨亞小姐。」

「那也是法律上的問題。」
「哎呀呀。」赤音小姐搖搖肩膀。
「那麼，要怎麼辦呢，伊梨亞小姐？我是最有力的嫌疑犯，就當作是那樣吧，妳說了就算。地震以前只有一個人沒有不在場證明，那也算妳沒錯。地震以後誰也沒進入那間畫室，那也誠如妳所言吧。那麼質疑逆木先生的證詞，說不定也是對的。好啦！所以，妳想怎麼辦呢？」
好啦！
所以要怎麼辦呢？
「……怎麼辦呢？」
伊梨亞小姐突然為難地看著眾人，看來她似乎沒想過如何善後，令人傻眼的發展。赤音小姐撥撥前髮說道：「看是要把我交給警察還是怎樣，妳想怎樣都無所謂。」
警察……把ER3七愚人的赤音小姐交給警察？
「我很討厭警察……」伊梨亞小姐更加為難地望著天花板。「該怎麼辦才好呢……」
沉重的空氣再度流竄。
我對玖渚耳語。
「……喂，小友。」
「什麼呀？阿伊。」
「妳有沒有結束這場魔女審判的方法？」

「有啊。」
「怎麼不早說！」
「有是有。」玖渚看著我。「不過那應該是阿伊來說，不是人家。」
「……也是。」
我點點頭，然後向伊梨亞小姐舉起手。伊梨亞小姐先是擺出一副不可思議的表情，然後點名說道：「好！你說。」上天保佑，假如被她忽視，那真是痛不欲生。
「我有一個提案。」
「……是什麼？」
「我現在使用的那個房間……怎麼樣？我記得那個房間是從外側上鎖的，就暫時將赤音小姐安置在那裡**保護**。」
「保護？」赤音小姐詫異地看著我。「……喂，那應該叫做監禁吧？」
「跟監禁不太一樣，並不是監禁……只不過，稍微隔離一下而已……伊梨亞小姐，現在我們最怕的就是事情演變成連續殺人。佳奈美小姐被殺了。好！這件事已經完結了，結束了。儘管說法很難聽，但那已經結束了。可是，倘若**接下來**有誰被殺就不妙了。既然如此，在這種情況下，最快的方法就是將最大嫌疑犯隔離。假如赤音小姐是犯人，她當然就無法再殺人。假如是其他人使用某種圈套——使用某種圈套在地震以後殺死佳奈美小姐，那個人也因此**無法輕舉妄動**。因為他一有動作，就等於替赤音小姐洗脫嫌疑。」

我在此稍作停頓，觀看眾人反應。

「簡單地說，就是營造一種勢均力敵的狀態，迫使犯人**無法為所欲為**的狀態，包括赤音小姐在內，也包括其他的所有人。其實那些所謂的不在場證明，一旦考量共犯的可能性，根本就沒有意義。密室狀態？密室這東西正是為了被人打開而存在的啊！也許是有什麼圈套，也許沒有，那些都無關緊要，不論如何都無所謂。犯人可能是赤音小姐，也可能是其他人。正如同我可能是犯人，也可能不是。所以，現在營造出勢均力敵的狀態是最佳選擇。」

「原來如此，是這個意思嗎？」

我微感詫異，開口的人竟是彌生小姐。「我明白你的意思了。假使要問我的意見，我也贊成你的提案——不管怎麼說，我認為只懷疑園山小姐的證據很薄弱，伊梨亞小姐的想法畢竟太隨便了。」

「會嗎？」伊梨亞小姐螓首一歪。

彌生小姐依舊繼續說：「所以我覺得這個提案很不錯。可是，也不能一直這樣吧？總不能把園山小姐一直監禁在那麼惡劣的環境裡吧？」

惡劣的環境？本人還每天在那裡睡覺耶。

混帳！這個物欲追求者！

「……所以到警察來為止就好了。就算是孤島，搜查人員也應該一、兩天就可以——」

「我不會報警的。」伊梨亞小姐斬釘截鐵地阻斷我的臺詞。

啥？她剛才是不是說了什麼荒誕無稽的話？這個千金小姐！

「因為啊，不是嗎？這種情況下報警，一點意義都沒有。他們一定會把園山小姐當作犯人，然後事件就結束了。警察什麼事都不會做！」

「……」

我感到不對勁的，並不是伊梨亞小姐說的那句話本身，而是她的表情。警察什麼事都不會做——為什麼用那麼可怕的表情說那種話？

「……可是，也不能如此吧？那樣一來，勢均力敵的狀態就失去意義了。」

「也不盡然。只要在勢均力敵的狀態下，進行推理就好了吧？只要用確實的證據和理論逼出真凶，不就沒事了嗎？」

「……由伊梨亞小姐來推理嗎？」

聽過她剛才的「理論」，容我說一句，那還真是非常令人不安。可是，伊梨亞小姐搖搖頭。

「當然不是。你忘了嗎？我昨天說過了吧？一個星期以後——現在只剩六天了，會有一個才華卓越的大師造訪本島。」

就是推理小說裡的名偵探，伊梨亞小姐看上的——伊梨亞小姐的英雄。

「哀川大師的話，一定可以將這起事件**體無完膚地解決**。」

體無完膚？真是驚世駭俗的表現，而且伊梨亞小姐似乎並沒有誇大其辭的意思。

「……還有六天嗎？」一直緘默不語的赤音小姐鬆開交叉胸前的雙手，譏諷似地說：「好吧！好吧、好吧、好吧！反正大概就是這種結果。我雖然不覺得自己可疑，但如果那樣可以改變現狀，也只好那樣辦了。伊梨亞小姐，那個叫哀川的人可以信任吧？」

「是的！當然！」

伊梨亞小姐自信滿滿地點頭，態度讓人感到她對心目中的英雄有一種絕對極致的信賴。面對那樣的伊梨亞小姐，赤音小姐無奈嘆道：「我懂了，就那樣辦吧。」

3

「那樣真的好嗎？」

我一邊玩弄玖渚的髮絲，一邊呢喃。她抱怨頭頂的髮辮太重，心情靜不下來，要我幫她重綁。儘管我覺得雙馬尾很可愛，但既然本人不喜歡，我也無可奈何。

集合結束後——解散之後，我們回到玖渚的房間。

「我覺得很好呀！跟人家想的差不多，赤音應該很感激你吧？比起繼續那種無謂的爭論，那應該是最好的解決方法唷。」

「是嗎……」

對於提出監禁提案的我，赤音小姐絕對不可能有什麼好感，那讓我感到非常鬱悶。雖然說那是唯一方法，但總忍不住要想，是否還有其他選擇。

「……好了。」

「謝囉～」

玖渚說完，用四肢著地的姿勢爬到電腦架，在背對我的旋轉椅坐下。然後打開電源，開始敲打鍵盤。

「……不知該怎麼形容，總覺得對赤音小姐做了壞事……」

「或許是吧，不過，那也是莫可奈何的呀，阿伊。」

早餐結束後，赤音小姐自行前往我使用的那間倉庫。三餐由彩小姐她們送至房間，盥洗和如廁則用內線電話通知彩小姐她們。

赤音小姐只要求給她一盞檯燈，看來這六天是打算閱讀自己帶來的書籍。

六天嗎……就客觀的角度來看，那個房間的環境也不算太差。但是既不能從內側開鎖，窗戶的位置也相當高，終究無法脫身。就這層意義而言，果然形同監禁。

六天。若要在監禁中度過，畢竟是久了一點……

「如果伊梨亞小姐願意報警……就不用做那種事了。那個人莫非是想將整起事件一筆抹煞？」

「可是伊梨亞講得也沒錯呀。如果報警的話，也只不過是赤音被當作犯人，一切就結束了。就算沒有結束，她也已經被懷疑了。阿伊也是想避免那種情況吧？太不瀟灑了咩～ＥＲ３的七愚人竟被當成殺人事件的嫌疑犯。」

「小友對ＥＲ３很熟嗎？」

「只不過認識幾個朋友，阿伊應該比較熟唷。」

「……即使是七愚人，赤音小姐畢竟沒有免責權……」

「可是呀，事情鬧大的話，人家就更糟糕了，彌生和真姬也都是有地位的天才，大家都想避免不必要的醜聞吧？當然伊梨亞也是囉。所以選擇不報警是很普通的想法。」

「普通嗎……」

若然，不普通的就是這座島嶼本身吧。然而，儘管如此，從伊梨亞小姐的那種態度來看，總覺得事情沒有那麼單純。該怎麼說……伊梨亞小姐彷彿是因為某種更複雜的原因，所以不願意報警。

「難道伊梨亞小姐有什麼不願看見警察的隱情……」

「不知道，你去問問看呀？」

「她不可能告訴我吧？」

「人家想也是。無所謂吧？只要那個伊梨亞看上的『哀川』一來，事件就可以解決了，不是嗎？只不過忍耐六天嘛。」

「可是啊……」

倘若島主伊梨亞小姐宣布不報警，我也無從違抗。既然已經監禁赤音小姐，至少不會再發生殺人事件，然而……

「喂！小友。」

「什麼？阿伊。」
「有事想拜託妳。」
「沒問題囉，是什麼？」
「那間密室，妳能不能想個辦法解決？」
「人家也不曉得有沒有辦法，不過既然是阿伊的請求，那就來想想辦法吧。」

對！

這六天沒有必要束手旁觀。對於說出那種提案的我而言，更有思考這起事件的義務。

「對呀！只要我們趕快解決事件，就不用監禁赤音哩～不論赤音不是犯人，或者就是犯人。」

玖渚「嗯——」了一聲，將椅子轉向我。她招招手說：「來呀！來呀！」我乖乖起身走向電腦。

「人家先試著歸納出大家目前的不在場證明囉。」

伊吹佳奈美　被殺

園山赤音　地震前×　地震後×

玖渚友

地震前○（阿伊・光・真姬・深夜）
地震後×

佐代野彌生

地震前○（伊梨亞・玲）
地震後×

千賀彩

地震前△（明子）
地震後×

千賀光

地震前○（阿伊・友・真姬・深夜）
地震後×

千賀明子

地震前△（彩）
地震後×

逆木深夜

地震前○（阿伊・友・真姬・光）
地震後○（真姬）

班田玲　地震前○（伊梨亞・彌生）
　　　　地震後△（伊梨亞）

姬菜真姬　地震前○（阿伊・友・光・深夜）
　　　　　地震後○（深夜）

赤神伊梨亞　地震前○（玲・彌生）
　　　　　　地震後△（玲）

「大概就是這樣吧？」

「圈圈跟叉叉我懂，但三角形是什麼？」

「親人間的證詞就如赤音所說的那樣在法律上是不具效力的呀，而伊梨亞、小玲、小彩、小光和明子五個人基本上就等於親人，所以先暫時標記起來囉。不過，真的很那個耶～說是不在場證明，其實都很亂七八糟呢。」

玖渚捲動螢幕，重新確認表格。

「反正先暫時排除共犯的可能性吧？」我說：「同時採信親人間的證詞。這麼一來，絕對沒有嫌疑的人就是深夜先生和真姬小姐……另外還有玲小姐跟伊梨亞小姐。」

這樣就去掉四個人。換句話說，還剩下七個人。

「如果深夜先生的證詞沒有錯，問題就是那間油漆密室……但要是他說謊，犯人就只剩赤音小姐。」

「實在想不出深夜要說謊的理由咩～」

「所以，就算沒有說謊，也可能是搞錯……」

不行！不行！竟然跟伊梨亞小姐說同樣的話。

「可是……就客觀來看，還是赤音小姐最可疑……」

「從這個表格來看，也只能那樣說呢～再怎麼公平地看，再怎麼不公平地看，就只有她沒有半點不在場證明呀。唔，要不是這樣，她也不會接受監禁提案吧。」

「的確……說麼說來，小友，妳也認為赤音小姐是犯人嗎？」

「人家沒有那樣說喔。就跟赤音說的一樣，我們也沒有任何證據，光用消去法是不能決定犯人的呦，況且也還沒有驗過佳奈美的屍體。」

「是嗎……而且，畢竟是密室啊。」

「假如考慮密室，別說是赤音，根本就沒有人能犯案哩。阿伊，你有什麼想法？」

「倒也不是沒有。」我邊想邊說。「只要再仔細想一想，就會想到什麼吧。小友，妳呢？妳沒有什麼想法嗎？」

「很多唷！」玖渚說：「只要再仔細想一想，就能揀出結果吧。啊！對了對了，還有啊，阿伊，不管有沒有深夜的證詞，人家都認為犯案時間是在地震以後喔。」

「呃？為什麼？」

「畫室不是有阿伊的肖像嗎？那種畫，你覺得地震以前畫得完嗎？人家是覺得不太可能哩。」

「那是……」

我覺得很難說，佳奈美小姐似乎是個畫畫快手。但萬一就像玖渚說的那樣，密室的結構就更趨完美，那是我不太樂見的發展。

「其他的話……就是無頭屍的問題囉，阿伊。」

「嗯。」我點點頭。

犯人究竟——先不管是誰，犯人究竟是為了什麼理由，才要砍下佳奈美小姐的首級呢？

「無頭屍的話，就有掉包的嫌疑，不過現在應該沒有那種可能性。有十二個人，一個人被斬首，剩下十一個人，而十一個人的身分都很明確。」

「唔咿！假如被殺的人是三胞胎女僕，掉包的問題就變得很棘手哩～既然是佳奈美，暫且不用考慮那個問題。可是假如島上還有別人，就很難說了。」

「那種事可以不用考慮吧？要是十二個人以外還有第十三個人，甚至是第Ｎ人，那麼找出嫌疑犯啦！推翻不在場證明啦！這些不就毫無意義嗎？雖然不知道六天後的那位名偵探會怎麼想，不過我們就先把嫌疑限定在剩下的十一個人吧。」

「說得也是。」玖渚仰頭看著天花板。

「如果再考慮共犯跟遙控伎倆的可能性，目前確實沒有嫌疑的人，也只有人家跟阿伊哩。」

「妳自己就算了，為什麼我也沒有嫌疑？」

「因為人家相信阿伊咩。」

「唔咿！」玖渚翻了一個筋斗。

「可是，無頭屍耶——除了掉包以外，必須砍頭的理由……真的有嗎？不過，那也不一定就是死因哪。」

「啊啊，假如是致命傷，出血不可能那麼少，一定會血流成河。但是乍看下，好像也沒有其他刺傷，看來應該是毒殺或絞殺，不，那也只是推測。」

「殺她很容易嗎？」

「我想是吧。佳奈美小姐不良於行，視力縱使恢復，應該也不能跟正常人比吧。偷偷摸摸地走到身邊，不，大大方方地接近，要殺她應該是輕而易舉，況且砍頭也不是很花時間。」

只要不遲疑，數分鐘就可結束的作業，而那個犯人多半不會遲疑。儘管只是直覺，不過我是如此認為。

「……也不知道動機。為什麼佳奈美小姐一定得被殺呢？」

「誰都沒有一定得被殺的理由呦。不過說得也是，為什麼呢？除了深夜以外，大家跟佳奈美，應該都是在這座島初次見面呀。啊……或許也不一定哩？就算在外面有關聯，也沒什麼好意外的。」

「那種關聯也要納入考量嗎？」
倘若如此，根本不可能想出結論。
「唔——」玖渚沉吟。
「好，那暫時先考慮這些吧？關聯性方面以後再慢慢調查唄。」
「怎麼查？」
「你當人家是誰？」玖渚惡作劇似的咧嘴一笑。
對了，這個藍髮少女的背景是——
「好！就來展開現場勘驗唄。」
玖渚拿起身旁的一臺數位相機。

4

前往佳奈美小姐的畫室途中，我們跟彌生小姐擦身而過。儘管想出聲招呼，但總覺得氣氛很難開口，所以錯過了時機，彌生小姐就這麼朝反方向走去。雖然跟她正面錯過，但她似乎沒有發現我們。
「她在做什麼哩？」玖渚側著頭。「總覺得彌生怪怪的。」
「好像在煩惱什麼，或者應該說像思索什麼的樣子。」
「唔咿，從那個方向來的話，她剛才可能是去看佳奈美的房間喔！或許跟我們的想法一樣，想要展開獨家推理，早一點回家吧。」

「是那樣嗎？她可是資歷最深的客人哪！彌生小姐應該不會輕易離開。」

「是嗎？人家就不喜歡發生殺人事件的島呢。」

「她究竟在做什麼？」

「直到六天後哀川大師抵達為止，請大家都不要離開本島。」剛才的餐廳會議解散時，伊梨亞小姐如此說。「因為包含我在內，大家都是嫌疑犯。」

總而言之，被監禁的人不只是赤音小姐而已。玖渚之所以意欲解決這起事件，並非純粹出於好奇心。實際上，玖渚只是希望按照預定時間回家。儘管她很懶惰散漫，對預定這種事卻是非常在意。

「不過，就算真是那樣也無所謂。就算事件是由彌生解決，人家也沒有關係呦。」

「可是看起來也不像那樣。總覺得她很憂鬱……很灰暗的樣子，簡直就像是去湮滅證據哪。」

「那可不行哩！」玖渚透過數位相機看著我。「快！我們趕快去確認，阿伊。」

佳奈美小姐房間的門沒有關。從朝外開啟的門扉向內望去，裡面沒有半個人。赤音小姐在倉庫，那其他人此刻在做什麼呢？我忽然想到這件事，最後決定放棄猜測。大家應該都在自己可以做的範圍內，做自己喜歡做的事。即使是在這座島上，應該也是一樣的。

房裡依然飄散著稀釋劑的臭味，不過油漆乾得差不多了。佳奈美小姐的身體跟今天早上的位置一樣，穿著同樣的衣服，保持相同的姿勢。

「實在是……」

我覺得無頭屍這種東西非常滑稽。屍體之所以令人毛骨悚然，成為畏懼的對象，乃是因為臉上沒有表情。因此，少了用來顯露那種表情的頭部，屍體就不再可怕，反而變得滑稽。那種感覺就像看見不可能出現的東西，或者做壞的塑膠模型。

大理石色的油漆河，玖渚今天早上拋出的大衣就在河川的正中央。

「……對了，那件大衣多少錢？」

「兩件一萬左右吧。」

「美金？」

「唔咿！日幣。」

很普通的價錢，我有一點意外。

「那麼，反正……先進去吧……」

我正要踏進室內，玖渚和今天早上一樣拉住我的衣袖。

「這次又怎麼了？」

「跳跳看。」

「啥？」

「唔咿，就是實驗。先在這個小空間助跑，看看能不能跳過這條油漆河。阿伊的運動神經應該沒有那麼差吧？」

「也沒有好到那種程度。」

「試試看唄。」

「知道了。」

我試著用力一躍，應該說是果不其然吧，還是沒辦法跳過河川。越過河川正中央一點的地方，就雙腳同時著地。

「……結果就是這樣吧。」

「唔咿——」玖渚沒有跳躍，滴滴答答地踩著自己的大衣過河。「阿伊不行的話……這座島上可能跳得過去的人就只有深夜囉，而且也只剩深夜是男的。」

「或許吧，不過如果只談體力問題，那群女僕也很厲害哪。小友的行李——那些電腦和工作站都是她們搬的。那些電腦應該很重吧？」

「可是小彩她們身材嬌小，步幅也是一個問題唷。不過也有一些人在火災現場會突然出現驚人的力量，這方面就很難講了。言歸正傳，佳奈美的情況怎麼樣哩？」

玖渚拿著數位相機走近佳奈美小姐的屍體。

玖渚似乎對佳奈美小姐的屍體比較有興趣，但是我關心的反倒是畫布。室內有好幾張畫，其中也有佳奈美小姐自己砸壞的那幅櫻花，和另一幅重畫的櫻花。看著那兩幅畫，我仍舊忍不住要戰慄。對於藝術和美術欣賞一無所知的我，一旦親睹這般露骨誇示「價值本身」的事物，終究無法一無所覺。

另外是那幅以我為模特兒的肖像畫。儘管佳奈美小姐表示要給我，唉！我實在無法接受這麼貴重的東西，我的神經沒有大條到可以承受這種壓力。

「純屬戲言啊。」

我想要伸手拿畫布，但放棄了。暗忖要是留下指紋就糟糕了，可是，或許那種事根本就無所謂。

……咦？

「喂，小友。」

「什麼？」

「這張畫好像怪怪的？」

「這張畫是指阿伊的畫嗎？唔？哪裡怪？很普通的畫呀。」

竟然說得出這幅畫很普通，玖渚本身的審美觀也有點異常，但我想講的並不是那種事，總覺得好像哪裡有一種非常細微的偏差。並不是繪畫本身如何如何，而是有一種不合邏輯的印象。

「……總之妳先幫我照起來，總覺得怪怪的。」

「好吧……唔——我這邊倒沒有什麼奇怪的事。」

看來玖渚是在調查佳奈美小姐的屍體。我轉向玖渚，「是嗎？」一面問，一面貼近佳奈美小姐的身體。

「唔～咿，人家也不是專家嘛。死因不明，死亡時間也沒辦法確定，沒有驗屍官還是沒轍吧？如果伊梨亞小姐是醫術天才就好了。萬歲！怪醫黑傑克！那多方便呀。不過，沒有首級也很難確定死因吧。」
「結論就是什麼都不知道嗎？」
「唔咿。」玖渚抱起佳奈美小姐的身體，她從以前就對碰觸屍體沒什麼反感。「總覺得好懷念這種事耶。五年前老是在做這些嘛，阿伊。」
「話是沒錯……但我實在沒有那種感覺。好像第一次看見屍體一樣，我從剛才就忐忑不安。」
不知該如何形容的不安感，那種感覺就像在自己身上發現沒有印象的傷口。
「是未視感（jamais vu）。」
「那是什麼？」
「即視感（deja vu）的相反呀。明明經歷過好多次的事情，卻有初次發生的感覺，那是感覺麻痺時發生的一種情況喲。」
喔——那樣的話，我的感覺早就麻痺了吧。
……在海洋對面也發生過許多事情。
「總之。」玖渚說。
「可以確定沒有刺傷，所以應該是絞殺吧，然後為了隱藏勒痕才砍頭。」
「聽起來還是很奇怪。雖然不知道砍頭的凶器是刀啦？斧頭啦？柴刀啦？可是既然有帶那種工具，為什麼不直接用它殺人？」
「說不定就是用它殺的喔。沒有刺傷的部位僅限於身體，說不定是從頭部刺的。」

「……對，對啦！」我說：「這麼說來，頭部到哪去了？是犯人帶走的吧？可是，究竟帶到哪去了？」

「島上有一半是森林，應該是埋在那裡吧？或者是丟在海裡？反正應該不難處理。」

「這樣話題又兜回為什麼要砍下頭顱……」

可是，話題一轉回來，就鑽入了一個死胡同。

「還有一個疑問唷，阿伊。喏，你看這裡，屍體的頭顱是從根部砍下來的吧？為什麼要那樣砍呢？一般砍頭的時候，不是應該瞄準中央的部分嗎？」

玖渚這麼一說，砍頭的位置確實很不自然。可是，我也不覺得那是什麼重要的問題。

「……」

我沉默不語，雙手盤胸。儘管已經完成現場勘驗，但結果似乎一無所獲，知道的也只有這條油漆河無法跳越的事實。這樣算是前進呢？還是後退？

玖渚走近窗邊的電話櫃，拿起話筒。

「唔——這裡也沒有異常。」

「妳以為會有什麼？」

「嗯——想說也許是修改內線的電路，把打進來的電話轉到其他房間的那種圈套咩。可是這隻電話還是可以打出去，應該沒有那種可能性，外觀看起來也不像被人動過手腳。」

「電話啊……呃？對了！深夜先生打電話的時候，佳奈美小姐說了什麼？」

「油漆倒了啊，別來打擾她工作啊之類的。唔咿，不過，就算對方要他別去，人家覺得深夜還是應該去房間確認一下。這樣說有點嚴厲，但那是看護的責任吧？」

「妳說得沒有錯，可是已經結束的事情再說什麼也不能改變。」

總之，深夜先生從今爾後都必須背負那個責任與懊悔，我們沒有理由再去苛責他，也沒有那個必要。儘管這個世界是由不合理所建構，但另一方面，我們對於自己做的事情，也必須自己負責；只不過，即便不是自己做的事情，有時也必須承擔責任。

「有沒有可能事後再將內線復原？」

「嗯——也不是完全不可能，可是人家覺得很難，那並不像插頭『拔下來插進去』那麼簡單唷。」

「是嗎……那麼，能夠考慮的可能性或許就是那個方向，可是那個方向就等於密室哪。」

「你的意思是我在說謊？」

深夜先生的聲音冷不防從身後冒出，我慌慌張張地回頭。一看之下，深夜先生提著橘色的袋子站在門口附近。

「但是我的確聽見佳奈美的聲音，我沒有騙人。」

他的聲音很憔悴，不過，那也很正常吧。

「……我並沒有說深夜先生在說謊，並沒有那種必然性。可是，深夜先生，雖然只是假設……電話對象難道不可能是其他人嗎？」

「不可能！」他立即回答。「我跟佳奈美也不是兩三天的交情了。別人我不知道，但是我不可能會聽錯佳奈美的聲音……你是在懷疑我嗎？」

「我不是那個意思，深夜先生好像也沒有非殺佳奈美小姐不可的理由。」

「那可未必，搞不好我們之間有深仇大恨。」

深夜先生虛弱地笑了，接著從乾涸的油漆上緩緩走來。因為間距縮短，於是看出深夜先生手裡的橘色袋子是什麼——那是一個睡袋。深夜先生看著我說：「總不能就這樣擺在這裡不管吧？」

「我已經取得伊梨亞小姐的許可，決定埋在後山。伊梨亞小姐似乎不打算通知警方，這裡畢竟是伊梨亞小姐的宅第，我也不便置喙。所以，我可以做的事情，也只有幫佳奈美埋葬了。」

「我來幫你。」

我說道。深夜先生似乎有話想說，但或許是判斷三個人比一個人輕鬆，最後什麼也沒有說。

我跟深夜先生抱起佳奈美小姐的身體，默默裝入睡袋。肉體感覺不到任何體溫，不過那也是理所當然的。

「深夜先生，你有什麼挖掘的工具嗎？」

「她們在玄關前面幫我準備了一個大型鐵鍬。既然如此，就請玖渚幫忙拿吧。咦……那是數位相機？」

「嗯。」玖渚點點頭。「為了讓名偵探抵達時可以知道現場情況，也必須記錄起來，反正屍體也不會要求肖像權吧？」

那句笑話有一點過頭。

「是嗎？」不過深夜先生只是頷首苦笑。

「那麼，我們走吧？」

「那個……深夜先生，這幅畫……」

「呃？啊啊，嗯，是佳奈美的畫。真是傑作，可惜變成了遺作……她好像打算送你，你就收下吧。」

「……可以嗎？」

「我想尊重那傢伙的遺志。」

遺志。

也是，她已經死了。志未竟而身先死……

「你可以幫我抱腳的方向嗎？我來抱頭……」

話沒說完，深夜先生含糊其辭，是想起頭部已經不見了吧。我一語不發，依照他的吩咐抓住腳。

對深夜先生而言，他應該希望能將佳奈美小姐的頭也一起埋葬吧。可是，那個頭部目前行蹤不明。或許被犯人藏匿在某處，倘若不是，那就像玖渚所言，已經遺落在深山或海底。

我抱住了腳。屍體很重，沒有意識的人類，停止支撐自己的人類，比想像中更重。雖然也不是一個人不能抬，但畢竟還是兩個人一起抬比較好吧。

三個人接著還是沉默不語。一語不發地抬著佳奈美小姐，離開宅第，走到後山，一語不發地挖洞。

裝著佳奈美小姐身體的睡袋，作為棺材也太過廉價的橘色睡袋，果然還是很滑稽。說不定人類的死亡也很滑稽，不過滑稽而已，我心裡如此想著。

人終究要死——我對這件事可說是極度厭惡、極度反胃地明白，玖渚也是再清楚不過。深夜先生也是一個大男人，不可能從來沒有經歷他人死亡吧。

或許正因為如此，三個人才沉默不語。

「你們先走吧。」最後深夜先生說道：「我要在這裡待一會。」

我雖然想說些什麼，但什麼都沒有說，只是牽著玖渚的手，離開了那裡。說不定深夜先生之後會哭泣，說不定不會哭。可是，無論如何，我們都不應該待在那裡吧。

畢竟，我們也只是陌生人。

「這樣擅自埋葬真的沒關係嗎？」玖渚此刻才說。

「無所謂吧？我記得唯一的親人就是深夜先生，既然那是深夜先生的意願，更何況也不可能擱在那間畫室一個星期。」

「是呀，那倒也是。」

「喂，小友，棄屍要判多少年？」

「三年以下有期徒刑吧？另外還有許多罪狀。反正一定會緩刑，人家跟阿伊都未成年，不用擔心唷。不行的話，付一點錢，兩個人還不成問題的。」

真是低級的對話。不過，我也並沒打算談什麼高級的對話。

「真是戲言啊……」

聽見我的低語，玖渚露出不可思議的神情。

第四天（2）——0.14的悲劇

園山赤音 SONOYAMA AKANE 天才・七愚人

0

1

你究竟想要做什麼？

午餐是光小姐的作品。聽說彌生小姐身體抱恙，在房間休息；剛才在走廊巧遇時，確實稱不上是好臉色。

「完全無法與彌生小姐相提並論，請各位多多包涵。」

光小姐留下一抹羞澀的笑容，便離開了餐廳，而被她留在餐廳的人是我跟玖渚——以及真姬小姐。真姬小姐也正在吃午餐，我竭力不去理她，將光小姐的料理塞進喉嚨。玖渚似乎沒有食欲，只不過跟著我來到餐廳，百無聊賴地四處張望。

「喂！少年郎。」

一如預料，真姬小姐向我搭訕。

「你好像在做什麼有趣的事？嗯？嗯？嗯？」

「——妳指的就是這個吧，真姬小姐？」

「嗯？什麼呀？」

「一場風波！昨天晚餐的時候，妳不是說過了？還真是先見之明哪。」
「雖然覺得你的話中帶刺，就當作是在誇獎我囉。」
「——既然可以預知，不是應該也可以阻止這個狀況嗎？」
「不行，我可以做的只有看跟聽。你是不是有點誤解了？超知覺這種東西沒有那麼方便喔。我不是說過了？就跟看電視是一樣的。你可以干涉電視的內容嗎？」真姬小姐啜啜不休，帶著安閒的笑容將食物送入檀口。
我心想，這個人跟玖渚也有某些相似處。精神上非常幼稚，另一方面，某些地方又有一種大徹大悟的感覺。明明身處於殺人事件的漩渦中，對此卻彷彿毫不在意，不，基本上這個人可能根本就沒有「在意的事情」吧？
「……那麼，就請妳預言一下這個事件的未來發展嘛！」
「好啊，不過你得先付錢！」
真姬小姐突然臉色一沉，起身快步離開餐廳。她好像是在生氣，但究竟發生了什麼事？
「唔咿～阿伊真是少根筋耶。」
「又怎麼了？」
「人家不知道咩～吃飽的話，回房間吧？還有事情要做。」
「啊啊……說的也是。」
真姬小姐一定是個陰晴不定的人吧——我當時樂觀地擅下結論，便放棄去想那件事。對於知悉一切事物的人，我不可能看透她的內心黑暗面。

我們返回玖渚的房間。玖渚先將數位相機裡的資料用ＵＳＢ線傳到電腦，然後啟動工作站，插入一張磁片。

「那張磁片裡有什麼？」

「軟體呀，當然是人家特製的。因為設定成只能用這臺工作站讀取，被人盜拷也沒關係呦。好了，趕快把事情解決吧。」

玖渚現在打算做的事情，終歸是違法行為。開門見山地說，就是「調查工作」。

按照預定住在這幢宅第，包括佳奈美小姐在內的十二個人，去掉我跟玖渚的十個人，現在要著手調查這些人以前的關聯。

佳奈美小姐被殺了。既然會被殺害，應該就有被殺害的理由。當然也有人會在毫無利害關係的情況下殺人，但就現實來說，另一種情況仍舊壓倒性、絕對性，而且絕望性地占大多數。聚集在此的人，儘管眾人均表示是在這座島上初次見面，然而說不定並非如此。可能性想之不盡，但光想也是徒勞無功。

如此這般，將舊世紀的網路世界鬧得天翻地覆的「集團」領袖——玖渚友終於登場。

「妳要做什麼？」

「首先要連接人家家裡的高規格機器，因為這傢伙的功能還是不夠呢。」

「ＴＢ還不夠？」

「這種情況跟容量沒有關係喔。阿伊，阿伊真的什麼也不知道耶。」

「用不著說得那麼絕嘛。雖然沒妳那麼厲害，我也稍微知道一些，在休士頓也上過一點電子工學的課。」

「真的嗎？好像在騙人喔。以前人家問你『可以幫我拷貝這張磁片嗎？』，你說『包在我身上』，結果竟然拿著十圓硬幣去便利商店影印耶。」

「那是去休士頓以前的事。」

記憶力好的傢伙就是這種地方很討厭。

「嗯，無所謂囉，反正阿伊就是這樣。」玖渚說。「總之，現在要透過十個左右的祕密伺服器跟小豹聯繫。」

「小豹？第一次聽見這個名字。」

不過，可以想像是那個「集團」的一員。我這麼一說，玖渚點點頭。

「小豹主要是負責搜尋的工作。只要是發生在銀河系裡的事，沒有一件是小豹找不到的唷。」

銀河系嗎？淨是一群單位跟正常人天差地遠的傢伙。

「個性非常不好，不過人很好唷。」

「嗯……跟那個做OS的傢伙是不同的人嘛？那傢伙記得是叫小惡。那麼，這位小豹目前在哪做什麼？」

「他在監獄喔。被判了一百五十年，啊！不對……還要加八年，是一百五十八年。

集團解散以後，他還一個人繼續活動呀……入侵聯合國G8的資料庫，結果當然被抓啦。雖然他也破解不少機關，但是最後在第八十七防衛線被發現了。太老練的人反而會忽略最簡單的陷阱哩……哇哈哈。」

「妳還真清楚。」

「那當然囉，那道防衛線就是人家做的咩。」

「……」

「人家聽說小豹想竊取聯合國的最高機密，當然不能置之不理呀，所以召集了幾個朋友一起防衛。不過還是差點被他破了，小豹果然很厲害呢。」

「所以才進了監獄吧？那怎麼可能幫忙嘛……更何況人都被關了，又要怎麼幫忙？他也不能上網吧？」

「凡事都有例外喔，不過小豹的情況應該說是特例……而且不用擔心他不幫忙，小豹不是那種對小事斤斤計較的個性。」

玖渚邊說邊繼續作業。玖渚究竟在做什麼事情，早已超出我的理解範圍。

「……為什麼叫小豹？」

「他的暱稱是印度豹，所以叫小豹。」

「真是如影隨形的暱稱。」

「對呀，他跑得很快，曾經追撞過車子，所以才叫印度豹唷。」

「追撞……不是被撞嗎？」

「是追撞！因為人跟車子的事故被判賠償金的，小豹也是日本第一人唷。」

反常……這就是「友以類聚」嗎？不，應該是「類以友聚」吧。

「千萬別介紹給我哪，那傢伙……」

只想在遠方靜靜眺望的那一類男子。

「不用擔心呦。」玖渚點頭。

「我們之間有一個規矩，就是不管發生任何事，絕對不可以把朋友介紹給別人，因為朋友不是情報呀……阿伊也不可以把人家介紹給別人喔！」

「好啦！既然如此，那個作業就交給妳了。跟那傢伙聯絡的時候，我不在場比較好吧？我也有點事要辦。」

「遵命。」玖渚向我敬禮。

我離開房間，走下螺旋梯。先在那裡做一個深呼吸，然後再朝走廊走去，目的地是伊梨亞小姐的房間。因為事先問過光小姐，所以沒有迷路就平安抵達。

在所有裝潢都很奢華的這幢宅第，這扇門仍舊顯得分外高級。如此厚重的房門，不禁讓人懷疑敲門聲能否傳至房內。不過試著敲門以後，音波似乎平安傳達，響起一聲「請進！」的回應。

拉開門，進入室內，空間比玖渚那間大了一倍。與其說是從電影拉出來的景象，那根本就是電影世界，我覺得自己好像變成了浦島太郎。

謁見。腦中浮現那個單字。

女僕領班玲小姐坐在沙發上，伊梨亞小姐站在她身旁，她們似乎在談話。

伊梨亞小姐頭一歪，不可思議地看著我的臉說：「怎麼了？呃……」看來她想不起我的名字。不，話說回來，我抵達這幢宅第迄今，也不記得曾提過自己的名字。

「我有些事想請教伊梨亞小姐。」

「沒關係，那你坐那裡吧。」

沒想到她爽快答應，我不禁為之一愣。按照她的吩咐在沙發坐下，好像比玖渚房間的沙發更加高級，總覺得像是坐在空氣上。

「昨晚熬夜有一點睏……我想早點休息，麻煩你長話短說。」

伊梨亞小姐一邊說，一邊開始緩緩脫下小禮服，似乎打算換上睡衣。坐在我正對面的玲小姐忽然站起，但也許是不敢對主子伊梨亞小姐的行動有所意見，最後又坐下來沒有說話。

哎呀呀！不愧是附有血統證明書的大小姐，壓根兒不在意小市民的視線，真是戲言啊。

「伊梨亞小姐，為什麼不報警呢？」

「……」伊梨亞小姐聽到我這句話，猝然停止動作。「……我應該已經解釋過了，因為現在報警的話，園山小姐就會被當成犯人……」

「可是，現在的情況不也是一樣？我們擅自監禁赤音小姐。伊梨亞小姐，我們現在做的是犯罪行為喔！」

「窩藏犯人、監禁，還有棄屍嗎？」伊梨亞小姐繼續開始更衣。「那又怎麼了？犯罪是指殺人、竊盜這類事情吧，園山小姐那也不能算是監禁，是經過本人同意的行為。況且，基本上提案者不就是你？」

確實誠如她所言。沒有辯駁的餘地。

伊梨亞小姐繼續說：「集合在本島的客人，對世界來說都是VIP級的存在，豈能讓她們成為**無趣**國家權力的犧牲品？誰都不喜歡無端被他人猜疑吧？而且——」

她嫣然一笑。

「——倘若，真的有誰是犯人，我也不打算把他交由法律裁決。就算是運用赤神財閥的力量，我也要保護那個人。」

「——為什麼？」

「因為天才在法律下不是平等的！」

不由分說的語氣。對方都說得如此明白，我也失去自己的立場。如此說來，假如犯人是我或深夜先生，她鐵定不會袒護我們。

不愉快的感覺。總覺得是非常不愉快的感覺。

「你對天才的定義是什麼？」伊梨亞小姐忽然提問。

我尋思片晌答道：「克雷奇默（註9）曾經說過『得以永續且異常強烈地喚醒廣大群

9　Ernst Kretschmer（1888-1964）德國精神病學家，以研究體態、體質與人格特徵的關係聞名。

眾的積極性價值感情之人格』。」

「我是在問你的看法。」

真的很不愉快的感覺。

不，不過是伊梨亞小姐正確吧？我又想了一會兒，重新回答：「……遙遠的人吧？」

「對！」伊梨亞小姐說。

「……那是一針見血的答案喔。」

「……妳不肯報警應該是有其他理由吧……」

「那是什麼意思？」

「說說而已，沒有任何意思。」

「那麼，你滿意了嗎？我累了。」

一無所獲，猶如一場預定和諧（註10）下的辯論。我聳聳肩說：「打擾了。」自沙發站起，玲小姐也起身說：「我送您出去。」

「那種事不做也沒關係的，玲。」

「不，這也是工作……那小姐，我告退了。」

我跟玲小姐聯袂離開伊梨亞小姐的房間。愛理不理的態度，宛如任她擺布的情

10　德國哲學家兼數學家萊布尼茲（Leibniz）所提出的論點，認為神在創造世界的組成元素——單子（monad）前已預測並加以調和，使所有單子的變化和諧，保持世界的連續性。

勢，不過呢，原先就猜到是這種結果。尋常的努力是不可能說服那種人吧——我在心裡暗想。

「您不用太在意小姐講的話。」玲小姐在路上靜靜低語。「她並不是很懂得為他人設想的人。」

「……啊啊。」

話說回來，抵達這幢宅第迄今，玲小姐還是第一次這麼跟我說話。

「我並沒有在意……」

「小姐真的很喜歡哀川大師，我想這也是她不願報警的理由之一。」

「哀川？啊啊……六天後會來這裡的那個人嘛。」

「……對小姐而言，那就像是對哀川大師的歡迎活動，因為哀川大師是**很適合這種事件的性格**……所以小姐使用名偵探的比喻也並非純為偶然。」

原來如此。意思就是想把這起殺人事件當成給「哀川大師」的禮物嗎？如果那是事實，還真是荒誕不經的人。

不。說得更明白一些，對於伊梨亞小姐而言，這起事件或許是消磨時間的絕佳材料。被流放荒島的赤神財團嗣女，不愁衣食，不缺無聊……集合天才也是打發時間，而這起事件更是絕佳的……活動？

想太多了，我搖搖頭。不論如何，豈可能有那種人？世界上絕對不容許有那種人存在。

「那麼，我告退了。」

玲小姐在玖渚房門前一鞠躬，又折回來時路。交談後發現玲小姐比想像中親切，我有一點意外。根據光小姐的言論，她應該是相當嚴厲的人才對……

我對此感到詫異，一面覺得事有蹊蹺，一面打開房門。房間裡有對著電腦的玖渚，跟另一個人……啊啊，天下無敵的占卜師小姐在此！為什麼？

真姬小姐原本在抽菸，一發現我走進房間，便用食指尖將香菸捻熄，然後從沙發上站起，無言地通過我身旁。可是，她像是忽然改變想法，用頭頂著我的胸口，就那麼一路將我推出走廊，然後反手把門關上。

我訝異地看著真姬小姐。

「嘿！嘿！嘿！」真姬小姐就像小孩般笑著。可是，她只是一味嘻笑，完全沒有說話的意思。

「……妳心情恢復了？」

「恢復的不光是心情。嘻嘻嘻，你還真是愚昧無知，或者是粗枝大葉？」

「……幹什麼？沒頭沒腦的。」

「你有喜歡的小說家嗎？」

話題遽然大轉彎。

「沒有。」

「藝人呢？」

「沒有。」

「真是無聊的男人耶……比方說，不是有尊敬某某天才的那種人嗎？不過那還可以分為三種類型。真心喜歡、憧憬、尊敬那個人，想要跟他一樣，希望自己就是他的那種人，很純真的那種。第二種類型也跟第一種很相似，可是將自己完全抽離，覺得對方真的很厲害，可以一切以對方為優先的人。至於第三種類型的傢伙則是藉由喜歡『很厲害的人』，藉由愛上對方的優點，企圖提升自己的價值。將別人當作自己的生存價值，大腦跟心眼腐化的傢伙。好，如果是那樣的話，你是屬於這三種類型中的哪一種呢？」

「……嗯，第二種吧？」

「對！雖然你相當偏差，不過對玖渚的奉獻心連本小姐都深感欽佩唷。」真姬小姐咧嘴一笑。「可是，那樣子不是相當愚昧嗎？竟然把玖渚一個人丟在房裡。萬一我是殺人犯，你要怎麼辦呢？」

「……」

「假如真有什麼東西想好好珍惜，那一分一秒都不該移開視線。記好了呀，少年郎。」

砰！砰！真姬小姐拍了我的肩膀兩下，然後哼著歌兒離開。

我被一個人留在走廊。

「……啥……」

該死。

我在心底咒罵一頓後，開門走進房間。

2

島上的唯一規則看來尚未失效，全島居民在晚餐時幾乎齊聚餐桌。幾乎。

佳奈美小姐自然不在，被監禁的赤音小姐亦未出席。除此之外，彩小姐跟明子小姐也沒有出現，聽說她們兩人已經離開小島。若問她們有什麼事，好像是去跟那位名偵探「哀川大師」聯繫。

「電話或電子郵件不行嗎？」

「不行。」光小姐回答我的問題。

「大師是出了名的難找呢，工作繁忙的人就是如此……現在據說在愛知縣處理事情，因此彩她們要明天才能回來。」

「工作繁忙……那位哀川大師是從事什麼職業？」

「承包人。」

那是什麼？很陌生的單字。

順道一提，今天的晚餐是滿漢全席。據味覺天才佐代野彌生的看法，中華料理是最不花時間和勞力的菜餚。不消說那是彌生小姐那種高手才有的意見，對我這種人實在沒什麼參考價值。

「對了，玖渚小姐。」伊梨亞小姐在晚餐結束時說：「妳白天好像在暗中進行什麼活動，發現什麼了嗎？我還以為妳的專門是機械，原來也從事這種調查嗎？」

「人家什麼事都做唷。」滿口糖醋排骨的玖渚說：「人家最討厭被什麼專門不專門的東西束縛。」

好像在哪聽過這句臺詞。

啊啊……對了！佳奈美小姐說過那種話。

縱使有所謂擅長不擅長、專精不專精，也不應該有原本的專門，那也是ＥＲ計畫的基本理念。然而，在不加以分類就侷促不安的這個世界，要如此生活卻是相當困難。必須擁有諸如：玖渚友、伊吹佳奈美、園山赤音的那種才能，始能達到那般成就。

我就莫可奈何。

「所以呢，妳知道什麼了嗎？關於那間密室的圈套或者犯人……」

伊梨亞小姐的口氣猶如希望玖渚什麼都沒發現，讓我想起剛才玲小姐的話。對於伊梨亞小姐而言，倘若事件在「哀川大師」抵達前解決，或許真是一件很掃興的事。

「人家全部都知道呦。因為知道的事情太多，所以要花很多時間來選擇。」

看來沒有人理解玖渚的意思，眾人只是一臉訝異，沒有任何反應。

「姬菜小姐。」伊梨亞小姐將矛頭從工程師轉向占卜師。「妳來本島以後，頂多是逗其他客人，從來沒有認真占卜過，怎麼樣？現在差不多可以請妳預測一下今後的發展了吧？」

「我要收錢。」

這個人！不但白吃白喝，而且業已領取不少酬金，竟然還開口要錢？真是窮凶惡極的守財奴，我從未見識過如此惡毒之人，簡直就是魔鬼。

「你憑什麼這麼說我？」

真姬小姐惡狠狠地瞪我。

就跟妳說，我根本沒有開口啦！

「我啊，用感覺照樣可以聽見。我是出賣自己的能力賺錢，也已經不是用人情道義就能說動的小姑娘，特別是精神年齡哪。」

那種道理我也明白，但是她搞不好已經擁有十個東京巨蛋那麼多的萬圓大鈔，究竟還奢求什麼呢？偶爾免費幫別人算一下也不為過吧？

「別自以為是了。」

真姬小姐「哼！」一聲轉向伊梨亞小姐。

「我當然會付錢喔。」伊梨亞小姐雙手合十。「那麼，萬事拜託。」

「**馬上就會結束**。」

真姬小姐口氣不變地說了一句。大家都等著聽她的下文，但真姬小姐卻開始沉迷於大啖回鍋肉，看來似乎一句話就結束了。

「……只有那樣嗎？」伊梨亞小姐也大感意外，神色微妙地詢問真姬小姐。「那也未免太……」

「剛才是志工服務，因為某某大嘴巴一直在那裡嘮叨，才特別服務一下。不用太在意唷，跟正題一點關係也沒有，就是這樣！」

「……」

姬菜真姬。

洞悉一切卻仍不置一詞的心情究竟是如何？對於一無所知的我而言，那根本無法想像。從那種意義來看，或許這座島上最神祕的存在其實是真姬小姐。正因為如此，油漆河所造成的密室和無頭屍都變得朦朦朧朧。

結果真姬小姐後來什麼也沒有說，第四天的晚餐會於是就一無所獲地告終。一如既往，玖渚和真姬小姐發表一些奇怪言論，然後就結束了。

可是，我當時還有一件在意的事情。深夜先生與彌生小姐在晚餐時一句話也沒有說，甚至好像根本沒有在聽別人講話，兩個人只是機械性地將面前的食物送進口裡。儘管沒有什麼特別奇怪的舉動，但總覺兩個人哪裡有些不自然。姑且不管失去佳奈美小姐的深夜先生，為什麼彌生小姐也是那樣？雖然她說過身體不舒服——

3

晚上九點多。我獨自在玖渚的房間，開啟以我的能力應該勉強可以操作的電腦，瀏覽事件現場的數位照片。沒有滑鼠很難操作，但倒也不是完全不可能。

佳奈美小姐的屍體、胸口特寫、全身照、斬首切面、油漆河。大衣在河川上漂浮，因為油漆已乾，是故大衣被黏住了。硬扯的話也不是拿不起來，不過沾滿油漆終究是不能穿吧。

另外——

另外，以我為模特兒的那幅佳奈美小姐的遺作。

跟玖渚一起現場勘驗時，看著畫布所感到的不自然。

不協調。

異質……

雖然只是直覺……

「啊啊——原來如此，我懂了。」我自言自語。

原來如此。只要察覺到那件事，一切就很單純了，就像那種怨嘆自己剛才為何一直沒發現的「大家來找碴」，非常簡單明瞭、容易解答的答案。

「嗯……」

可是，那樣又將衍生出另一個疑問。

為什麼會發生這種事？明明不可能發生這種事，佳奈美小姐這種天才畫家不可能犯下**這種單純的錯誤**。

當我正在思索那件事情時，敲門聲響起。

「……哎呀呀。」

猜想定然又是真姬小姐來找我的麻煩，索性換個期待的心情，起身開門，走廊上卻俏生生地站著光小姐。由於跟原先猜測的落差太大，我心中打了個突，大腦停止運作兩、三秒鐘。

「啊啊……妳好，光小姐。」我總算擠出一句話。「……呃，總之，快請進。」

「打擾了。」光小姐客氣地一鞠躬，便走進房間，四下梭巡之後問我。「請問，友小姐在哪裡呢？」

「啊啊，玖渚嗎？玖渚的話，剛才被我綁住手腳扔進浴室了。」

「咦？」

「她跟貓一樣，不喜歡洗澡……那丫頭的頭髮本來是更淡一點的藍色……因為不洗頭才變得那麼深。那丫頭不太擅長掙脫繩索，而且一旦渾身弄濕就會放棄，一洗起來還滿花時間的。」

「喔喔……啊！因為友小姐就像俄國藍貓一樣。」

光小姐一臉正經地說著莫名其妙的附和之詞。喔，我真的不解其意，給她放水流吧。

「呃，所以假如有事要找玖渚，不好意思請妳等一下再……」言及至此，我驀然靈光一閃——仔細一想，這或許是個好機會。「……啊啊，對了！光小姐，妳現在有空嗎？」

「咦？唔，今天的工作是全部結束了。」

「既然如此，可以請妳在這裡待一下嗎？因為把玖渚一個人留在這可能有危險。」

我想著真姬小姐白天說的話，一面說道：「已經營造出勢均力敵的狀態，應該沒有問題……但不怕一萬就怕萬一，可以麻煩妳嗎？」

「我是無所謂……」光小姐略顯困惑。「那當然沒有問題。可是，真的可以嗎？那個……就這樣相信我……」

「沒有歹徒會同時襲擊兩個人的。」

「不，不是這個意思……會不會太不設防了？」

啊啊，是這個意思嗎？

「沒問題的。」我輕輕點頭說。

「真姬小姐就很難說，可是我相信妳。」

如此說完，我向光小姐道謝，關好門，在走廊前進。下了樓梯抵達一樓。

「……可是。」我在那裡自嘲地低語。「『相信』嗎……」

何時開始可以說出那種話的？究竟是何時開始，我可以大言不慚地說出那種話的？

問題——

相信是什麼意思？

答案——

覺得被人背叛也無所謂。

就算被人背叛也不後悔。

「不論如何，都是戲言啊……」

目的地是我先前的房間，現在則是園山赤音的監牢。

輕輕敲門說：「是我。」

「……啊啊，是你？」須臾房內傳來回應，想不到聲音聽來頗為沉靜。「怎麼了？不用待在玖渚旁邊嗎？真不像你哪。」

「我……我猶豫了很久……想要向赤音小姐道歉。」

「為什麼你要向我道歉？」門內的聲音陡然摻雜某種不悅。「你是為了袒護我吧？袒護我又向我道歉，不啻在侮辱我是連那種心機都無法參透的蠢人。現在是我該向你道謝，除此之外別無他解。」

「……」

「或許也可以由我來提案，不過還是不太好吧。因此當你提出這個構想時，我真的很感謝你，現在就來表示一下謝意吧。」

赤音小姐隔了一會兒說道：「謝謝。」

「……哪裡。」

這個人果然不是隨隨便便登上七愚人之位。那裡不是光會唸書、光是腦筋好就能如何如何，並不是那樣單純的地方。

「對了，送晚餐來的光小姐告訴我，你好像跟玖渚一起在四處調查？結果可以說來聽聽嗎？感覺怎麼樣？」

「我個人還不曉得犯人是誰。」

「**我個人**嗎？呵呵呵，話中有話啊，我挺喜歡那種個性的。既然如此，好！換一個問法吧。密室方面有什麼想法？」

「赤音小姐呢？」

「post hoc fallacy 吧。」

「……英語嗎？」

「拉丁語，我也不知道日語該怎麼說……怎麼說才好呢？應該就像『自作自受』之類的意思吧。」

啊啊……我喟然而嘆。

是嗎？既然如此，這個人已經完全想通密室的圈套了。儘管解開密室之謎，這個人僅僅為了維持勢均力敵的狀態而待在這裡，我覺得她真是了不起的人。

「呵呵呵。」赤音小姐笑了。

「伊梨亞小姐看上的……『哀川大師』嗎？在那個人抵達以前，維持這個勢均力敵的狀態是最好的吧……反正也不是什麼痛苦的事。我年輕的時候就常常待在小房間裡看書，跟那個房間相比，這間還算寬敞的了。」

「……赤音小姐已經知道犯人是誰了嗎？」

「那倒不知道，我沒有騙人喔，是真的。我也不是那方面的專家，雖然也不是不看推理小說，可是那不過是娛樂而已……你看武者小路實篤的書嗎？」

赤音小姐冷不防改變話題。咳，武者小路實篤是推理小說家嗎？雖然滿腹狐疑，我還是回答赤音小姐的問題。

「只有讀過選集吧。」

「那你知道《真理先生》嗎？」

文學名著當然聽過。

「我起初以為那是唸『麻理先生（註11）』，還忿忿不平地想這女人真是大放厥辭……不過那不是重點，我也沒有立場說別人。那個小說的開頭，真理先生有提到『不能殺人的理由』，你記得嗎？」

「嗯……『你有被殺的最佳時機嗎？倘若你有甘願被殺的條件，請告訴我。倘若你不論何時都不願被殺，至少你也不能殺人』，對吧？」

11　日文的「真理」當作女生名字時，亦可讀成「MARI」。而日文的「先生」有「老師」之意，並不一定是男子。

即便記憶力再差，這點小事還不至於忘記。

「沒錯。」赤音小姐說。

「那麼，我就用真理先生的問題來問你吧。你有甘願被殺的條件嗎？」

「……沒有。」

「例如玖渚的性命跟你自己的性命，哪一個比較重要？」

「我不願意去想。」

「我想也是。」赤音小姐開懷暢笑。

「搞到最後，原來你是**那種人**啊。你最討厭選擇了吧？厭惡『選擇』那種行為。昨天姬菜小姐也說過類似的話，那應該是一語道破吧？隨波逐流！你不喜歡競爭，不喜歡讓事情一清二楚，是個曖昧主義者。」

「我沒有否定喔。」

「沒有否定，但也沒有肯定。你之所以願意跟我下棋，不過是**因為早就知道自己絕對會輸**吧？若非如此，你一定不會參與競爭或比賽。」

不是討厭輸，基本上就不喜歡競爭這種行為。

徹徹底底地討厭跟別人競爭。因為不喜歡吵架，所以也不交朋友。

「討厭別人嗎？」

「不會。」

「那麼，喜歡嗎？」

「也不盡然。」

「我想也是，你的價值觀基礎就是『人類應該一個人活下去』這種意見——不，是意志，是由這種絕對的意志構成。盡量不與他人發生關係，避免受傷，共同分享開心與快樂當然無所謂，但是沒有必要連痛苦和悲傷也一起擁有。」

頻頻爭吵卻藕斷絲連的戀人就像傻瓜。

為什麼不好好相處？

為什麼不願好好相處？

為什麼不能好好相處？

「——赤音小姐何時變成心理學家了？」

「可惜我是大統合全一學者，那種區別對我沒有任何意義。呵呵呵，是啊……一點也不誇張，你真的很喜歡自己一個人吧。」

「那當然，畢竟是交往最久的**朋友**嘛。」

「那倒也是。不管是我或是任何人，最親密的朋友都是自己……那麼，玖渚呢？全部加起來，你跟她的交情短得連一年都不到吧？」

「……」

「你喜歡玖渚嗎？」

很直接的問題。

那個問題五年前也有人問過。當時問的人是玖渚的親哥哥。

可是，如今的回答仍舊相同。

會是如此。

為什麼？為什麼我——

簡直要懷疑這不是自己的聲音，絕望而冷酷的聲音。

「——不，沒那回事。」

「喔——是嗎……」赤音似乎有些意外。「可是玖渚很喜歡你喔，那是千真萬確的。」

「應該吧，她也跟我說過好幾次。」

「……談論這種事情並非我的興趣，不過你有沒有想過世界上為什麼有那麼多情侶？那麼多戀人？」

「……」

「你不覺得奇怪嗎？自己喜歡的對象剛好也喜歡自己，那麼好的事情不可能三天兩頭發生，又不是少女漫畫……可是現實上，你去問一百個人，就有一百個戀愛存在，你覺得是為什麼？」

「……我不覺得有什麼理由，甚至連想也沒想過。應該是碰巧吧？大數法則之類的。」

「不對，不可能有那種偶然。我所推出的結論是這樣——因為對方願意喜歡自己！那是非常值得高興的事喔，是故只要對方喜歡自己，自己就願意喜歡對方。」

赤音小姐口氣肯定地表示，彷彿可以穿透房門看見她嘴角上揚的臉孔。我逐漸按捺不住自己的心情，宛若將被擠碎、碾斃的預感。

「……所以又怎麼樣？」

「不、不不不……所以才在想說你為什麼沒有對玖渚動心……我終究也是學者，一旦遇上不明白的事就不免煩躁不堪。」

「那丫頭誰都喜歡，真的是任何人都喜歡，陪在那丫頭旁邊的人不是非我不可。」

我一字一句地說。

「是啊。」赤音小姐說。

「你並不渴望被玖渚喜歡，並沒有期待那種事。你希望被玖渚**選擇**，作為唯一的存在。」

「……」

無法，否定。

「唔——可是為什麼是玖渚呢……我雖然無法理解，但總覺得應該有明確的理由。不過即使是跟玖渚，交往上也應該有不愉快的事吧。不，跟那種『天譴』的女性在一起，你應該會很排斥才對呀。」

天譴的女性？那是誰啦！

「是天真吧。」

「對。總而言之，跟那種異性——也就是跟『精神年齡偏低的天才』交往，基本上應該不是你這種人格的人所能承受，更何況你還是男性。」

「跟她在一起很快樂，不……不是那樣……」我略為慎重地挑選詞彙。「不是那樣，對了！是我在她身邊很快樂。」

我最喜歡的地方是，玖渚友身邊。

因為想要待在她身邊，所以我才返回日本。

「嗯。」赤音小姐隨口應道。「看來你有一點被虐待的嗜好。」

「小學時曾被同學欺負，基本上是被虐狂吧。」

「被欺負？不是吧？你應該是被疏遠才對，疏遠跟虐待不一樣喔，因為小孩子會虐待弱者跟說謊者，疏遠異端。可是我很了解你的心情，我在高中的時候，也覺得好像是跟外星人一起上課。考試不是以滿分為目標，而是以平均分數為基準的傢伙，馬拉松時沒羞沒臊地說『我們一起跑吧』，沒有不及格的計分方式……這就是平等主義，好壞不分哪。那樣子啊，連圓周率都要變成三了。七愚人的其他六個人多多少少都有過那種不愉快的經驗，0.14的悲劇啊。正因為徹徹底底的平等主義，因此無法融入的人才會嘗到更深的疏離感。天才生自異端……只不過，並非所有異端都是天才。」

「就算是必要條件，也不是絕對條件——嗎？我可不是天才。」

「We are not genius嗎？或許是吧……因為覺得你有分辨忠告和強迫的智力，我就給你一個良心忠告吧。假如你希望被玖渚選擇，勸你早早占有她。那麼一來，你對她而言就是獨一無二，玖渚一定不會抵抗的。就算你再怎麼內向、性格黑暗扭曲、人格沉悶到沒有思春期也沒有反抗期，這點膽子應該還有吧？」

「沒有。」
「真是『豹子膽』呀。」
那又是誰啦！小豹嗎？
「……那個，我是沒有自信，妳是想說膽小鬼嗎？」
「啊啊，抱歉抱歉。呵呵呵呵……我很中意你唷，如果你是女生就好了。」
怎麼會變成那樣？
赤音小姐想要表達的意思，我忽然間不明白了。不，不對，只不過被狠狠刺中痛處，以至於我的精神狀態變得不穩定吧。
這樣下去，這樣下去的話——
「——怎樣都無所謂吧。反正……反正答案應該很快就會揭曉，就交給時間去解決吧？對了，剛才也說到下棋的事……你知道日本象棋跟西洋棋這些零和遊戲絕對有最佳棋路的那個賽局理論嗎？」
「賽局理論……囚犯困境（註12）嗎？」
「對，就是那個。日本象棋的棋子走法有數學上的限制，是故一定存有『最適當的一步棋』。極端地來說，在最初移動棋子時，便可說勝負已定——可是這種理論只有在對方是最強的棋手，而自己也是最強的棋手才能成立。那麼，就這起事件來看，犯

12　當兩名嫌疑犯分隔接受偵訊，儘管知道兩人皆不招供將獲得最好的結果，但由於怕被對方出賣加重刑責，最後均會選擇招供。

人究竟是如何？而應戰的『哀川大師』又是如何——這確實是頗令人玩味的問題。話雖如此，我認為這起事件並不是棋盤，而是一座迷宮。

「迷宮嗎？可是迷宮不是很簡單？只要將手放在單側牆壁上，就一定可以抵達終點，雖然花的時間比較多。」

「那是單連通迷宮的情況，多連通迷宮就行不通了，我認為這起事件比較像是多連通迷宮。話說回來，就算是多連通迷宮也有必勝法……不過很難以口頭說明，有機會的話你可以去查查看。可是啊……你不想要嗎？沒有必勝法的遊戲。」

沒有必勝法的遊戲。必勝法……

那麼——她是指這起事件並不是那樣嗎？

不安定感。從腳底被人搖晃的不安定感。

總覺得，心裡很不舒坦。

「仔細一想——」

赤音小姐還想繼續說下去。打算繼續這個令人不愉快的話題。

明明很不舒坦，卻不肯停下來。

「那個，赤音小姐。」

終於——忍無可忍的我開口了。

「……我也很想跟妳繼續聊……可是房裡還有人等我。」

我硬是擠出這些話。忍住意欲作嘔的心情。

「……我差不多也該走了……」

「啊啊，是嗎？那真是不好意思。」赤音小姐爽快允諾。

我有一點意外。

「那麼，有空再來吧，排遣了不少寂寞呢。」

「多謝讚美，告辭了……」

我正準備離開倉庫外，然而心裡一直掛念某事，於是再度敲門。

「那個，關於一開始的問題。」

「——唔？什麼？」

「赤音小姐有嗎？甘願被殺的瞬間。」

「瞬間？你說瞬間？我任何時候都是如此。」赤音小姐旋即乾脆答道：「應死時刻即是死亡最佳時機。本人園山赤音，無論何時、在哪、被誰、用何種方法、基於何種理由殺死，都無任何怨言。」

大統合全一學研究所ER3系統的七愚人、在日本女性學者中擁有最高名聲地位、具有最高智能、人稱天才中的天才、絕代研究者園山赤音與我的這段對話竟成絕響，當時的我對此一無覺知，逕自折回玖渚的房間。

4

「阿伊，你回來了呀。」

玖渚身上裹著純白浴巾，坐在床舖上。光小姐坐在沙發，一看見我回來，便安心地吁了一口氣。要與沐浴完，心情飛揚的玖渚單獨對話，對於不習慣的人而言或許有些棘手，我很了解光小姐的心情。

「阿伊，你看，人家洗了頭髮唷，誇獎人家一下嘛。」

「很可愛。」

玖渚的頭髮變成了美麗澄澈的鈷藍色，那是玖渚原本的顏色。「劣性遺傳基因的人很辛苦耶～」她本人如是說。

「阿伊也去洗唄？搞不好會想到好點子，就像阿基米德，然後在房間裸奔。」

「那有點……困擾。」

光小姐一臉嚴肅地回答。莫非真的認為我會做那種事？雖然我覺得自己並沒有給人那麼怪異的印象。

「……不過阿基米德還真是個怪人，天才都是那樣嗎？」

光小姐歪著頭認真思考，腦袋瓜裡正在想著宅第裡的誰呢？總覺得好像是所有人，又好像不是任何人。

「赤裸身體運動在那個時代是天經地義之事，光小姐，並不是阿基米德特別奇怪。」

「唔咿！阿伊真是博學。」

「啊呀，是薄學啦。那麼光小姐，妳有什麼事？」

「啊！對了，小姐吩咐我來打探友小姐跟您的情況。」

真是個老實人。那種事情不隱藏起來，我想就沒有意義了。被我那麼一說，光小姐羞怯怯地笑了。

「嗯，其實彩比較適合這種任務，可是彩今晚外宿，要明天早上才能回來。」

「去找名偵探嗎？」我對此有一點興趣，便決定探問看看。「那個名偵探是怎麼樣的人？從光小姐的口氣聽起來，好像跟那個人見過，妳跟那個人很熟嗎？」

「是的……是啊，以前受過對方照顧，發生了一點，那個，事件……就是那個時候。」

光小姐含糊其辭，儘管不像是有什麼祕密，但似乎也不太願意多加解釋。

「喔——事件嗎？這座島上？」

「是的。那個，小姐剛被逐出家門，尚未舉辦這種沙龍活動以前的事情……然後請來哀川大師……哀川大師兩三下便解決了那起事件。」光小姐感慨萬千地說：「如果要形容哀川大師本人，是脾氣相當火爆的人。喜歡挖苦人、感情用事、憤世嫉俗，就像任由怒氣來解決事件。」

「啥？」

光小姐一邊揀選詞彙，一邊進行說明，然而那個選擇稱不上成功，我完全無法對「哀川大師」湧出具體印象。

「總而言之，就是很容易生氣的人？」

「與其說很容易生氣……應該說『老是在生氣』吧。縱使是笑的時候也一樣，彷彿總是在敵視什麼……對不起，我不太會形容。總之**那個人**就像『不能饒恕世界上的一切』。」

「原來如此。」我丈二金剛摸不著頭緒地點頭。「雖然我至今閱讀過的小說，裡頭登場的名偵探淨是冷靜沉著的人，他們可能會說『你連這種事也不知道嗎？』，而且好像把八成臺詞換成『你是白痴呀？(註13)』，對話也可以成立。可是聽了光小姐的說明，感覺哀川大師宛如代表正義的熱血漢子，就像不能饒恕犯罪者。」

「啊！不，倒也不是那個意思，**那個人**並非不能饒恕犯罪者……而是**不能饒恕世界上的一切**。『世界這個東西！人類這種生物！明明就可以比現在好上千萬倍，你們到底在那磨菇個什麼勁！』那個人常常會說這種話。」

真是激動的人，現今很少見的類型，跟我這種曖昧主義者的戲言玩家簡直是霄壤之別。

「所以無法饒恕這個世界，所以總是不開心，但又覺得不值得為那些人的所作所為生氣，那種連自我價值都懈怠的人，因此才會不屑嗤笑，就是那種感覺的人。至少跟

13　日本動畫《新世紀福音戰士》的經典名言，出自於EVA二號機的駕駛員明日香。

您和友小姐是完全不同類型的人。」
如此描述名偵探先生的光小姐不知為何有些開心，彷彿在介紹自己引以為傲的好朋友。不，不是好朋友……應該說是英雄嗎？一如伊梨亞小姐對該人物的評語。
「是嗎……嗯，如果真是那種人就好了。」我隨口應道：「這個人很可靠嗎？」
「是的，那當然。」
「有妳這句話，我就放心了。即使這六天我們無法解決事件，那個人也會替我們解決嘛。」
「……您好像沒什麼自信。」
「我這是慎重，不，也許是膽小吧？老實說，其實怎樣都無所謂。」
「怎樣都無所謂嗎？」光小姐聽了我的話以後一臉複雜。「……為什麼……這由我來說也怪怪的……可是為什麼大家在這種狀況下都如此冷靜呢？」
「……那又是一個根本性的提問哪。」
「對不起，可是那個，明明有人死了，被殺了，大家為何那麼……」
「……可能是習慣了吧？」
至少我是如此。儘管我不太清楚習慣與麻痺的不同。
「唔咿，不過深夜和彌生的反應就非常**真實**哩。」
「是啊……但話說回來，光小姐妳們不是也很冷靜嗎？沒有立場講別人喔。」
「我們是這麼訓練過來的……」光小姐略顯寂寞地說。

二十七年的人生，看來並非一帆風順、事事如意。

「……啊啊，對了！」光小姐擊掌打破難耐的緘默。「小姐叮囑我一定要問兩位這個問題——密室圈套！小姐認為友小姐雖然說『知道太多所以不知道』那種含糊不清的話，但其實絕對知道的。」

密室圈套。油漆河封鎖的空間……

嗯——看來那個大小姐儘管不知民間疾苦，感覺倒是意外敏銳。

「其實也並非裝腔作勢，只要是推理小說迷，應該就能輕易解開那種圈套。只不過，現在這樣親身接觸，反而會使人迷惑，也許是耽溺在血腥味和死亡的味道裡吧。」

「哇哈哈！阿伊形容得好怪耶！好好笑！」

玖渚大笑。天真、沒有戒心、兒童般的笑容。

……

看著她，我的思緒有些岔了軌。

我，真的想，被這丫頭選擇嗎……

「……那個，友小姐。」光小姐朝突然陷入沉默的我投以狐疑的眼神，又對玖渚說道。「假如真的知道，希望可以告訴我……」

「嗯，無所謂囉，雖然選擇花了很多時間，不過終於明白了。」玖渚點了兩次頭。

「呃，從哪裡開始說明比較好呢？」

「……對不起，在說明以前，儘管不是重點，但那是什麼意思呢？**知道太多所以不**

知道……」

「自下而上跟自上而下的差別。」因為覺得玖渚可能無法說明，我便接腔道：「光小姐，倘若那張桌子是砂坑，要妳盡可能堆出一座最高的砂山，妳會怎麼堆？」

「……從旁邊往中間堆積，一層一層堆上去吧。」

「對，我也跟妳一樣，然而玖渚不會那樣，她會先在桌面倒滿砂子。完成的砂山形狀跟我們相同，但我們是一點一點地堆積，完成最後的形狀，而玖渚是削掉、削掉大量的砂子，做出最後的形狀。那就是玖渚的理解方法……是吧，小友？」

「聽不太懂阿伊的比喻耶。」

被妳這般搶白，本人顏面何存！

光小姐似乎是聽懂了，頻頻頷首道：「原來如此。」

「好，既然已經弄清楚了，就麻煩友小姐告訴我那個圈套吧？」

「好呀，如果小光可以回答人家的問題。」

光小姐不禁一愣，無法理解玖渚的話中含意。然而玖渚當然不可能注意到那種事，自顧自地走向電腦架。她站在我剛才啟動的電腦前面，指著螢幕對光小姐說：

「那麼先從案發現場的復習開始吧，鏘鏘鏘～這是畫室唷。」

玖渚使用相片瀏覽軟體播放全景圖，宛若奈何橋的大理石色，對岸的無頭屍歷歷在目……寫實的影像喚起今天早晨的記憶，玖渚毫不在意地開始說明。

「問題在於……首先是這個油漆囉。地震發生是在半夜一點，那時櫃子倒了，造成這個狀態。事實一目瞭然，這條河對跳遠來說太寬了，不太可能跳過去呀。假如佳奈美是在地震以後遇害，犯人的侵入路徑就是一個問號唷。即便不是那樣，至少離開的路徑也是一個問號哩，到這裡還跟得上嗎？」

「是的，到這裡為止。」

「當然假設犯人是妖怪手長足長（註14）也很簡單呀，可是那種硬拗出來的解答，鐵定是唬人的嘛。」

光小姐似笑非笑，也許是沒聽過妖怪手長足長，也許聽過仍然曖昧地微笑，不論怎樣都沒有分別。

「因此結論再明白不過，殺人必定發生在地震以前囉。那樣的話，侵入跟脫逃都易如反掌，既不會留下足跡，畫室也沒有上鎖呀。所以，把地震以前唯一沒有任何不在場證明的赤音當作犯人，的確最像正確解答，但這時卻出現深夜的證詞哩。地震以後，深夜透過電話確認佳奈美的聲音，換言之，佳奈美在地震以後，至少在數分鐘之內還活著呦。好啦，小光，怎麼辦呢？」

「這樣也不行，那樣也不行……」光小姐側頭苦思，動作可愛至極。「……從窗戶嗎？除此之外好像就沒有其他方法了，可是窗戶也有上鎖……」

「從窗戶？或許有那種可能吧。相較於固體，玻璃這種東西在概念上比較接近液

14　日本百科事典《和漢三才圖會》裡登場的妖怪，由腳長手短的「足長」與腳短手長的「手長」搭擋的妖怪二人組。

體，有鎖沒鎖根本無關的這種看法也不能說是錯誤，說不定穿隧效應（註15）也是不錯的解釋唷。」

好個屁咧！

「好啦，既然說得這麼清楚，妳應該已經知道了吧，小光？」

「完全摸不著邊。」

「post hoc fallacy 呀，光小姐。」

我出聲提示。為了欣賞她的困惑表情，剛才一直袖手旁觀，但畢竟有點可憐。

玖渚也點點頭。

「嗯，post hoc ergo propter hoc，翻成日語就是『因果謬誤』，錯誤的三段論唷。是前提咩！前提！就是指世界的結構並非那麼有秩序呦。」

「我不懂拉丁語……」

「那妳怎麼知道那是拉丁語？」

「因為聽見 ergo 這個字……」

我思，故我在（註16）嗎？

想不到光小姐的腦筋還動得挺快的。

15　係指在量子力學中，不管中間的障礙物為何，電子可以進行「瞬間移動」的現象，就像在空間中打出一條「隧道」。

16　法國哲學家笛卡兒的著名哲學命題："Cogito ergo sum."

「舉例來說呀，小光，這裡有百圓硬幣，然後我說：『會出現正面。』人家說了喔？然後一扔……看！是正面唄。妳覺得怎麼樣？應該覺得那是偶然吧，一般的想法是那樣。可是也有些人會誤解，認為是因為人家說正面，所以才出現正面。是故，出現正面是人家的超能力之類的。」

事實上，結果不屬於其中一種，而是玖渚用了魔術硬幣，以防萬一。

「喝了酒，感冒好了，是故感冒是酒治好的。開啟電腦電源，客人來了，所以電腦有招攬客人的能力。男人看了女人，女人也轉向男人，因此她喜歡男人。鯰魚跳舞，發生地震，因而地震是由鯰魚引起……當然不可能嘛，小光。總之，A之後發生B，並不代表A跟B之間就有因果關係唷。事物時間性、順序性地發生是天經地義，跟有沒有因果關係一點關係也沒有呀。那麼，小光，這裡不就應該想一想？**發生了地震，造成了油漆河，是故兩者間就有因果關係嗎**？」

「啊……」

原來是那樣嗎？

光小姐茅塞頓開。

「……換言之，**那條河並非地震潑灑的東西造成**……」

「唔咿！櫃子本身可能真的倒了，或許有潑出一點油漆，所以佳奈美才在電話裡那麼說。可是呀，應該不至於形成那麼寬的河唷，也許只是油漆罐散亂，灑出一點點而已吧。油漆罐的蓋子也沒有那麼脆弱，不可能被地震震倒，就所有油漆都灑出來呀，仔細想想應該如此。不過佳奈美是坐輪椅，就算只有一點點，也沒辦法離開畫室了吧。」

「原來如此……接下來的我也知道。」光小姐說：「畢竟都那麼明顯了。接著『犯人』就在地震以後潛入伊吹小姐的房間，殺害伊吹小姐。然後趁離開之際，再蓄意將油漆罐裡的油漆**潑灑一空**。倘若緩緩地、慎重地進行，就可以不留足跡，做出那條河。」

彷彿在想像手抱油漆罐行走的犯人姿態，光小姐神情恍惚地講述。

對！我們自作主張地認定那條油漆河是地震造成，將它視為推理的前提條件。然而，即便沒有天災地震，縱使不是天才佳奈美小姐，或者多麼外行的人，皆能潑灑油漆，繪出那條河。

因為那無需任何藝術性。就作業來說，是輕而易舉之事吧。

「可是，犯人是為什麼要做那種事……」

「為了讓我們以為事件是發生在**地震以前**吧。」我說：「犯人可能不知道佳奈美小姐跟深夜先生在地震以後有通過電話，所以認為只要做出那條河，案犯時間自然會被**推測為地震以前**……但相反的，當然也可能是犯人企圖偽裝成那種情況。」

「你的意思就是……」

「是的，不論理由為何……」我雙手一拍，再裝模作樣地伸開。「**嫌疑犯的範圍大幅擴大**。」

原本地震以後只有四個人有不在場證明：伊梨亞小姐跟玲小姐，真姬小姐跟深夜先生，然而現在其他七個人排除嫌疑的條件消失了。

「既然如此，就沒有理由再監禁赤音小姐了。」光小姐說完一臉喜悅。「不是嗎？因為又不是只有赤音小姐有嫌疑……既然如此。」

光小姐對軟禁客人赤音小姐這檔事似乎相當內疚，這個人果然無法以數學性的角度看待人生。

相較之下，園山赤音這個人就等於有理數（註17）。我把那件事轉告光小姐：「……赤音小姐已經解開密室圈套了，明知就裡卻又佯裝不知。」

「……為什麼？」彷若真的不明就裡的光小姐反問。「那樣不是很奇怪嗎？為什麼要做那種事？」

「為了維持勢均力敵的狀態吧。真是腦筋靈活的人，唉……」

為了製造最佳狀況，而不試圖改變自己的最壞情況。儘管那種思維稍微偏離人類的定義，但絕對是值得敬佩的行動。

「那麼，這件事還是暫時保密比較好喔……」

「是啊，因為還沒辦法確定誰是犯人……倘若不慎把情況弄糟，我想也不太好。嗯，不過伊梨亞小姐也有知的權利，那方面就交給光小姐決定吧。」

我並不打算連那種事都一一干涉。

17 正負整數、正負分數、正負有限小數、正負循環小數與零的統稱。

「唉——」光小姐不勝苦惱地沉吟。

「……可是，兩位不覺得嗎？即使說油漆河不是地震造成，實在太過單純，有一種『啊～原來是這樣哦？』的感覺。」

「確實我也有種想說『且慢！且慢！』的心情，可是圈套這玩意兒，一旦被揭穿，就不過爾爾吧。我以前也看過許多更無聊的圈套，跟那些相比，這已經算不錯了。」光小姐似乎頗為掃興，我禁不住替犯人說句好話。「……要那麼說的話，大部分的圈套都不值一哂了吧？」

「不過……發生地震，就立刻想出那種圈套的人真的存在嗎？」光小姐仍然心有不滿。「況且，還好巧不巧就發生地震……實在太湊巧吧？根本就是機會主義（註18）。」

「那是大數法則唷，小光。」

「……那是什麼？」光小姐對玖渚提出的專有名詞滿腹疑惑。「大數法則……嗎？」

「唔，就是看起來非常偶然的東西，仔細想想以後，就發現不是那麼偶然喔。舉例來說呀，看見那些中樂透的人，不是會覺得他們很厲害嗎？中樂透頭彩的機率，大家不是說比被隕石擊中的機率低嗎？可是喔，仔細一想，那是只有買一張樂透的情況吧？只買一次，而且只買一張樂透的人，基本上就很少嘛。假如找來二十三個人，其中兩個人在同月同日生的命中率就有百分之五十。雖然如此，我們發現同月同日生的人還是會覺得很湊巧吧？那種就叫『大數法則』。儘管地震碰巧發生在今天，可是就

18　沒有固定的原則與態度，而專門利用各種機會以期達到目的的主義。

算在明天也無所謂，況且也沒有限定只能使用地震那種圈套吧？人家認為犯人一定平常就開始構思許多事情，總之就是那麼一回事。」

「意思就是光憑結果，還是不能知道其中過程嗎……」

「對對對！正是如此，那就是『因果謬誤』唷。」

玖渚說完，朝光小姐豎起食指。

「好啦，小光！現在換人家問問題了。」

「啊，是的，說得也是，先前是那麼約定的。」光小姐重新坐正，點點頭。「別客氣，請隨意發問。」

「伊梨亞為什麼在這裡呢？」

這問題彷彿使氣氛為之一轉。

這裡。

這座島。

鴉濡羽島。

為什麼赤神伊梨亞在呢？

一瞬間，光小姐那種總是令人倍感溫馨的表情驟然緊繃，完全僵硬，一眼就能看出她有多麼震驚。那並非由於困惑，而是因為一種單純的、非常單純的、非常純粹的恐懼。

是那麼嚴重的事情嗎……

「那、那個、那是因為……」光小姐顫抖的話聲斷續響起。「……那是因為……呃，是因為……」

「不跟人家說嗎，小光？」

「只有這件事……尚請您見諒，友小姐。」光小姐彷彿真的很痛苦，坐姿一歪，捧首低垂，就那樣跌倒也不奇怪的姿勢。「其他的事情我一定回答……」

那個樣子，光小姐的那個姿態實在太過悲痛，彷彿我們是強迫非法交易的惡魔。就用妳的靈魂交換吧！妳最心愛的東西，老子接收啦……真是荒唐戲言。

「不！無所謂，沒關係。」我擠入兩人之間的空氣說：「小友，妳、妳也應該無所謂吧？」

「……嗯，對呀，阿伊，既然如此也沒辦法。」

玖渚一反平日任性，竟然坦率地收手了。

「對不起喔，小光。」

「不，是我不對，呃，只顧著自己問問題……」

「告辭了。」光小姐起身準備離開，忽又停步回顧。「啊！還有一件事。」儘管很像神探可倫坡（註19），但換成了這般可愛的女僕，一點也不令人反感，反倒讓人會心一笑。

19 美國七〇年代的長青影集，由彼得佛克（Peter Falk）飾演，採用倒敘手法，亦是日劇「古畑任三郎」的構想來源。

「這跟小姐沒關係，是我個人的疑問……兩位相信姬菜小姐的『超能力』嗎？」

相信嗎？

真姬小姐的……ESP。洞悉一切的那種超能力。

我思索半晌後說：「除了常識以外，目前沒有懷疑的理由。」

玖渚跟昨天一樣答道：「有也好，沒有也好，人家也一點兒都不擔心咩。」

「是嗎……是啊。」

光小姐像是認同了我們的答案，點點頭，接著便離開房間。我的目光停留在門的方向一會兒，想起問到伊梨亞小姐的事情時，光小姐慌亂的模樣。

「……嗯，也罷……」

那應該跟這起事件一點關係也沒有吧。伊梨亞小姐被逐出家門的理由，實在想不出跟佳奈美小姐的死亡有何關聯。我將視線移開房門，轉向玖渚。就在此時，工作站發出「砰唷唷～砰唷唷～」的奇異旋律。我好奇地朝那裡一看，玖渚似乎正開始某種作業。

「什麼？什麼？怎麼了？」

「郵件唷！有電子郵件來了，是小豹寄的……真不愧是工作快手，人家常說他是把相對論當作紅燈來闖的男人哩。」

委託調查是中午左右的事情，速度確實不慢，更何況「小豹」還是在監獄裡頭。

「……呀——那個姬菜小姐啊，本名竟然叫姬菜詩鳴，真意外耶！本名還比較好聽，為什麼要用藝名呢？」

「真姬小姐的本名？喂、喂，幹麼調查那種無關緊要的東西？那個小豹什麼的！」

「唔咿，人家明明是拜託他調查大家的關聯……個性真差耶，果然沒有好好教育是不行的。真的喔，小豹根本就不懂什麼叫人際交往……啊！不過……這個，喏！阿伊，找到關聯了呦。」

我往玖渚的方向靠去，但即使看著顯示器，上面的文章全是英文，也不曉得是什麼意思。

「……為什麼看不懂英文咩！阿伊……你是去哪個國家留學的？嗯？南極？火星？」

「忘記了嘛，沒有使用的東西，過了三、四個月誰記得住？而且，會話就算了，讀寫原本就不在行。」

「ER計畫的申請考試不是一定要考英文、俄文跟中文，你是怎麼考的？走後門？」

「所以啦，那個時候記得嘛。」

「少騙人了……好吧，那人家來翻譯囉。上頭寫道：『伊吹佳奈美和園山赤音曾經在芝加哥的咖啡廳一起用餐。』大約半年前，有目擊者呢……唔——一起用餐嗎？是怎麼一回事呢？佳奈美跟赤音不是感情不好嗎？」

「一起用餐……」

……

一如預測，的確有關聯。然而，為何是赤音小姐跟佳奈美小姐？赤音小姐的活動範圍是美國，佳奈美小姐則是世界性的畫家，在那個國家相遇本身並不奇怪，可是佳奈美小姐跟赤音小姐，感覺上並不像巧遇後會相約用餐的朋友。

「嗯——而且也不是巧遇用餐，因為那裡是祕密俱樂部唷。」

「祕密俱樂部？」

妳才少騙人了！

「嗯。」玖渚點點頭。

「是呀，真的有喔，日本雖然很少，但還是有那種地方喔。政治家啦！藝術家啦！名人啦！或者是他們的子女，供那些人使用的地方呀，應該說是高級俱樂部嗎？是警備很森嚴的地方呦。」

那妳的情報又是從何而來？那種問題不問也罷，這個世界上，某些隧道的彼方還是別碰為妙。

「……不會錯嗎？」

「小豹不會說謊的，雖然有時候不會說實話，就跟阿伊一樣。」

「嗯……我倒是常常說謊……」

呃，這不是重點。

園山赤音和伊吹佳奈美的關聯。

姑且不管是否重要，卻是一件令人在意的情報，明天向赤音小姐確認一下比較好吧。我當時如此打算，即使那是永遠無法完成的預定，我當時不由得如此打算。

「另外也寫了大家的近況呢……小撫還是老樣子……啊！小兔好像有麻煩！小日……失蹤？我想也是~提督上班了呀？工作挺不錯的哩。小惡……原來如此。唔——其他人也都很有精神，小豹也很有精神。總算安心了，畢竟還是有一點點罪惡感呢。」

玖渚沉浸在往日回憶，我不禁有種疏離感，倒在沙發上犯嘀咕。「差不多該睡了吧。」由於倉庫提供給赤音小姐，我如今淪為無殼蝸牛，才在這裡睡覺……

「嘿咻。」

玖渚似乎已經看完小豹的電子郵件，關掉工作站電源，離開旋轉椅，一把撲向床鋪。接著，她用膝頭跪在被褥上說：「阿伊，今天就一起睡嘛？」

「我拒絕。」

「晚上很冷，在那種地方睡覺會感冒喔？這張床是特大雙人床，空間很多喔。」

「我拒絕。」

「人家保證什麼都不會做嘛！就躺在床上而已，只有那樣，人家不會碰你唷，背對背也沒關係。喏，可以吧？」

「我拒絕。」

「求求你咩，人家好寂寞唷。」

……這個死丫頭。最近幹麼老是調侃我？

我抬起陷在沙發裡的身體，和玖渚正面相對。

「……保證什麼都不會做？」

「嗯！」

「說話算話喔？我可是信任妳哪。」

「沒問題。」玖渚開心地點頭。

「人家絕對不會背叛阿伊。」

於是這一晚，我隔了好久、真的隔了好久又睡在床鋪上。儘管沒有期待，但玖渚似乎決心信守承諾，背後傳來輕微的鼾聲，不過因為背對背，所以也不知道她是不是真的睡了。

「……」

我不禁想起。

以前的事。

那時的事。

五年前。

五年前嗎……

阿伊。

從那時開始，玖渚就一直用那種親膩的口吻喚我……

玖渚對我敞開心房，甚至令我察覺不出五年的空白。

完全敞開，玲瓏剔透。

五年。

其實我並不喜歡與昔日朋友見面。

不論對方有沒有改變。

因為那很寂寞。

然而，返回日本以後，我毫不遲疑地先去玖渚家，而不是自己老家。

藍髮少女。

當時的容貌依舊。

宛如五年歲月根本不曾存在。

我閉上眼睛。

一起躺在床上睡覺，或許是好久以前的事了。

早早占有她！赤音小姐告訴我。

倘若想要成為玖渚友的唯一存在，就那麼做！

假如不渴望被玖渚喜歡，而希望被玖渚選擇。

「……真是戲言啊……」

如果說……如果，我說自己早已占有她，赤音小姐會輕視我嗎？

而且那並不是因為愛，單純是為了破壞。

「……」

可是，赤音小姐。

那種事一點意義都沒有哪。

真的。

真的什麼意義都沒有。

那樣的話……

那樣的話，我該怎麼辦？

請告訴我。

第五天（1）——斬首之二

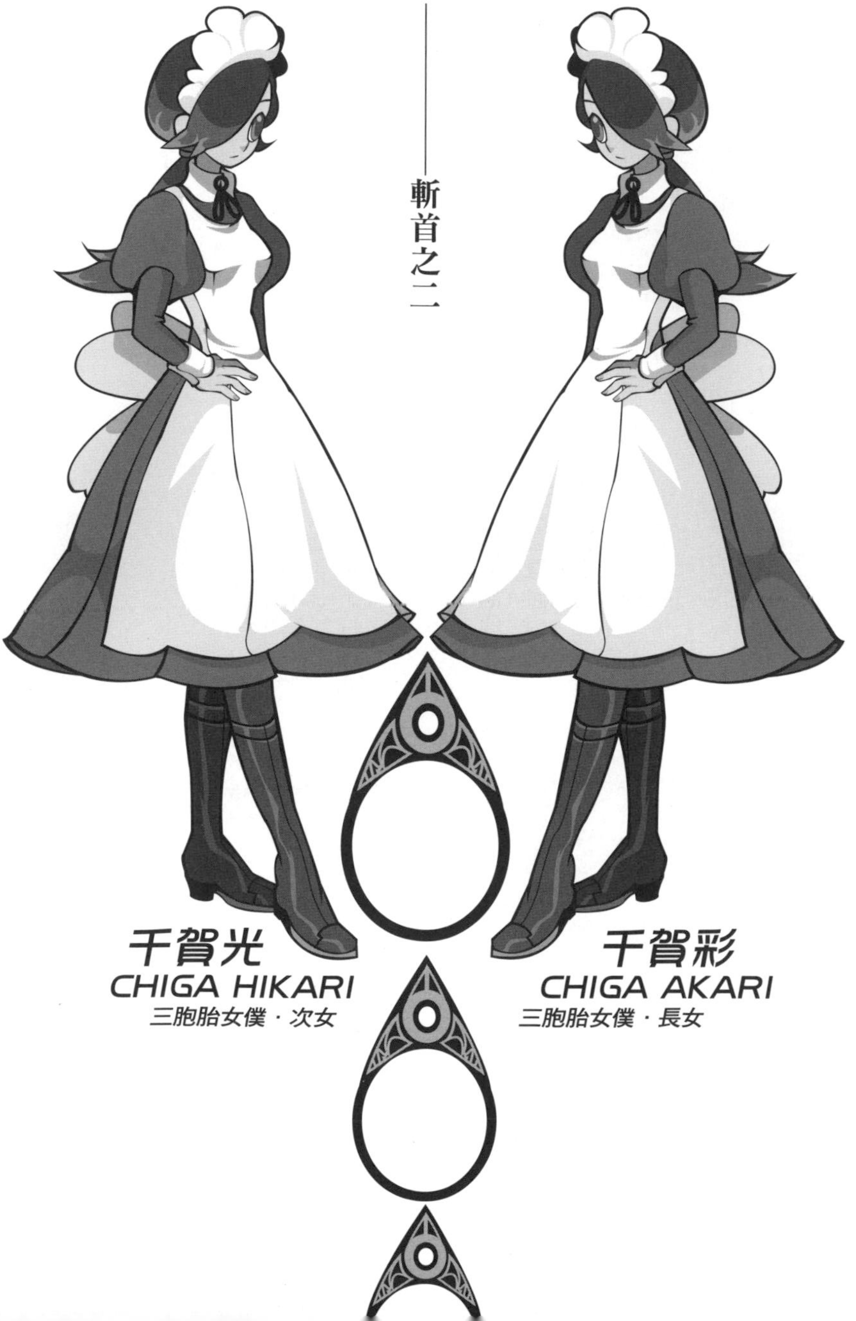
千賀光
CHIGA HIKARI
三胞胎女僕・次女
千賀彩
CHIGA AKARI
三胞胎女僕・長女

0

狼死了，豬也死了。

1

我被急促的敲門聲驚醒。昏昏沉沉地抬起身子，打開門，光小姐猝然衝入房內，一把揪住我的胸口。

「你這個混蛋！」光小姐忽然狂嗥似地說。

不對！不是光小姐！我這時總算清醒了。就算地球在一秒間旋轉五千圈，光小姐也不會說出「你這個混蛋」這種字眼吧。吐出這種臺詞，甚至一把揪住我的胸口，對光小姐來說是物理上不可能發生的現象，光小姐沒有那種能力。換言之，她……也不可能是明子小姐……所以是……彩小姐嗎？

「都怪你……畜生！王八蛋！」

可是，即使是彩小姐，這也是一時難以接受的狀況。彩小姐怒不可遏，一副就要出手毆打我的樣子，不，胸口附近早已被掄了數拳。只不過因為彩小姐的極度反常，我一時無法察覺痛楚。

「這種事、已經受夠了……」彩小姐上氣不接下氣，香肩劇烈顫抖。「已經受夠了……已經看不下去了、看不下去了……為什麼、為什麼……為什麼啊！」

「請冷靜一下，彩小姐。」我用力抓住彩小姐的肩膀，搖晃她的嬌軀。「……發生了什麼事？」

「……」

彩小姐猛然朝我一瞪，用一種非常忿恨的眼神。

打從心底憎惡仇敵的目光。同時，打從心底哀傷的眼光，竭盡全力瞪視著我。

「我們是這麼訓練過來的。」昨天光小姐不是才說過？光小姐所受的「訓練」，彩小姐不可能沒有受過吧。但是，這種亂七八糟的行為，究竟是發生了什麼事？

彩小姐終於緩緩地搖頭。

「……對不起，抱歉，我竟如此失態……」然後彩小姐頹喪地垂下頭。「明明不是您的錯……這種事……明明不是您的錯……」

「……我沒有怪妳的意思……是發生了什麼事嗎？」

我重複原先的問題。

「請告訴我，如果發生了什麼事。」

「……」

彩小姐迅速背轉身子說：「請到一樓的倉庫。」然後朝那個方向離去。

我呆立當場。

「……什麼跟什麼……那個……」

彩小姐應該是跟明子小姐一起離開小島才對，是什麼時候回來的？一看玖渚幫我修好的手錶，（儘管左右顛倒，難以判斷）已經十點了。我似乎睡過頭了，這是相當大的恥辱。

呃，那不是重點。無論彩小姐何時回來？現在幾點？我有沒有睡過頭？那些都只不過是芝麻小事。更重要的是——

更重要的是。

「彩小姐，剛才說了什麼……」

一樓的倉庫……

不好的預感。

誰在那裡？

不好的預感。

這座島上現在發生了什麼事？

不好的預感。

而且可能一如預測。

依照慣例，一如往常。

「喂，快起床，小友。」

「……唔咿……早唷，阿伊，幫人家綁頭髮。」

玖渚雙眼迷茫地抬起頭。是做了什麼好夢嗎？玖渚一臉幸福的模樣。
「現在可不是做那種事的時候！小友。」
聽見我的話，玖渚揉著眼睛，迷迷糊糊地說：「那不洗臉也可以囉。」

2

那是一扇往內開的門。
赤音小姐在房內，和室外呈垂直狀伏倒在地。因此，那個截斷面，肌肉、骨頭和血管的截斷面看得一清二楚。令人感喟人類也不過是有機物的團塊，那個非常可笑的截斷面看得一清二楚。
對！
又是一具無頭屍。
跟佳奈美小姐的屍體一樣，從頸根處被砍斷。
那個東西穿著套裝，看似昂貴的灰色套裝，也沾染血色不能穿了。縱使還可以穿，但是跟昨天佳奈美小姐所穿的小禮服一樣，應該穿的人也已經不在了。
殺風景的房間。
我在此度過三天。
赤音小姐卻連一晚都沒過完。

空盪盪的房間。

室內只有靠牆放置的木椅、裝在牆壁的內線電話、被褥、應該是赤音小姐帶來的數本書籍，以及一盞檯燈。

「……有上鎖吧？」伊梨亞小姐問：「喂，光？」

「是的……」光小姐回答的聲音略為顫抖。凝神一看，她嬌小的身軀亦然。「那的確，沒有錯……」

「這麼說來，是從窗戶進來的？」

我隨著伊梨亞小姐的話聲抬起目光。

房門的對側，也就是我目前所在位置的正前方牆壁頂端，有一個長方形的窗戶。可是，那扇窗戶只不過是用來採光和換氣，犯人要利用它侵入和脫身實在太——

窗戶是開啟的。

可以利用控制桿在室內開關的窗戶。硬擠的話，那個空間的確可以容納一個人進出。

可是，那也實在是太——

「位置太高了……」我自言自語。

從那裡侵入的話，就等於從二樓躍下，而若要從那裡離開，我想是難上加難。基本上，正因為窗戶在那個位置，絕對無法從那裡進出，才會決定將這裡當作監禁場所。

總而言之，要從那扇窗戶侵入是不可能的。
可是——唯一能夠進出的房門有上鎖。
換句話說——又是一間密室。
第二具無頭屍，第二間密室。
第二次無頭屍，第二次密室。
「唔喵～」玖渚在我旁邊嘀咕。
我欲言又止。
眼前的無頭屍是原本被我們視為犯人的人物。哎呀呀，這時除了沉默以外，還需要什麼言語呢？
沒有看見頭部。總之跟佳奈美小姐的時候一樣，絕對不可能是自殺或意外身亡……
「不論如何，看來許多事情都必須重新思考。」伊梨亞小姐終於開口。「各位，可以到餐廳集合嗎？光，記得將這個房間鎖上。」
伊梨亞小姐這次也是當先離開現場，玲小姐默默跟隨其後。
「必須重新思考……」我自虐地低語。
正如她所言，確實必須重新檢視至今思考、思索過的一切。而且，必須考慮的事情又增加了。
「所以，這是連續殺人事件……」我再度自虐地低語。

連續殺人事件。

為了防止那種事，我才將赤音小姐監禁在這種地方。可是，從結果來看，卻讓她成為第二個被害者。

是誰說要製造勢均力敵的狀態？我究竟在期待什麼？對於殺人的人類，對於**摔下**他人首級的傢伙，我究竟在期待什麼？我是在期待人性化的心計、計謀嗎？

那時，我安心了。

徹底地安心了。

完全地懈怠了。

自以為那種方法便能限制犯人的行為。洋洋得意，沾沾自喜，不把對方放在眼裡。

赤音小姐昨晚的話語一一浮現腦海。她對我說過的話。

「……」

可以宥恕嗎？這種事……

「真是戲言啊……」

我轉身，背對現場。

就在那時，眼角餘光瞥見彌生小姐。她臉色蒼白若紙，比昨天更加嚴重。接連兩天看到無頭屍，臉色當然不可能好到哪去，那畢竟不是豬肉或雞肉。

然而，即便如此——彌生小姐突然察覺我的視線，彷彿想要躲避我，開始朝餐廳走去。

「……」

我暗忖究竟是怎麼一回事，玖渚拉住我的手臂。

「阿伊，快點走嘛，伊梨亞一定等得不耐煩了。大家都走了呦，待在這裡也沒用的。」

「啊啊……啊啊，是啊。」

我點點頭。

重新思考，增加思考。

不論如何，第五天的早上差勁透了。

3

「半夜兩點左右。」光小姐說道。

餐廳。

圓桌。

短短不過兩天，就少了兩個人。

天才畫家伊吹佳奈美，七愚人園山赤音。

前天晚餐會上相互叫罵的那兩個人已經不在了，已經死了。

「園山小姐打電話到我的房間……說她想看的書放在房間，希望我幫她去拿……」

「所以？」伊梨亞小姐說：「妳當然就依照吩咐去拿了？」

「是的。」光小姐點頭。「那本書是武者小路實篤的《馬鹿一》，有一點陳舊的文庫本。」

「那種小事無所謂。換言之，赤音小姐當時還活著囉？脖子以上還在吧？」

「是的，那時還活著。」光小姐斬釘截鐵地說。

換句話說，赤音小姐是在半夜兩點鐘以後遇害。我原本以為自己是最後一個見到赤音小姐的人，因此有些意外。不，正確地說，我跟赤音小姐只是隔著房門交談，實際上並未見面。

赤音小姐的屍體是在早上九點半左右被發現。赤音小姐向來都很早起，在固定時間用餐，今天卻未接到任何聯絡，感覺事態有異的光小姐便成了第一位發現者。

起初以為是換了環境所以睡過頭……但事實並非如此。總之，倘若光小姐所言屬實，犯案時間就限定於七個半小時之間，由於赤音小姐的屍體看起來並不像剛剛被殺，因此正確的犯案時間應該是在半夜吧。

「好。」伊梨亞小姐看著眾人。「接下來，跟昨天一樣，首先進行不在場證明調查吧？」

她的語氣簡直就像在享受遊戲。儘管我無法洞悉伊梨亞小姐的內心，但至少悲傷、難過或迷惑這類感情似乎都跟她沾不上邊。

好！不論是誰？是什麼？都是別人家的事，不過如此而已。

「這次我沒有不在場證明。」因為沒有人開口，我便先起了頭。「光小姐來找玖渚，到晚上十點或十一點左右吧？我跟玖渚都上床睡覺了。」

「同一張床？」伊梨亞小姐意有所指地笑問。

「怎麼可能？上床只是形容詞，我在沙發上睡。」

「是嗎……既然已經睡著，假如對方偷偷溜出去也不知道了。」

「唔咿！唔咿！人家不可能呦。」玖渚的小手咻一聲打擴揮過自己的頸子。「現場的倉庫是一樓吧？人家一個人沒辦法下樓梯咩。」

「啥？」

不光是伊梨亞小姐，所有人都詫異地、吃驚地看著玖渚。啊！只有一個人，只有真姬小姐索然無味地投以「早就知道了」的視線，但真姬小姐應該算是例外吧。

「所以人家才要阿伊陪著來呀。」

沒錯。我也不是單純因為無聊、出於興趣而跟來這座島。因為有非常明確的理由，因為被玖渚友需要，才會待在這裡。

玖渚有諸多造成日常生活障礙的性質與特徵，其中最重要的有三種。而其中之一，便是**無法獨自進行極端的上下移動**。

那是規則。

與其用性格、性質或特徵來表示，玖渚的腦裡有一個嚴格、超然而強迫性的規則。假如硬要強迫她，就會大哭大鬧以至無法收拾，從五年前開始就是那樣。雖然本以為說不定治好了，但看來並沒有那麼簡單。

「是嗎……」伊梨亞小姐依然一臉驚訝。「可是，我是第一次聽到那種事……」

「也不是什麼值得一提的事呀。不過，如果仔細觀察，也不是很難察覺吧？人家從來沒有一個人上下移動過吧？來這座島以後。」

吃飯時總是跟我在一起，除此之外的時間，她一直待在房間。

玖渚友。

「這麼說來，那個人都是到房間去接妳……嗯……可是，我們沒有辦法確認那種事情。」

「有醫師診斷證明。」我說：「是心理因素，換言之就是一種精神疾病，我想那應該可以證明玖渚的清白。」

不過沒有辦法證明我的清白。

「……」伊梨亞小姐尋思片刻，最後似乎決定轉換思考方向，朝真姬小姐問道：「那麼，姬菜小姐呢？」

「我在我的房間，整晚喝到天亮。」她看著深夜先生。「跟那位迷人的紳士喔。」

「是嗎？逆木先生。」

「紳士我是不知道，但確實如此。」深夜先生點頭同意真姬小姐的言論。「原本只打算叨擾一下……但最後一直喝到天亮。」

連續兩晚喝通宵？真是了不起的體力。不，或許對深夜先生而言，並不是體力的問題，只不過因為佳奈美小姐的事件，所以沒辦法不喝酒，不過如此吧。

對於深夜先生而言，佳奈美小姐是多麼重要的存在，如今我已經能夠想像。親自教她畫畫，然後青出於藍而勝於藍，重要的人。

重要的存在。

「我跟姬菜小姐都沒有喝醉，因此可以證明對方的清白。」深夜先生說：「是啊……是半夜一點左右。一直翻來覆去無法入睡……畢竟發生了那種事啊。到了客廳，結果姬菜小姐也在，於是姬菜小姐約我到她的房間，一直到早上……」

「……」

似乎是那麼一回事。就算不是那樣，至少兩個人在真姬小姐房間是真的吧。總之，無論如何，真姬小姐跟深夜先生有確切的不在場證明。

「我一直在房間裡睡覺。」在被詢問以前，彌生小姐插隊似地急急開口。「我完全沒有不在場證明。不過早上六點起床，開始做早餐以後，幫忙的光小姐應該可以稍微證明……」

彌生小姐口齒含混，一邊偷窺伊梨亞小姐的表情，一邊說道。總覺得有一種彆扭感，那種怪異的態度頗令人在意。不知該如何形容，但就是耿耿於懷。然而，我不知道那種彆扭感的起因為何。

「唔——」伊梨亞小姐嘟起朱唇。「那麼，光，妳呢？」

「我半夜兩點的時候拿書給園山小姐……之後又回去睡了。到早上起床為止，都沒有不在場證明。」

「是嗎……啊啊，我也得交待一下才行。我一整晚都在自己的房間跟玲談話，包括彩她們去找的哀川大師的事情，還有今後的事情，是吧，玲？」

玲小姐默默點頭同意伊梨亞小姐的詢問。

「昨天白天睡過了嘛，因此晚上睡不著。談話結束時天也亮了，想說現在去睡也很奇怪，東摸摸西摸摸……接著就去吃早餐。我想這可以成為不在場證明，怎麼樣？」

伊梨亞小姐說完，一雙秋波不知為何飄向我，而且是非常挑戰性的眼神。我聳肩應道：「是啊，如妳所言。」

「彩小姐跟明子小姐是什麼時候回來的？」

「九點左右。」

回答者是適才在玖渚房裡揪住我的彩小姐。此刻好像已然恢復平靜，但目光依然迴避我。

「九點嗎……」

話說回來，彩小姐那時說了一句很奇怪的話。已經受夠了這種事……好像是這一類的。可是，究竟是「受夠了」什麼呢？彩小姐的那個模樣實在很反常……

看起來也不像在說佳奈美小姐的事……

「那麼，彩跟明子也算是有不在場證明吧，這麼一來……」伊梨亞小姐說：「有不在場證明的人是逆木先生跟姬菜小姐，我跟玲、彩跟明子。另外，玖渚小姐也算吧？一共七個人。」

換句話說，我、佐代野彌生、千賀光三個人沒有不在場證明。可是，縱使不在場證明很重要，但這起事件還有另一個更重要的問題。

「那個，光小姐。」

「是？」光小姐看著我。

「雖然問得有點細，妳兩點送書過去的時候，倉庫的窗戶是開著的嗎？或者是關著的？」

光小姐看著半空，思索半晌後回答：「我想是關著的。」

「是嗎……那扇窗戶可以任意開啟嗎？」

「是的，因為原本就是換氣窗……只要使用操縱桿……像這樣旋轉操縱桿的話，就可以任意開關。可是那得從室內才行，室外無法開啟，是完全固定的。」

「是嗎……」

這麼一來，問題就更加棘手了，而且那種棘手方向非常糟糕。位於高度三公尺以上的窗戶，倘若沒有梯子，不可能從那裡離開，要從那裡侵入更是難上加難。

總而言之，就是「密室」。

「……呃，光小姐，那個房間的鑰匙是如何保管？莫非有其他備用鑰匙嗎？」

「鑰匙一直由我保管，沒有備用鑰匙，也沒有萬用鑰匙。」

光小姐略顯困惑地說。那也是當然的吧，因為那個發言的意思就等於，**能夠犯案**

的只有她一個人。嗯～若以極端客觀的角度來看，現階段就屬那個可能性最高。

然而，我並沒有指出那一點，因為赤音小姐的時候，我們就是因此鑄成大錯。

「鑰匙的型式是？」

「普通的鑰匙。這樣子一轉，門栓就會卡住的鎖……不知道正式名稱是什麼，那應該怎麼講呢？」

「兩點鐘的時候確實有上鎖嗎？」

「……有上鎖，我確定有上鎖，因為確認過好幾次……」光小姐有些苦澀地答道。

「我很肯定。」

「……是嗎？」

老實人。

彷彿難以生存的老實人。

我從光小姐的態度研判，她應該不是犯人。如果光小姐是犯人，包括房間上鎖的事情，甚至是半夜被叫去的事情，都沒有必要一一向眾人報告。不管是誰，應該都有那一丁點的智慧。

可是當然也不能否認，那可能是為了讓我們產生這種想法的策略。一旦朝那方面思考，事情就沒完沒了。

我繼續提問。

「兩點鐘去房間時，裡面沒有別人嗎？畢竟房間很暗，可不可能有誰藏在裡面……」

「我沒有感到其他人的氣息。」光小姐似乎不明白我的提問用意，玉首微側答道。

「可是，我也沒辦法肯定，因為我沒有進房間，是在門口把書交給她的。」

「妳不怕嗎……」彌生小姐用細若蚊蚋的聲音問。她一臉不安地窺視光小姐，繼續說道：「園山小姐，搞不好是犯人喔……一個人跟她半夜會面……不害怕嗎？」

「……不，我不害怕。」光小姐猶豫頃刻，然後回答彌生小姐的問題。「因為我不認為園山小姐是犯人……」

「為什麼？」

彌生小姐陡然咄咄逼人地追問光小姐。

「妳憑什麼那麼說？」

「那是……」

光小姐為難地看著我。原來如此，是因為昨天聽了玖渚的說明嗎？倘若聽過她的說明，的確就沒有理由只懷疑赤音小姐一個人。

「……」

我聽著兩人的對話，一邊思考。思考歸思考，可是完全理不出一個頭緒。要說有什麼可能性，也許光小姐送書過去的時間並不是「兩點」，但是聽過她的敘述，似乎也沒有那種可能。

若然，又該如何……應該如何繼續思考？

「不過，那嚴格說來不算密室，不是嗎？因為窗戶是打開的。」伊梨亞小姐對我說：「從那時起，就被排除在密室的定義外喔。」

「可是，那扇窗戶也不能進出。」

「有椅子呀！站在椅子上的話，應該搆得到吧？」

「應該搆不到，就算伸手跳躍也搆不到。我們之中最高的人是深夜先生，但我想他還是搆不到。」

「……是嗎？換言之伊吹小姐是油漆河密室……而這次是高度密室……」伊梨亞小姐「哎呀呀」無奈地伸展雙臂故作驚訝地高舉雙臂。「而且兩起都是無頭屍殺人……嗎？」

對！那也是一個問題。

為什麼犯人要砍下佳奈美小姐和赤音小姐的首級？簡直是一頭霧水。無頭屍必定會出現的掉包問題也不可能發生，但除此之外又有什麼理由非得砍頭不可？可以想成是單純的獵奇或異常嗎……

再進一步說，將首級帶走的想法也令人百思不解。**為了帶走才砍下**的思考方式也可以成立，可是，人類的首級究竟有何用途？

若要那麼說，問題就變成為何必須殺人……不知道！淨是一堆不知道的問題。總而言之，言而總之，就是百思不得其解的事件。

混帳……我從何時開始變得如此愚蠢？

「嗯——從非常客觀的角度來看，最可疑的人是光吧。」

冷不防——在可以說是非常突兀的時間點，伊梨亞小姐開口道。

光小姐的表情瞬間僵硬。

「呃……那、那個……我……」

「保管鑰匙的是光，沒有不在場證明的三個人之中也有光。既然不可能從窗戶進出，那就只能從房門進出吧？沒有不在場證明的有三個人，可是有鑰匙的只有妳一人——」

「請等一下！」我硬生生地打斷伊梨亞小姐的話。「那樣不好，那種擅作推定的方法不好，伊梨亞小姐。」

「擅作推定？這種方法不正是所謂的推理嗎？」

光小姐怯怯不安地交互看著我跟伊梨亞小姐，宛如完全不曉得該如何行動，或者該說些什麼。

「昨天赤音小姐不是說過了嗎？用消去法和選擇性思考決定犯人是很愚蠢的事。我當然不至於說愚蠢，但至少也不覺得那是最聰明的辦法。姑且不論作主的人，被推定的人鐵定難以忍受。」

「是嗎？真的是那樣嗎？我倒不那麼覺得。」

「我們就是那麼認為，才會把嫌疑最大的赤音小姐關進倉庫，不是嗎？然後那個結果就是這個！那個結果就是這個啊，伊梨亞小姐！我不打算對業已結束的失敗多加置喙，但我們必須避免重蹈覆轍，妳應該懂吧？落單是很危險的！」

「現在才說那種——」伊梨亞小姐用一種甜美的笑容看著我，若換成其他場合，或許是極具魅力的美麗笑容。「基本上，監禁——保護嗎？總之，那個提案者不正是你？」

「正是如此，對於那件事我不打算辯解，提出監禁赤音小姐的人不是別人，就是我本人，因此我才有義務在此提出反駁。假如我對那件事有責任，我認為避免重蹈覆轍就是負責任的方法。至少現階段要決定犯人只能說是言之過早，許多應該思考的事情都尚未理出一個頭緒。」

真姬小姐大大地打了一個呵欠。也許是因為兩晚沒睡而感到疲倦，也許是覺得我的話很無聊，應該兩方面都有吧。

旁觀者——

「唔——不過我還是認為光是最可疑的人。」

對於長年同處一個屋簷下，對自己竭心盡力的女僕，伊梨亞小姐的語氣完全感受不到一絲關心，全無半點感傷。猶如在陳述一件事實，不帶任何感情的漠然口吻。

我忽然間明白了，玖渚友昨天問題的答案。

這個人被赤神家逐出家門的理由。

她待在這座島的理由。

赤神伊梨亞——對於這個人而言，世界是普遍地平等、平等地缺乏價值吧。因此才欲尋找有價值之物，然而遍尋不果，是故任何東西皆能毫不遲疑地捨棄。

原以為她做了什麼。

原以為她可能做了什麼。

但或許那才是天大的誤解。即使什麼都沒有做，伊梨亞小姐也不可能待在赤神家吧？倘若繼續深究下去，問題就會變成究竟是伊梨亞小姐被赤神家拋棄？或者是她拋棄赤神家？

事情怎會如此？原以為祖護光小姐是伊梨亞小姐的責任啊。

「……好，就這麼辦吧。」我避開伊梨亞小姐的目光提議道：「總之，今後落單很危險，因此大家就集體行動吧。那樣就沒有怨言了吧，伊梨亞小姐？應該用不著解釋集體行動的理由吧？因為比單獨行動來得安全，同時也是為了互相監視。而既然我剛才袒護光小姐，自然就跟光小姐同組。我、玖渚和光小姐三個人是A組，那樣如何？」

「嗯——原來如此。」伊梨亞小姐好像對我有些佩服。「想不到你比外表看起來聰明嘛……是啊……那麼我當然就跟玲、彩和明子四個人一組。然後，真姬小姐、深夜先生和彌生小姐三個人是C組。深夜先生跟真姬小姐連續兩天都曉得對方不是犯人，彌生小姐也可以安心跟他們一組吧。就算彌生小姐是犯人，二對一的情況下，真姬小姐他們也不用擔心。那樣可以嗎？」

「即使不分組，大家一直待在同一個房間——例如這間餐廳也可以吧？到哀川大師抵達為止。」光小姐怯怯不安地看著我說。「那樣一來，就不需要讓任何人落單，也可以營造勢均力敵的狀態——」

「那可不行！一直待在這裡？一直待在這裡，我可不幹！」

我並非針對光小姐，而是對著所有人宣言：「因為我跟玖渚從現在開始必須要行動了。」

4

總而言之，我們首先要做的事情就是埋葬赤音小姐。跟昨天的佳奈美小姐一樣，也不能就這麼置之不顧，既然伊梨亞小姐依舊沒有報警的打算，我便判斷她會任由我們處理。

一如昨日，我們決定先用玖渚的數位相機記錄現場情況，然後再把屍體埋在後山，我們跟同組的光小姐先返回玖渚的房間拿數位相機。可是，那個預定卻被打亂了。

「唔咿——」

剛進房間，玖渚的悲鳴猝然響起。

我還想是怎麼一回事，朝室內一看，登時明白那個理由。

「原來如此……」

「啊啊……嗚哇……」光小姐也難得訝然出聲。「好過分……」

破壞。

是破壞。

室內發生的是破壞。玖渚的三臺電腦——兩臺電腦加上一臺工作站，被破壞得體無完膚。

「哇哇！為什麼會變成這樣啊！」玖渚半瘋狂地奔向幾乎看不出原形，內部完全外露的機械。「好過分、好過分、好過分、好過分、太過分了！虐待狂！惡魔！這座島上有惡魔啦！魔鬼代言人啦，阿伊！悲劇咩！嗚哇！換作人類的話，這是內臟破裂的全身複雜骨折耶！連顯示器都壞了！莫名其妙！啊~這個鍵盤人家做得好辛苦呦！全像記憶體！還有主機板！怎麼會這樣，都裂開了！這是怎麼一回事咩！」

玖渚發火了。是誤觸開關了嗎？這個無憂無慮的小丫頭很少出現這種情況，至少在我返日迄今是頭一遭見識。

「正常人會做這種事嗎……啊啊啊……好過分喔……阿伊！阿伊、阿伊、阿伊，你說呀？」

「真慘哪。」假設這臺電腦是殺父仇人，也不用破壞至這種程度吧？玖渚的電腦被破壞到甚至讓人萌生此念。「是用鐵棒敲打嗎……並不是很聰明的破壞方法……不對，可能是用柴刀之類的……」

「為什麼要做這種事……是誰做的呢？果然是犯人嗎？」光小姐呢喃似地說。

犯人嗎？那個殺死佳奈美小姐和赤音小姐的犯人，創造出這種慘狀嗎？可是，那種事有何意義？破壞玖渚的電腦，犯人究竟可以獲得什麼？

「唔咿～人家好可憐呦，好想哭耶。」玖渚發出快要哭泣的聲音，離開電腦。「哈啊……唔……算了？反正備份已經傳回家裡。可是呀～人家好辛苦才做好的呢……根本沒想到會有這種情況，下次要用破壞不了的材質做主機板唄。」

「是嗎……有備份也算不幸中的大幸，辛辛苦苦做的軟體至少沒有泡湯。」

然而，其實那也算不上什麼大幸吧，玖渚用的電腦跟一般電腦高手的機器不同，是**完完全全**的自製品，可以說內在比外在更加昂貴。

「唔咿，這樣就不能看數位相機的紀錄了，數位相機跟電腦都被破壞……好過分呦，把錢當成什麼了！」

「妳哪有資格這樣說啊？」我吐糟時才猛然醒悟。「嗯……啊啊，原來如此。」

我一彈手指，接著再去確認，果然數位相機被破壞得尤其仔細。如此一來，這個破壞狂的目的就昭然若揭。

「原來如此啊……原來如此，非常簡單明瞭。」我獨自低語。「嗯……幸好很簡單明瞭，我還想要是事情再複雜下去該如何是好。」

「請問，究竟是怎麼一回事？」光小姐問道。「究竟為什麼要做這種事？您已經知道了嗎？」

「嗯，大概知道了。光小姐昨天也看過了吧？玖渚是用數位相機記錄佳奈美小姐的畫室情況，再用ＵＳＢ線傳到硬碟裡。姑且不管犯人是否知道得那麼詳細，但看來那些照片大有問題。」

連工作站和電腦都一併破壞，或許是為了以防萬一吧。

佳奈美小姐的房間。

那個影像。

「我想那就是目的。」

從小豹那裡取得的情報——那封電子郵件尚未向任何人提及，因此犯人無從得知，但所有人都曉得數位相機的影像。「原來是那樣。」玖渚雙肩一垂。

「啊——早知如此，就用不著加密了……根本沒想到對方會用這麼原始的破壞方法呀。」

「因為這個房間沒有上鎖……」光小姐說：「運氣真不好呢。」

我來回撫弄玖渚的頭。

「哎呀呀……這麼一來，也不能悠哉乾等名偵探駕到了。」我伸手圍住玖渚的肩膀，然後摟住她一會兒。「真的……不能再悠哉下去了。」

因為不知道犯人是誰、因為不知道犯人是誰，也不知道對方的目的。然而唯獨一件事，唯獨一件事情是無庸置疑的。

那混帳為了一己之便，破壞了玖渚友的重要東西。

好，

既然如此，本人也不能善罷甘休。

「咦？欸？請、請等一下。」光小姐像是突然想起什麼似地說：「這是誰做的？」

「……所以說，就是犯人啊？雖然目前還不知道是誰。」

「可是，我們一直待在餐廳，後來也是直接從那裡回來的吧？**誰有**時間可以破壞得如此徹底？」

猛然大悟——

直到彩小姐出現為止，我們一直待在這個房間，而我們也是最後一個趕到現場倉庫。我們抵達倉庫時，眾人業已集合該處，之後大家再直接前往餐廳。

這麼一來——不對，這麼一來，一切都毫無意義。因為理論上，沒有任何人，**沒有任何人可以進行這種破壞**。

「……可是，這怎麼看都是人為的破壞……這個樣子。但是大家都沒有做這種事的時間？那麼，究竟是……」

百思不解。果然這也是百思不得其解之事，跟佳奈美小姐的密室和赤音小姐的無頭屍一樣……不！

那不一樣！這次的這種「百思不解」跟至今的種類不同，跟不在場證明或動機等等是完全不同意義的不明所以。並不是圈套或機關云云，而是「根本不可能之事」。

假使如此——

「假使如此，這就是關鍵嗎……」

我看著玖渚，看著光小姐。然後沉思。

「……」

假使這是關鍵之鑰——

假使如此，門究竟在哪裡？

5

損壞的電腦應該已經無法修復，於是我們決定按照預定行動，換言之就是去埋葬赤音小姐。

抵達倉庫，將赤音小姐的身體置於大型擔架上，朝後山森林出發。這個擔架是為了緊急情況所準備，但不論如何，應該沒有預想過是這種緊急情況吧。

不……

或許有預想過也未可知。

這次沒有使用睡袋包裹，而是直接埋葬。光小姐抬著擔架前方，我拿著後方。光小姐真不愧長年擔任女僕工作，身材嬌小但體力和臂力都很強健，玖渚則拿著鏟子跟在我身後。

因為我拿著擔架尾端，即便不喜歡也得凝視赤音小姐的無頭屍。縱然說已經習慣，但看著這種東西終究令人不舒服。

半途突然心念一動，我向光小姐問道：「光小姐！赤音小姐的這套服裝，跟妳半夜拿書給她的時候一樣嗎？」

「是的，一樣。」光小姐回答。「不過，那時當然頭還在。」

冷笑話。

她實在不適合說那種笑話。

由於數位相機被破壞得無法修復，當然無法記錄赤音小姐遇害的倉庫，這應該也正中犯人下懷吧。

可是，犯人一定是小覷了。小覷了玖渚的記憶力。

「唔咿！唔咿唔咿！可是呀，就算犯人想破壞的是佳奈美的現場照片，究竟有什麼地方不妙哩～有拍到決定性的證據嗎？人家的記憶裡並沒有那種東西……」

玖渚的腦袋瓜裡，不光是昨天的現場，就連剛才的倉庫情況都以等同數位相機的精密度記錄下來了吧。玖渚友被稱為學者小孩，並非僅是擺擺樣子而已。

「有什麼奇怪的地方嗎？」

「嗯，是呀，奇怪的地方有一大堆唷，現在正在選擇中。呃……是了……」

玖渚在那裡嘀嘀咕咕，既然如此還是別去打擾她比較好。我重新轉向光小姐。

「要埋在哪裡呢，光小姐？」

「不要在伊吹小姐旁邊比較好吧……」

那倒是深有同感。

在森林裡兜了一陣子，我們發現一處適合埋葬一個人的位置，決定在那裡挖洞。

昨天埋佳奈美小姐的時候有兩個男人，但今天只有我一個人，因此作業比較辛苦。老實說也很希望深夜先生幫忙，可惜深夜先生跟我們不同組；不僅是那個原因，連續兩天埋葬朋友屍體的作業，正常人的神經定然難以抵受吧。

倘若不是我這種人。

儘管我這種人比較差勁。

「……這樣應該可以了吧。」

我撥了撥前髮。如果現在是夏天，鐵定會滿身大汗吧。從洞裡爬出來，將赤音小姐的身體放進去，然後默禱片刻。雖然不知道那種行為有沒有意義，但覺得那樣做比較好。

「本人園山赤音，無論何時、在哪、被誰、用何種方法、基於何種理由殺死，都無任何怨言。」

那是園山赤音小姐跟我說的最後一句話。然而，真的是那樣嗎？赤音小姐即便被人如此殘殺，仍舊像聖人般、像聖人般，毫無怨尤地前往另一個世界嗎？

那……對我而言是不可能的。

「真想連頭也一起下葬呢，不管怎麼說。」光小姐說：「伊吹小姐也是如此，犯人究竟為何要砍下首級呢？」

「這個問題重複問過許多次了，而答案當然也只能繼續重複下去吧。」

總而言之——不知道。

我用鏟子抄起土壤，開始掩埋赤音小姐的身體。我想明天肯定要肌肉酸痛，不，那得假設明天還殘留感受疼痛的腦神經，畢竟我也可能成為下一個被害者。儘管命中率不高，但也沒有低到完全不可能。

連續殺人。

搞不好在佳奈美小姐和赤音小姐遇害以後，一切就宣告結束。根據玖渚昔日友人小豹的情報，儘管不知是何種關聯，兩人之間確實有某種關聯，事件也可能已經了結。然而，也不能否認那種想法過於機會主義。

赤音小姐終於完全被掩埋。

「光小姐，既然出來了就順便一下，那間倉庫的窗戶，可以帶我到從外側看得見的地方嗎？」

「好，我知道了。」

光小姐開始邁步。

玖渚跟在她後面，藍髮隨風搖晃。話說回來，今天還沒幫她綁過頭髮，回房間以後再幫她好好綁一綁吧。

光小姐在半途轉向我，神色一正，突然致謝道：「謝謝。」我一臉詫異，不知她究竟在謝什麼。

「早餐的時候，您不是袒護我嗎？所以才向您道謝。」

「啊啊……並不是因為對象是光小姐才會袒護，只不過不喜歡重複相同的失敗。即使不是失敗，我基本上就不喜歡重複這種行為。」

所以我的記憶力才不好吧。

「特別是現在這種情況，更是如此。」

「哇哈哈，真像阿伊的風格耶！」玖渚天真無邪地笑了。「可是呀，其實是因為對象是小光才會袒護吧？小光就靜靜地落在阿伊的好球帶正中央咩！」

「我的好球帶？什麼跟什麼！」

「年紀比你大呀！女生呀！嬌小呀！長髮呀！苗條呀！沒有帶手飾那些呀！而且而且，還穿著圍裙洋裝咩！」

「最後一項沒有！」

「其他像是上半身赤裸，穿著牛仔褲呀！身穿圖書館員那種白衣，戴著眼鏡呀！還有比自己高，穿著運動服的金髮不良少女呀！」

「別揭穿別人的卡通嗜好！」

啐！真是大嘴巴。

不過，光小姐的確是我喜歡的類型吧。就速度而言，我比較喜歡彩小姐那種有點激烈的個性，但是像溫柔的光小姐，那種好打的慢速球當然也不討厭。至於明子小姐，終究消失的魔球嗎？

呃，言不及義。

「啊啊……」光小姐浮起那種既像害羞，又似為難的曖昧笑容。「總之我就是想跟您道聲謝。那個……小姐在那方面是很嚴厲的人……而且這次跟昨天園山小姐的情況不同，怎麼想都只有我能犯案，就連我自己都這麼覺得唷。園山小姐的情況，不是有『因為是密室所以誰都辦不到』的前提嗎？可是，這次就……」

「那種事情已經夠了吧，光小姐。」我有點不耐煩，打斷光小姐的話。「光小姐向我道過謝了，既沒有不老實，也已經顯示妳的誠意。所以，用不著每件小事都一一道謝。」

「可是……」

「倘若我們交換立場，光小姐也不會棄我不顧吧？那時光小姐一定會幫助我。」

「可是屆時您必然會好好道謝。」

喔——竟然來這一招？光小姐看來頗為強硬。

「可是呀，小光，我們不是朋友嗎？」玖渚說：「我們呀，是不會懷疑朋友的。所以在人家心中，一直認定阿伊跟小光不可能是犯人唷。」

「朋友嗎？」光小姐感慨萬千地頷首。「我至今都沒有任何朋友，因為從懂事開始就一直待在小姐身旁……」

「人家也一樣沒有朋友呀，阿伊也是，所以很高興可以跟小光做朋友喔。」

玖渚說完，拉起光小姐的手。

任何人看到那幅景象，應該都會忍不住微笑。可是就現實問題來說，我想光小姐跟玖渚要維持朋友關係，應該很困難吧。光小姐從今爾後都得待在這座島，必須陪伴在伊梨亞小姐身旁，而玖渚則是要離開的人。同時，玖渚回去以後，也只會窩在自己家裡。

玖渚友是孤獨的。

古有云「天才乃獨自成就一切者」，就那層意義來看，玖渚友具有絕對資格，而那也是絕對條件吧。

然而——只能如此解讀此情此景的我，或許才是最孤獨的吧。

「啊，就是那個，就是那扇窗戶。」

聽見光小姐如此表示，我一時有些迷惑，因為我並未看見類似那種窗戶的事物。

「……莫非是這個嗎？」

我指著一個約莫在我胸口高度的窗戶——從這裡可以看見的窗戶也只有那個。

「是的。」

「可是，位置這麼低——」

「雖然內側看起來位置很高，不過這附近有一半是埋在山中。」

我聽著光小姐的聲音，往窗戶內側望去。可以瞧見沾了一點血汙的木椅，以及敞開房門的內側景象。不會錯，那就是我曾經居住，赤音小姐遇害的倉庫。

原來如此。宅第的一部分在建造時是嵌在山裡，而這間倉庫就是那一部分，看來就是那麼一回事。

「這麼一來，從外側侵入應該並不困難。」

「可是，這扇窗戶不能從外側開啟喔。它也不是用鎖關閉，所以再怎麼搖動，都不可能打開。」

「那麼呀，就可能性而言，有沒有可能是赤音自己打開窗戶，讓犯人進去的呢？」玖渚問：「敲敲窗戶，然後請赤音打開，再進去的那種情況啊。」

「實在很難想像那個人會自己把犯人請進去……是那個赤音小姐喔？而且這裡果然還是很高哪。現在這樣從上面看下去，那種感受更深了。至少我是不會想從這裡跳下去的。」

窗戶是朝斜角開關的類型，因此也不可能擺好姿勢再跳躍。萬一著地不慎，可能還會因此骨折，這種高度下撞到頭，絕對有死亡之虞。

「即便是赤音小姐自己讓犯人進去，當對方要殺她時，她也應該很容易求救，畢竟內線電話就在旁邊。」

「說不定是在睡覺時被襲擊——啊啊，不對，這是人家的大失敗！睡著的話就不可能讓對方進去咩。」

「就算忽視這些問題，事後也沒辦法離開房間。縱使是攀岩高手，這麼光滑的牆壁也爬不上來。」

「說不定是壁虎，哇哈哈。」玖渚把頭伸進窗戶裡，確認室內情況。「唔——果然很危險耶。阿伊，用繩索的話怎麼樣？」

「繩索啊，可是這附近也沒有可以綁繩索的樹木。」

我四下梭巡。不知是被砍伐，或者原本即是如此，這附近就像平原，沒有適合綁繩索的樹木，當然也看不到類似的代用品。

「而且，垂降也不是那麼簡單的事情，我有經驗所以知道，那其實滿困難的。那也會磨掉手皮，應該會被我們察覺。」

「戴手套就好了呀。」

「話是那麼說，不過我認為那種機率還是很小。相較之下，帶把梯子來，從窗戶插進去的可能性還比較高。」

「可是這個寬度呀，梯子放不進去呦。放到一半就會卡住，卡住的話，自己也進不去了呢。」

「嗯——是嗎……光小姐，這座島上有梯子嗎？」

「沒有……」

「客人帶來的可能性呢？」

「我想也沒有，如果是那麼大的行李，馬上就發現了。」

「那就是繩梯！繩梯的話就可以捲起來帶到島上，也不會卡住窗框。」

「阿伊，你連自己說的話都忘記了嗎？這裡沒有地方可以綁繩子喔。如果有鉤狀金屬或許可以掛在牆上，可是牆壁應該會有痕跡，牆壁目前看起來還很漂亮呦。」

正如她所言。話說回來，這種事不用她說，稍微想一下也可以明白，但是就確認事實的意義來看，這樣說出來還是比較好；這也是一種預定和諧吧。

我向光小姐問道：「妳有什麼想法嗎？」
「任何發現都可以。」
「不，沒什麼特別的……」光小姐一邊湊近窗戶一邊說：「可是，如果不能從房門進去，犯人就只能從窗戶侵入……」
「侵入嗎……不，或許用不著侵入。」我隨口說出心裡想到的事。「椅子既然放在那裡，赤音小姐可能是坐在那裡看書。用繩索做成牛仔套繩一樣的東西，從窗戶垂下……勾住赤音小姐的脖子，然後向上一拉。勒死赤音小姐以後，把屍體拉到窗口，在那裡砍下頭，這樣如何？」
不可能嗎？不，我想至少沒有矛盾點。這麼一來，就不用從窗戶侵入，甚至不用進入房間，便可以製造出那種狀況。
矛盾點——
「不……還是不可能吧。」
「……為什麼呢？我覺得那種想法也不錯啊。」光小姐不可思議地說：「那樣的話，好像任何人都做得到……」
「因為人類的身體並沒有那麼輕。」
就女性而言，赤音小姐絕對不是嬌小型，身材高䠷，體重乍看也有五十多公斤吧。即使沒有六十公斤，至少也不可能是四十幾公斤。如果要從這個位置把她拉上來，不但需要相當強韌的繩索，也必須擁有相當強壯的臂力。至少我是辦不到，光憑兩隻手臂將一個人的身體拉到這麼高的地方。

「看起來最有力量的人，果然還是深夜先生……但是他有不在場證明。而且，儘管最有體力，但那是相對性的問題，我想深夜先生終究不可能將一個人拉到這麼高的地方，更何況赤音小姐應該也會抵抗。」

而且，有心抵抗的話，旁邊就有內線電話。例如把話筒輕輕踢開，犯行就會被其他人發現。至少那稱不上是聰明的方法。

「而且呀，那還是要開窗戶才行呀。要赤音把窗戶打開，然後再背向窗戶，那種事情可能嗎？赤音小姐也不是傻瓜，根本就是聰明人，這點防備心應該有唄。」

正如她所言。

混帳！還以為朝真相接近了一點點，結果還是不行嗎？彷彿著眼點在某處扭曲的不快感。心情猶如在計算圓的內角和，總覺得某種東西絕對地錯誤，某個地方絕望地錯誤，究竟我是哪裡弄錯了什麼？

總覺得，好像被耍得團團轉。

「……反正先回房間吧，待在這裡也是一無所獲。」

雖然回房間也不會因此有所斬獲。

玖渚像是很惋惜地看著窗內，但終於還是跟在我身後。

「……怎麼了嗎？」

「唔——沒有。對了，阿伊，人家肚子餓了呦。」

「是嗎……」

「既然如此，要不要去吃中餐？」光小姐問。

「也好。」我點點頭。

千賀明子
CHIGA TERUKO
三胞胎女僕・三女

第五天（2）——謊言

0
你就沒有其他事好做嗎？

1

伊梨亞小姐免除了光小姐的一切職務。好像交待她：「妳就去幫玖渚小姐她們的忙吧。」儘管說法很婉轉，但那仍舊等於「我不能將工作交托給最大嫌疑犯」，縱使不是全部，至少可以確定其中必有那種意思。

如此這般，中餐結束以後，我們三個人便一起行動。

「妳們可以先回房間一下嗎？」

前往玖渚房間途中，我對玖渚和光小姐說。

「我要去一下伊梨亞小姐那裡。喂！小友，妳拿著這個。」

我從口袋裡拿出一把小刀，交給了玖渚。光小姐驚訝地說：「你隨身帶著那麼危險的東西嗎？」

「少年內心總是帶著一把刀喔。」

「然後少女帶著手槍呦。」

玖渚淘氣地說完，接過小刀。

「那麼，走吧，小光。」

「可是——」

「沒問題、沒問題，交給阿伊去辦唄。」

玖渚半強迫地拉著光小姐。不論形式如何，只要跟光小姐在一起，玖渚也可以自己爬樓梯，三人一組也有這方面的好處。

「……那麼，走吧？」

我轉了一個方向，朝伊梨亞小姐的房間走去。

第二次的謁見。

首先要有覺悟，接著緩緩深呼吸。

敲敲厚重的房門，俟房內回應後進入。因為是集體行動，是故房內當然有伊梨亞小姐、玲小姐、彩小姐跟明子小姐，所有人都在沙發上優雅地啜飲紅茶。

彩小姐尷尬地閃避我的目光，似乎覺得早上在玖渚房間的慌亂行徑是一種失態。雖然那是理所當然，可是她表現得如此明顯，我也有些不知所措。

伊梨亞小姐看著我，緩緩地微笑。

「——怎麼了呢？呃……你叫什麼？你自己提出集體行動的主意，結果竟然單獨行動嗎？真是傷腦筋呢，而且你那一組還有光……」

「伊梨亞小姐，」

我打斷伊梨亞小姐的話。

「那個……伊梨亞小姐，你還是不打算報警嗎？」

「完全不想。」

直截了當。

愛理不理、冷淡至極的無情態度。

實在是太棒了。

妳真的是太讚了，赤神伊梨亞小姐。

「可是我覺得那樣不太好。」

「你要不要也來杯紅茶？」

玲小姐說。沒等我回應，玲小姐就起身往熱水瓶的方向走去。伊梨亞小姐大有深意地看著玲小姐，但跟著又轉回我的方向。

「假如警察現在一來，你不是也很困擾？赤音小姐被殺的原因，也跟你的提議脫不了關係。」

「我會不會困擾，在如今這種狀況下也無所謂了……因為我就像是為了困擾而生。更重要的是，伊梨亞小姐，赤神伊梨亞小姐，對於自己可能被殺的這個狀況，妳有什麼想法嗎？」

在玲小姐的敦促下，我在沙發上的空位，明子小姐的隔壁坐下。明子小姐看也不看我一眼，不知究竟在看什麼，黑框眼鏡的後方可以瞧見空洞的眼眸，焦距沒有對準的失焦瞳孔。不……並不是焦距沒有對準，應該只是焦點沒有放在我身上吧。

「……」

紅茶很好喝。

伊梨亞小姐隔了好一會兒，彷彿故意讓我焦躁難安，才回答我的問題。

「你問我有什麼想法？這個狀況？很辛苦呀，那是很辛苦的**活動**。當然不僅是那樣……那換我反問你，你又有什麼想法？」

「是很危險的狀況，我不想跟殺人犯共處一室。」

讓玖渚跟殺人犯共處一室，那是無法容許的事情。我不知道那丫頭對這個狀況有什麼想法，我不曉得。可是，至少我——

「嗯——你覺得殺人是不能容許的行為嗎？」

「我是這麼認為。」我立刻回答。「我當然這麼想，絕對是這麼想。無論有什麼理由，殺人者最差勁。」

「喔……那麼，假設你即將被人殺，你會怎麼辦？假如不殺對方，自己就要被殺的話，你會怎麼做呢？會默默地讓別人殺嗎？」

「可能會殺死對方吧，我並不是聖人君子。但是，那時我也會覺得自己是最差勁的人吧，不論對方……不論對方是怎麼樣的人。」

「你的表情看起來好像有那種經驗。」

伊梨亞不懷好意地微笑。

那是處於絕對優勢者、立於壓倒性優勢者特有的惡意笑容。

我覺得跟某人很像。

對了！就是佳奈美小姐。「連這種事都不知道嗎？」的那種微笑。然而，不算是天才的伊梨亞小姐為何能夠露出跟伊吹佳奈美相同種類的笑容呢……

「你覺得殺人者必須受罰？可是你沒有聽過這種事嗎？在老鼠面前放置誘餌，當老鼠想要吃誘餌時，就對牠通電。你覺得老鼠會怎麼樣？」

「老鼠有學習能力，所以會停止吃餌吧。」

「不對，因為有學習能力，所以會在沒有通電時吃餌。」

「人類並不是老鼠。」

「老鼠也不是人類。」

伊梨亞雙手一拍。

「……喂！你呀，既然都說這麼多了，可以回答我嗎？為什麼不能殺人呢？」

伊梨亞小姐問了一個簡直就像中學生的單純問題。

然而看起來也不像在開玩笑。

「因為法律如此決定，因為社會生活上那樣比較方便，因為自己不想被殺，所以不應該殺死對方。」

「聽起來都很缺乏說服力。」

「我也那麼認為，因此我對那個問題會如此回答……那種事情沒有理由。殺人需要理由，也許是生氣，也許是想要殺人，無論如何，不可能毫無理由地殺人。可是那並不是一種選擇吧？才不是那種殺人或不殺人的選擇！那不過是想要冒充哈姆雷特，自鳴得意的傢伙胡說八道。一旦抱持那種疑問，就已經失去做人的資格。」

為此苦惱的本人我很了不起？

開什麼玩笑！

我如此說：「不可以殺人，絕對不可以殺人，那種事情不需要理由。」

「喔——是嗎？」伊梨亞小姐敷衍應道。「我也可以理解你的想法。不過只要知道犯人是誰，這起事件就會結束吧？只要哀川大師一來，就可以知道誰是犯人了。」

「我不認識那個叫哀川的人。」

「我認識，那不就夠了嗎……彩，告訴這個人哀川大師何時會來。」

「三天後。」彩小姐答道，但終究沒有看著我。「哀川大師將預定時間提前，因此……」

「正如你所聽見，只要知道誰是犯人，當然你也可以離開。你待在本島的理由就是『身為嫌疑犯』。沒有任何才能、沒有任何魅力的你待在本島的理由僅止於此……話說回來，不論是伊吹小姐的事件或者園山小姐的事件，你都沒有不在場證明嘛……」

砰咚！我將還有一半以上沒喝完的茶杯放回盤子，然後故意長長地嘆了一口氣，再緩緩地站起來。

「我告辭了，看來我們使用的語言似乎全然不同。」

「好像是吧。」伊梨亞嫣然一笑。「離開請走那裡。」

「明子，送這個人回房。」玲小姐如此吩咐我旁邊的明子小姐。

「畢竟還是不要落單比較好……有妳陪同應該可以安心吧，明子？」

明子小姐猛一點頭，從沙發上起身。我不知玲小姐所說的「安心」是什麼意思，一時反應不過來，但是明子小姐沒有理我，一個人當先走去。我慌忙追在她身後，離開了伊梨亞小姐的房間。

我來到走廊時，明子小姐已然去得相當遠了。真是的！護送的人先離開房間是什麼意思？我依舊無法解讀明子小姐的思維，儘管覺得那也不是單純的我行我素。我微微加快腳步追上她。

話說回來——

真是的……根本、根本就是話不投機半句多。原本就抱著這談判談不攏也很正常的心態，但沒想到竟會誇張如斯。伊梨亞小姐似乎真的非常信任那個「哀川大師」。可是，現實上真有那種名偵探般的人物嗎？

倘若有就好了，我深切地認為。

不！是期望。

祈求。

「那也是戲言吧……」

我又嘆了一口氣。總之，再重來一次吧。因為少了這幢宅第主人伊梨亞小姐的協助，事態不可能有所進展。儘管不是什麼值得自豪之事，但我這個人的黏著力也挺強的。死纏爛打不屈服，差勁透頂，不可能如此輕易退縮。

「　　　　」

呃？

剛才是誰說了什麼？好像有聲音從哪裡傳來，但環顧走廊，除了我與明子小姐以外，沒有其他人。換句話說，果然是我多心嗎？聽錯了嗎……會聽到那種聲音，看來我的精神也相當虛弱吧。

嗯……

不對！聲音是從前方傳來的。

這麼一來——可能性只剩下一個，雖然極低，但不是還剩下一個嗎？縱使理論上非常明白那種事情根本不可能發生，但是說不定，即使不可能，說不定還是有可能。

「明子小姐，妳說了什麼嗎？」

結果——一聽見我的問題，明子小姐停下腳步。

「我說你最好去死一次。」

無話可說。

這是明子小姐第一次在我面前說話，可是第一次聽見的臺詞竟是「最好去死」。不論如何都太過分了，怎麼會有這種事情？

然後，明子小姐轉向我，眼睛透過眼鏡直瞅著我瞧。那道目光宛若在叱責，我不由得畏縮。維持那種被明子小姐瞪視的姿勢好一陣子，我判斷自己絕對不可能在毅力上勝過明子小姐，於是漠視她，自顧自地往前走去。結果，明子小姐抓住我的手臂，用力一握。

非常用力。

感覺手肘附近好像有電流奔竄。

明子小姐沒有鬆開我的手臂，將我拖入附近的房間，反手關上門，再硬生生地將我推入沙發。接著，明子小姐在我的正面迅速坐好，摘下黑框眼鏡。

「……是沒有度數的嗎？」

「為了容易區別。」

然後，明子小姐抬起頭。

「……是那樣嗎？」

那個聲音跟彩小姐和光小姐如出一轍。清亮、悅耳的聲音。

「騙你的！只是不想看見你的臉。」

「……」

「騙你的！只是想看看你的那種表情。」

「……找我有什麼事嗎？」

我完全猜不透明子小姐的意圖，只知道繼續被那種奇怪的步調牽著走很不妙，只好藉由提問取回主導權。然而，明子小姐也不回答我，只是滴溜溜地四下環顧。

「給你一個忠告。」明子小姐不理會我的問題，冷不防開口，簡直就像在跟我身後的幽靈說話。「你一個人活下去比較好，只要有你待在身旁，大家都很為難。」

「……」

摘下眼鏡的明子小姐長得跟彩小姐和光小姐一模一樣，所以很討厭這樣。真姬小姐那種人倒也罷了，然而現在被她這麼一說，老實講還頗為難受。

因為有一種遭人背叛的感覺。

「只能造成他人麻煩的人，還是不要當人比較好。要是不行的話，就應該一個人活下去，我是這麼認為。」

「為什麼那樣說？」

「因為**我就是那樣**。」

簡單明瞭的答案。

明子小姐的表情沒有變化，完全沒有絲毫變化。

「可是，你在這裡跟其他人一起……」

「所以**我們**不當人了。」

我們。

那是——那句話包含了誰？

「……彩早上好像失態了，我向你道歉。」

明子小姐驟然改變話題，可是那種淡淡的表情和語調完全沒變。

「……為什麼是妳道歉？」
「那個人是我。」
「……啥？」
明子小姐不理會錯愕的我，繼續說道：「雖然不是我，不過是我的身體。我們三個人共有三個身體，三個人都是三重人格，三個人的人格與記憶一致。所以，早上罵你的人確實是彩，不過身體是我。」
「你在騙人吧？」
「騙你的。」明子小姐神色自若地說。
這個人在搞什麼？這樣子還真是消失的魔球，完全看不見擊球點。
「那麼，閒話聊到這裡。」
而且好像還是閒話！
「言歸正傳，請不要沒事就對小姐說什麼警察警察。小姐雖然容忍力很強，但容量並非無限。」
「……為什麼伊梨亞小姐那麼堅持呢？如果只是不想打亂島上的平靜，這一點無法說得通。」
而且平靜不是早已被打亂了嗎？
更何況，那個人應該壓根兒就沒有企望平靜。
「你想知道嗎？」

「是很想知道。」

明子小姐站起來，然後移動到我身旁。

咻一聲靠上來，像貼著我一樣。

她的身子湊了上來。

「因為沒有犯罪者會喜歡警察──」明子小姐用毫無抑揚頓挫的語氣說道：「──喔。」

我一時無法明白明子小姐那句話的意思，不知該如何反應。

「小姐為何要在這種島上獨居，你應該也覺得很奇怪吧。你認為是什麼原因？」

「如果是那種個性……」

「因為失敗了。」

明子小姐說話全無脈絡可循，因此根本不知道她想說什麼。為什麼身為三胞胎，又是姐妹，而且在類似環境下成長，性子卻這般天差地別？這樣還真是三重人格。

「啥？失敗了……是指？」

「玖渚小姐無法獨自進行極端的上下移動，因此你才陪在身旁，是吧？」

「……是的，沒錯。」這個人是不會配合別人的話題嗎？「那又怎麼了？」

「小姐是跟**那個**相反。」

明子小姐木然卻滔滔不絕，彷彿朗讀劇本一樣。

而且還是不分語句、沒有抑揚頓挫的朗讀法。

「**所以待在身旁沒有任何人的這座島**。」

「……」

明子小姐旋即續道：「你有看過小姐的左手臂嗎？只要看過手腕上縱橫無數的傷痕，你定然可以理解。」

「……」

手腕的……傷痕？

明子小姐儘管仍在朗讀劇本，但是用十分認真的口氣續道：「那叫做……殺傷症候群，**你應該**知道吧？」

殺傷症候群……D.L.L.R Syndrome 嗎？

我的確知道。那是一種**無法不去傷害**自己或他人的自動症，不，或許說是自動症的最高峰比較正確。總之，那是超乎範疇的嚴重，與現實脫節的惡性，乃是一種極度凶惡的精神病……

我只有在參加計畫時看過資料，並未看過實例。然而，我知道有人看過，而據該人物的說法。「可以毫無罪惡感殺人的人，真的很可怕哪。」

真的很可怕。

伊梨亞小姐就是所謂的**那個**嗎？

可是 D.L.L.R 是連存在本身都遭到質疑的罕見精神病，而且是相當強迫性的心因性疾病，發病的可能性應該非常低。日本迄今尚無發病病例，聽說美國目前的樣本也是寥寥無幾……嗯～連那個，連那個也是大數法則的一例嗎？

「明子小姐……那是……」

「如同我們是三胞胎，小姐也有一個雙胞胎妹妹，叫做奧蒂特的小姐……」

伊利亞特跟奧德賽（註20）嗎？

原來如此啊……

「是嗎？那位妹妹如今在哪做什麼？」

「死了。」

「……是真的吧？」

「真的。」明子小姐說：「**殺死**奧蒂特小姐的不是別人，正是伊梨亞小姐。這個意思，你懂嗎？這個道理，你懂嗎？你竟然破口臭罵小姐，說什麼殺人者無論理由為何，都是最差勁的人。」

「……我並沒有那種意思。」

「不論你是什麼意思，對小姐而言都沒有意義。總之，你現在知道不報警的理由了吧？知道的話，就請回房間……請不要興風作浪。」

---

20 《伊利亞特》（Iliad）與《奧德賽》（Odyssey）皆是希臘荷馬所著史詩。《伊利亞特》以英雄阿基里斯（Achilles）的憤怒為中心，記述特洛伊（Troy）戰爭的故事；《奧德賽》敘述奧狄秀斯（Odysseus）於特洛伊戰役後，渡海返鄉時觸怒風神，以致飄流十年，經歷種種困苦，終抵故鄉的故事。

明子小姐剛說完，便自沙發上站起，那種態度好似在說——我該說的都已說完，沒你的事了。

可是，可是，明子小姐。

請不要興風作浪。

那是……

那是我的臺詞啊！

「……明子小姐！」

我不由得——

不由得朝著明子小姐的背影大喊。

雖然沒有絲毫期待，但已走到房門附近的明子小姐卻停下腳步。

「……什麼事？」

「……假設……」

假設。

假設——

「……出生之後的十年間，沒有跟任何人，甚至沒有跟父母說過話……被關在地底養育的小孩子會成為何種人，妳能想像嗎？」

明子小姐沒有回答。

當然我也並未期待明子小姐的回答。

只不過想要問問明子小姐而已。

這個人。

木訥、平淡、沉靜地活著的這個人。

或許這個人對我而言——

「我跟你是完全不同的人！」明子小姐用略為嚴厲的口氣說。

猶如看穿我的內心一般，頭也不回地如此說道。

「請不要隨便產生同族意識，不但噁心、令人作嘔，而且很困擾。」

「——那還真是抱歉了。」

「這個世界上沒有你的同類，不光是這裡，任何世界也都沒有。倘若容我直言，你是脫離常軌的人。」

「……還真不想被人說成這樣啊，尤其對象是妳。」

「**正因為是我**才這麼說，除了我以外，也不會有人說了。」明子小姐沒有回頭，頭也不回地繼續說：「……你好像不知道姬菜小姐為何一直找你碴——可是理由顯而易見，因為姬菜小姐可以洞悉你的內心……世人都不喜歡骯髒的東西。」

「……」

「我說你很**骯髒**。」

「那種話就不用重複了……我自己肚子裡的東西，自己當然清楚。」

「你知道？知道卻還是大搖大擺地活著嗎？真佩服你的厚臉皮，了不起的精神力，值得令人尊敬。或者你以為即使將自己一肚子髒東西曝露出來，仍然會有人喜歡你？仍舊深信會有人選擇你？這就叫做脫離常軌。」

無話可說。

鏗鏘有力。

那些話對我而言太過沉重。

彷彷就要毀壞。

脆弱。

粉碎。

「在身體裡飼養那般駭人的怪物，還想與他人糾纏——如意算盤打過頭了。恬不知恥也該有個限度，世界不可能那般容忍你，未免也太狂妄自大……所以你——」

明子小姐打開門。

然後那一剎那，她回頭看我。

那是。

看著打從心底厭惡事物的那種。

冰冷的目光。

「——最好去死。」

砰咚！

無機質的聲響。

門扉關閉。

「……」

全身倏然脫力。

宛如掙開束縛的心情，但卻沒有半點解放感。

「……啐……」

何等滑稽。

被人擊潰的感覺。

猶如被人體無完膚地擊潰的感覺。

「……真是戲言中的戲言啊……」

被遺留的我竭力思考。

究竟是怎麼一回事……明子小姐……的話語一個接著一個想起。不同於昨日跟赤音小姐的問答，裡頭全無章法……但即使如此，正因如此，正因為毫無道理、毫無解釋、唯有真實淡淡地迎面而來——

「啊啊……還真是一大打擊哪……」

我搖搖頭。

別去想了。現在應該有別的事情要想吧。

我從沙發上站起，離開房間。再如何梭巡走廊，都看不見明子小姐的身影，真是腳步輕快的人。雖然那方面我也覺得跟我很像……

總之，現在重要的是從明子小姐取得的情報。

手腕的傷痕。

伊梨亞小姐的背景。

殺死妹妹……

因此被流放外島。

殺傷症候群。

自動症。

一想那些，一想那些事，確實可以理解她為何不願報警——

「……等、等一下啊，豬頭！」

我猛想憶起，昨天不是才親眼目睹伊梨亞小姐更衣嗎？就在第一次謁見的時候。可是手腕上根本就沒有傷痕。呃～我當然沒有一直盯著伊梨亞小姐的身子啦，但要是那種明顯的傷痕，我鐵定會察覺才對。

「……喂～喂～喂～喂……」我停下腳步搔頭。「真是的……究竟是什麼意思……」

簡而言之——明子小姐是個大騙子。

跟我本人一樣。

2

返回玖渚房間的途中，遇見真姬小姐、深夜先生和彌生小姐的三人小組，三個人似乎正準備去用餐。既然跟彌生小姐同組，自然可以隨時享用美味的餐點，我有一點兒羨慕。當然，也不是說我對光小姐的手藝有什麼不滿。

「哇哈哈，少年郎！哇哈哈哈哈哈哈哈！哇～哈哈哈哈！」

真姬小姐一見面就突然對我狂笑不止。時至今日，我倒也不覺得那很失禮，就像季節變換之際的風景般。

「怎麼了？唉……真姬小姐總是、總是這般興致高昂哪……」

「哇哈哈，少年郎，你好像被明子小姐耍得團團轉嘛。啊——真是笑死人了，耶～耶～自作自受！」

「……妳怎麼會知道？」

「你到現在還要問嗎？相當有趣的**節目**唷，優柔寡斷少年郎！你的人生一點也不乏味，我挺羨慕的呢。」

那是因為真姬小姐的人生很乏味吧。過去發生的事、現在發生的事、未來發生的事皆已瞭然於心。就好像永無止盡地觀賞著業已熟知情節的電影，人生中找不到精彩、成果、無趣或任何東西。

「那倒也不盡然。」真姬小姐一臉嗤笑地聳肩。

不知是否喝了酒，心情似乎頗為高昂，是腦袋瓜變成了明太子嗎？

啊！被她瞪了。

「喂……你這種時候一個人在這裡無所謂嗎？」

深夜先生儘管依然顯得有些疲憊，但似乎已經恢復平靜，氣色也不錯。雖然也包含些許殘酷，時間畢竟對任何人都很溫柔。

「玖渚跟光小姐，扔下那麼嬌弱的兩名女性終究不妥吧。尤其光小姐還是目前最可疑的嫌疑犯喔？你寶貝的玖渚搞不好很危險哪？」

深夜先生半開玩笑，但似乎真的替我擔心。「多謝忠告。」我低頭說道。

「呵呵呵，那我們先行一步囉，半途而廢少年郎，好好努力思考吧。」

真姬小姐壞心眼地說完，背轉身去。深夜先生瞥了一眼那樣的真姬小姐，然後對我說：「假如你是對園山小姐感到自責，我想你無須介懷，你已經盡力了。所以，那以上的事情、那以外的事情都無計可施，你已經竭盡全力了。」

「……謝謝。」

我低頭道謝。

「那麼……等會見了。」

深夜先生也轉身離去。

彌生小姐大有深意地看了我好幾眼，但是只有輕點玉首，便跟著他們一起朝餐廳走去。

「……究竟是怎麼一回事……」

儘管稱不上可疑。

但總覺得不可思議。

「嗯，或許真的不是什麼值得在意之事……」

回到房間一看，玖渚正對著粉碎的電腦零件，光小姐則在打掃房間。據說光小姐這人一發現髒東西就非得打掃乾淨不可，這麼說來，光小姐好像無論何時都在打掃。或許是一種職業病吧，呃～這座島上就沒有正常人嗎？

「喔～阿伊，你來得正好。」

「怎麼了？」

「幫人家綁頭髮。」

「知道啦。」我走到玖渚背後，打算幫她綁成許多麻花辮，於是取了一小撮藍髮，開始仔細編起來。在那之間，玖渚發愣似地「啊——」露出心神恍惚的表情。

「友小姐，那些破銅爛鐵可以收拾嗎？」

「不要說是破銅爛鐵嘛。還有一些零件可以用呀，人家正在回收，不重複利用不行咩。為了地球好要資源回收！資源回收！資源回收很重要唷！唔——可是要怎麼利用呢？是來做個打擊犯人的祕密武器嗎？」

真是不服輸的丫頭。雖然我不會想變成她那樣，不過玖渚友的積極思維果然令人佩服，縱使那僅是因為她不知消極感情是謂何物。

嘆息。

「……對了，光小姐，妳有筆記本之類的東西嗎？還有可以寫字的東西。」

「那個櫥櫃裡有，要做什麼嗎？」

「想要歸納一下目前的概要。」

昨天也做了不在場證明表，可是那些資料已經跟電腦一起粉碎，因此想要加入最新取得的資料重新製作。

「知道了。」光小姐朝櫥櫃走去。

「啊啊，對了！小友，我忘了告訴妳，我知道那幅畫哪裡奇怪了。」

「咦？啊啊，對呀，你好像說過那種話呢，阿伊，那是哪裡奇怪？」

「嗯。」我點點頭。

「是時鐘喔，時鐘。」

「時鐘？」

對！是時鐘。我去佳奈美小姐的畫室充當模特兒時，並沒有戴手錶。因為手錶壞了，請玖渚幫我修理，是故那時手上並沒有戴手錶。

然而——

那幅畫裡，我的手腕上卻畫著手錶。

「咦——是不是畫錯了？」玖渚只有略為吃驚，立刻恢復正常表情，說出極端常識性的意見。「人家並不覺得那是什麼要緊的問題。」

「嗯，或許是吧……」

「是哪一個呢？」

「……主詞跟賓詞講清楚。」

「錶盤的數字呀。什麼都沒有顯示嗎？或者是人家修好以後，左右顛倒的數字？」

「啊啊……不過，妳看，我是這樣把盤面轉向內側，所以看不出來。」

「嗯——」玖渚點點頭，思索片刻後又說：「人家還是覺得那是單純的畫錯唷。」

「不過呀，阿伊，人家也有其他在意的事情呦。那個，應該說是赤音被殺事件，還是赤音的無頭屍……該怎麼說才好呢？」

「妳想說什麼？」

「就是**手**呀。」玖渚側著頭，雙手抱胸說：「也不是**手**，應該是**手指**吧……總覺得不自然，非常不自然耶……嗯——人家的記憶力好像已經過了巔峰期，現在腦筋裡好像有馬賽克一樣唷。喂！小光，妳有沒有發現手或手指有什麼怪怪的？」

「沒有……」

不知何時折回的光小姐在玖渚旁面，也就是我正面的地毯坐下。

「久等了，這是紙跟筆。」

「謝謝。」

我從光小姐手中接過筆記本，一面回想昨日的表格，一面製作出全島居民在伊吹佳奈美、園山赤音兩起殺人事件的不在場證明一覽表。

伊吹佳奈美　被殺
——
園山赤音　地震前×
地震後×
被殺

玖渚友　地震前〇（阿伊・光・真姬・深夜）
地震後×
〇（無法獨自下樓）

佐代野彌生　地震前〇（伊梨亞・玲）
地震後×
×（睡覺）

千賀彩　地震前△（明子）

地震後×
○（離島）

千賀光

地震前○（阿伊・友・真姬・深夜）
地震後×
×

千賀明子

地震前△（彩）
地震後×
○（離島）

逆木深夜

地震前○（阿伊・友・真姬・光）
地震後○（真姬）
○（真姬）

班田玲

地震前○（伊梨亞・彌生）
地震後△（伊梨亞）
△（伊梨亞）

姬菜真姬　地震前○（阿伊・友・光・深夜）
　　　　　地震後○（深夜）
　　　　　　　　○（深夜）

赤神伊梨亞　地震前○（玲・彌生）
　　　　　　地震後△（玲）
　　　　　　　　　△（玲）

嗯——大概就是這樣吧。

我看著表格，卻是嘆了口氣。

「……不在場證明嗎……可是，若說沒有意義的話，這種東西實在沒什麼意義哪。雖然迄今都漠然置之，但假使考慮共犯的可能性，這種東西不就毫無意義？特別是兩個人或三個人的不在場證明哪。」

即使不是犯人，也可能因為不願被懷疑而扯謊，一旦考慮那種問題，便不能單純盲信這些情報。

儘管覺得沒有意義，但依然試著歸納事件的概要。

第一起事件

被害者　伊吹佳奈美
狀況　密室。
油漆河。
（已解決）
犯案時間　晚上。
預測是地震後。
其他　無頭屍。
犯人不詳。

第二起事件
被害者　園山赤音
狀況　密室。
高處敞開的窗戶。
（未解決）
犯案時間　凌晨兩點至上午九點半。
其他　無頭屍。

「然後是犯人……不詳。」

寫完以後，我擱下筆。

「你忘了第三起事件喔，阿伊。」玖渚登時發出抗議之聲。「那個呀，人家的可憐事件。」

「啊啊，對了，雖然不顯眼，但的確也算一樁謎雲。」

「怎麼可以說是不顯眼呢！對人家而言，可是比砍頭更加悲劇耶！如果要做那種事，乾脆把人家的頭砍掉算了咩！」

「好好好。」我拿起筆來。

第三起事件

被害者　玖渚友（的電腦相關設備）

狀況　非密室。

沒上鎖，誰都可以侵入。

犯案時間　早上十點至早餐結束。

但宅第居民在該期間內都聚在一起，時間上的密室？

其他　破壞狂的目的可能是伊吹佳奈美殺害現場的照片。

「時間上的密室嗎……」

第一個密室是油漆河形成的平面密室，第二個密室是敞開高窗形成的高度密室，然後第三個密室是時間嗎……

「二維、三維、四維耶。」

「光聽那種形容詞，還真像是什麼大規模事件哪……喏，光小姐，雖然如今再問這種問題，好像要將前提整個推翻……這座島上除了我們以外，可不可能有其他人存在？」

「沒有。」光小姐肯定表示。「而且只有一個地方可以靠岸。我們長年居住在此，可以保證絕無那種可能。」

「是嗎……」

但倘若不那麼想，就絕對不可能破壞玖渚的電腦。平面或高度或許可以憑藉智慧與睿智解決，然而唯獨時間是人類無法侵犯的領域。

「所以說，應該是用了什麼伎倆吧？例如遙控型伎倆之類的呀。嗯──可是，這很明顯就是人類的破壞呢。」

「……光小姐，那個時候，有沒有一、兩個人趁亂消失？因為親眼目睹無頭屍，縱使少了一個人，也可能沒有人注意。或許犯人就是看中那個盲點……」

「我想……應該沒有那種事……」

光小姐似乎無法認同。我對於自己的言論，對於這種想法也不免覺得有些可笑。

倘若有誰不見，應該還是會察覺吧。

「第一起事件**誰都可以辦到**，雖然共犯問題尚無法確定，但**唯獨**方法已經破解，不能稱之為密室了。那麼，第二起事件，關於這間密室的方法則**百思不解**。」

「可是，**只有我可以辦到**。」光小姐說。

我點頭。「然後是第三起事件，這是**誰都無法辦到**。而且，**不存在**可能的方法。」事件的難易度就這樣咚咚咚地攀升。從這點來看，不禁令人擔心下次發生的事件。

「真是……這是什麼循環嘛……」

「唔——雖然不覺得那有什麼意圖性……但也沒辦法用湊巧一句話交待過去哩。」

「總而言之，就先別想這些煩悶的事吧？」我說：「不在場證明跟密室，不論是圈套也好，伎倆也罷，裝置或偽裝都無所謂，就當作那是由某人設計，我們所無法想像的騙局吧。」

「虛擬機器呀。」

「對！就是那個。」

儘管不太知道那是什麼。

製作謎題比解答謎題更加困難云云，乃是老舊推理小說的陳腔濫調，但我並不如此認為，製作圈套或謎題絕對比較簡單。因為謎題製作者可以依照自己喜愛的角度、對自己有利的角度顯示事象，而回答者卻只能從那個方向來解謎。

所以，問題就先束之高閣。

「可是，至少還是考量一下不在場證明比較好吧？反正情報也不多。」光小姐說。

「如果從感情論來看，每個人看起來都很有嫌疑啊……到頭來伊吹小姐被殺時，我們之所以懷疑園山小姐，也是因為她們的感情不好吧？可是，竟然是這樣的結果呢。」

「可是哪……可是，佳奈美小姐被殺，而犯人是赤音小姐的這種構圖確實很簡單明瞭……」

然後，那個赤音小姐也被殺了。

「殺死伊吹小姐的犯人是園山小姐，有人為了復仇而殺死園山小姐，這種想法如何？」

「那樣一來，可能殺死赤音小姐的人……首推深夜先生嗎？因為他既是看護，又是佳奈美小姐最親密的人。」

「但是，深夜有不在場證明呦。即使不管那些，深夜又怎麼確定赤音就是犯人呢？」

「就算不知道，也許只是他的主觀認定。因為誤會而復仇儘管不是經常發生，但也不是完全沒有吧……話說回來，妳們不覺得奇怪嗎？深夜先生跟真姬小姐，連續兩天都在一起，而且是半夜喔？有不在場證明，反而顯得不自然。」

「不自然……也許姬菜小姐是配合深夜先生才那麼說吧。不過，那個姬菜小姐實在看不出是那一型的人。」

姬菜真姬。言語無法形容的占卜師，超能力者。甚至可以窺視人類大腦內部，能夠聆聽森羅萬象的一切事物，絕對的絕對者。某方面跟玖渚很相似，不可思議的……

「怎麼了？你迷上真姬嗎，阿伊？」

「迷個大頭鬼！不過對那種電波系人類要求正確常識，或許有一點強人所難……」

真是徒勞無功，甚至覺得能夠思索的事情皆已思索殆盡，心情宛如進退無路。到這般境地，究竟還能再思考什麼呢？

「……赤音小姐似乎預測過自己被殺的事……」

「咦？」光小姐略顯吃驚地探出身子。「那是怎麼一回事？」

「就是那種感覺。呃，昨天晚上，我們隔著房門交談，那個時候……總覺得她好像看透世事，甚至出人意料地引用書裡的文章。」

「唔——說不定赤音已經知道誰是犯人呦。」玖渚欽佩地說。

的確，那並非不可能的事。ER3系統七愚人的園山赤音，縱使沒有進行任何搜索和調查，也絕對有可能預測出犯人。

「……對了，光小姐，我剛才跟明子小姐說過話。」

「啊啊啊！」光小姐彷彿聽見什麼驚世駭俗的事情，探身驚叫。不，與其說她吃驚，那反倒像是「你為什麼要扯這種謊」的態度。「明子、明子說話了，是那樣子嗎？」

「……啊啊，我當然也很吃驚……可是問題啊，是她說的內容。」

我把從明子小姐那裡聽來的事情轉告玖渚和光小姐，後半節當然全部刪除，我沒有自曝其短的興趣。

「……就是那麼一回事，光小姐，這些有多少是真的？」

「呃……」一看光小姐，她一臉為難地喝茶裝糊塗。「呃……那個，呃。」

「彩小姐今天早上也說了很奇怪的話，『已經受夠了』之類的，光小姐，這究竟是怎麼一回事？」

光小姐起初仍舊不肯透露。接著，彷若終於下定決心似地抬起頭，儘管目光又迷惑地閃動半晌，但最後還是開口。

「……**全部都是真的**。」

那──

那實在是出乎預料的答案。

這回換我啞口無言，一時不知說什麼才好。全部……什麼……剛才，這個人說了什麼……

「……事及至此……我就相信您，老實說了。因為您是我的恩人……」光小姐又垂首停頓片刻，然後又遲疑片刻，終於繼續說道：「小姐在法律上的確是犯罪者，我們明白那個事實，仍繼續服侍小姐。」

「……所以，才不報警嗎？」

「我們只是在做自己份內的工作，除此之外的一切事情都沒有做……來這座島之後也發生了許多事，跟那位哀川大師也是在那時認識的……」

許多？許多……是指什麼？

島上的事件。

那麼說來。

那麼說來，確實前天晚上——

「喂！小友。」

「什麼？阿伊。」

「話說回來，妳那天晚上好像說了什麼『對這座島以前發生的事件感興趣』，又是我記錯了嗎？」

「沒錯呦。」

「那妳已經知道了？」

「嗯。」玖渚柔和地微笑頷首。「其實是滿有名的消息唷。知道的人很多，不過大家都不掛在嘴上，畢竟想要跟赤神財團為敵的人並不多嘛。」

原來如此。玖渚的那種興趣還是跟以前一樣。雖然不至於要撤回先前說過的話，然而歷經五年歲月，或許依舊無法令玖渚的內在產生變質。

「小豹的情報裡其實也有包括那些事，不過人家覺得還是瞞著阿伊比較好。」

「為什麼啦？」

「因為你就會擺出那種臉嘛！」

又是一個原來如此。

哎呀呀……

全身虛脫。

光小姐淡淡地，不，應該是期期艾艾地、彷彿很痛苦地繼續說：「這個沙龍計畫開始以後，小姐也變得比較穩重……彩那種厭倦的心情，我也能夠體會。可是，我們是做這種工作的……」

工作——嗎？倘若那是真的，那真是了不起，我打從心底敬佩。不論那是什麼事情，我很尊敬能夠單純為職務而活的人，因為那是我做不到的事。

光小姐也已經想通了事情的底部的底部的底部最底層嗎？

「是嗎……是那麼一回事嗎……」

然而，假使是那樣……那麼，又會如何？假使，**犯人知道那件事**……伊梨亞小姐有不能報警的隱情，假使犯人知道那件事……

那麼一來——就可以解釋犯人大膽妄為、目中無人、桀驁不遜的行為。

「……那麼，光小姐……」

正當我準備開口細問過去的事件、伊梨亞小姐的事情時，敲門聲響起。

站在門外的人是彌生小姐。

3

要去上廁所。彌生小姐如此解釋後，在用餐途中脫離真姬小姐和深夜先生的小組。平凡、迂腐且常見的謊言，別說是可以解讀他人內心的真姬小姐，就連身心不適的深夜先生也必然早就識破，但是看見這般蒼白的臉色，就算她表示現在要乘烏龜去鬼島，可能也無法指責她是騙子吧。

彌生小姐在沙發坐下，沉默無語。

總覺得她很在意光小姐，彌生小姐仍舊懷疑光小姐是犯人嗎？即便如此，倒也不能怪她。

「……彌生小姐，妳之所以來此，是有事想跟我說，這樣判斷沒錯嗎？」由於事情似乎毫無進展，我便如此問道。

「是的。」彌生小姐虛弱地點頭。

「那個……關於這起事件，兩位好像在進行推理。」

「基本上是有此打算，也是出於私人恩怨。」我看著房間角落的電腦。不，是曾經是電腦的東西。「那又怎麼了？」

「……既然要推理，情報當然必須正確，我說得沒錯吧？」

「啊啊，當然沒錯。」

「假如雙腳隨著不正確的情報起舞，難保不會發生第三起事件。」

「第四起唷。」眾人無視玖渚的抗議。

「是啊，彌生小姐，正如妳所說……不過，彌生小姐，我實在不知道妳想說什麼。我以為妳是來幫我們的，不是嗎？是因為不喜歡跟深夜先生和真姬小姐一組，才來這裡的嗎？」

「不是那樣。」彌生小姐含糊其辭，果然是因為某種原因在意光小姐。「……只不過，我……說了一個無法挽回的謊言……那個……」

「謊言？謊言是指騙人的謊言？」

「——是的。那天晚上……我的確跟伊梨亞小姐在談話，一直到地震發生以前，那是毫無虛言的事實。」

彌生小姐說。

「可是那時候……那時候**班田小姐並不在**。」

光小姐的表情一僵。

玲小姐——班田玲。

彌生小姐為何在意光小姐？還有那天開始，彌生小姐的態度為何變得如此不自然？為何一個人關在房裡？我總算知道原因了。

冰解凍釋……

原來是那麼一回事嗎？

那天早餐調查不在場證明時，伊梨亞小姐主動表示她跟玲小姐和彌生小姐在一起。對其他人都是一個一個質問，但只有在彌生小姐的時候，自己主動開口說明。當時以為是因為她跟彌生小姐在一起，原來並非那麼一回事。

伊梨亞小姐——

赤神伊梨亞在包庇班田玲。

彌生小姐低著頭，雙肩下垂。宛如卸下背上的行李，猶如終於從咒語解放，渾身乏力。

「……為什麼——」

為什麼那麼重要的事情隱瞞至今——我也沒有立場說這種話吧。這座島是伊梨亞小姐之物，這幢宅第是伊梨亞小姐之物，這裡的主人是伊梨亞小姐，邀請彌生小姐的人也是伊梨亞小姐，同時伊梨亞小姐是赤神伊梨亞。而那個伊梨亞小姐明白表示「自己跟彌生小姐和玲小姐在一起」，那又如何能夠否定？又豈能指責她在騙人？

當然說不出口。

那種事情又有誰說得出口？

「那時以為不是什麼大不了的事。」

彌生小姐終於開口。

「以為伊梨亞小姐不過是基於交情才包庇玲小姐，可是……結果害赤音小姐一個人沒有不在場證明，被監禁……然後被殺了。」

彌生小姐猶如決堤般滔滔不絕，我只有默默聆聽，玖渚和光小姐亦然。

「……還有關於昨晚，伊梨亞小姐也說班小姐有不在場證明，一整晚都跟她在一起。可是，那種事情教人如何相信？儘管她說她們在討論今後的事情，但那種事真的需要花上一整晚嗎？」

「……嗯，或許真的要花那麼久。」

「我並不那麼認為。第一次不老實的人或許第二次會老實，可是第二次也說謊的可能性絕對比較高吧？而且，光小姐。」彌生小姐瞪視光小姐。「光小姐明明是伊梨亞小姐的人，但伊梨亞小姐卻完全沒有包庇妳吧？那是怎麼一回事？包庇玲小姐，卻不包庇光小姐的理由是什麼？不正是因為她認為沒有包庇光小姐的必要嗎？反過來說，**正因為知道誰是真正的犯人**——」

「妳的意思是玲小姐是犯人？」

我不禁大吃一驚，因為壓根兒沒想到話題會變成那樣。可是，彌生小姐一臉認真。

「……不在場證明確實變得有些可疑，當然前提是得採信妳的證詞。」

「那是真的！或許你們不相信，但那是真的。」彌生小姐斬釘截鐵地說。

光小姐欲言又止，但似乎想起了什麼，終究默然無語。緊咬下脣，臉上浮現忍受痛苦的神情。

「……請等一下……」

假設那天晚上玲小姐沒有不在場證明，事情會變成怎麼樣？儘管情況變動不大，然而，**伊梨亞小姐說謊**的這個事實，我覺得極為重要。

那天晚上玲小姐不在伊梨亞小姐的房間。即然如此，地震以後跟伊梨亞小姐在一起云云也是謊言吧。

那麼一來——

「唔咿！喏，彌生。」

「……什麼事，玖渚小姐？」

「為什麼妳覺得小玲是犯人呢？因為小玲是女僕領班呦，是得力助手呦，很偉大呦。不是比小光她們更貼近伊梨亞嗎？所以，也許是因為有一點親近感才包庇她呀。而且就算說了一次謊，也不代表第二起事件時就一定是騙人呀。況且如果小玲真的是犯人，那伊梨亞不就知道了？為什麼伊梨亞要幫小玲——」

「**有沒有可能是伊梨亞小姐命令她殺人？**」

咕嚕一聲吞口水的聲音響起，不過不知道是誰，搞不好是我自己。

「……人家覺得應該不會呦，畢竟佳奈美跟赤音都是她邀請的客人呀，自己請對方來，結果把對方殺掉，根本就沒有意義咩。」

「不能想說是**為了殺人才邀請**的嗎？」彌生小姐連珠炮似地對玖渚說：「伊梨亞小姐把客人請來這裡，然後殺死邀請的人。如此一來，那種想法也可以成立吧？」

伊梨亞小姐利用玲小姐殺死兩個人，然後今後還要繼續殺三個人、四個人、五個人嗎？那種想法實在過分偏離常軌，可是，卻也找不到否定的證據。

對，別說是否定，先前的明子小姐、剛才的光小姐不是才跟我說過肯定的證據嗎？

班田玲。

女僕領班。

光小姐、彩小姐、明子小姐的上司，最接近伊梨亞小姐的女性——如何？那就是答案嗎？那就是終點嗎？

赤神伊梨亞。

她的名字由來乃是荷馬所撰寫，希臘最大最早的古典敘事詩《伊利亞特》，內容歌詠特洛伊軍和希臘軍為了爭奪海倫的戰役，那首敘事詩裡登場的人物都認為**自己被神操弄**。如果那個，如果那個，如果那個就是答案——

當我在思考的時候，彌生小姐又繼續說：「——你知道我為什麼被請來這裡嗎？」

「那是因為……妳是天才吧？」

「哈！」彌生小姐苦笑。

「喏，伊吹小姐是畫家，了不起的藝術家喔。園山小姐是學者，很棒吧？姬菜小姐是占卜師，無所謂。玖渚小姐是工程師嘛？非常了不起。可是，我是廚師耶！明明不是美食家，為什麼要叫廚師來？我不認為料理有那麼高的價值。」

我無言。既然彌生小姐本人如是說，我當然不可能有什麼意見。

「——然後，你們知道伊吹小姐跟園山小姐為什麼會被砍頭？」

「……話題還轉得真快。」

「沒有轉！」彌生小姐用認真的表情跟語氣繼續說：「以形補形——中華料理有那種思想。肝不好就吃肝，胃不好就吃胃。總之，倘若想改善情況不好的內臟，就要吃跟它相同的東西，這個常識你們聽過嗎？」

「……等一下——彌生小姐，妳的意思是——」

那是——那種想法是——

「是誰！究竟是誰邀請伊吹小姐和園山小姐來這座島的！」

彌生小姐彷彿悲鳴般地怒吼，聲音響徹整個房間，回聲縈繞耳際。然而，此刻的我混亂到毫無餘力去在意那種事。

等……等一下！換言之，那就是那種事嗎？等一下！等一下！拜託再給我一點時間。

「我再說一次，不，說幾次都可以。犯人為什麼要砍下伊吹小姐跟園山小姐的頭？犯人為什麼要拿走伊吹小姐跟園山小姐的頭？拿去哪裡了？然後，邀請她們來的人又是誰？邀請被稱為天才的她們來的人又是誰？她們被帶走的頭部裡面，究竟有什麼？」

如果殺人現場有寶石被偷走了，犯人就是想要寶石吧。如果是現金，那鐵定是想要現金。那種想法很普通、是常識，也是理所當然。

然後這次不見的東西是被害者的頭部。

彌生小姐繼續說：「為什麼我被請來這裡？為什麼身為廚師的我，既不是藝術家，也不是學者、占卜師、工程師的我會被請來這座島？受到特別待遇，長年居住在此？」

那是拚命擠出來的聲音。

宛如求救般的聲音。

她應該思考過了吧。在那個餐廳作出偽證以後，就一直不停思考吧。從園山小姐遇害以前，還有遇害以後的半天，她一直在苦心思索吧。

彌生小姐對著光小姐，繼續用不成語調的悲鳴聲說道：「我究竟——**是來這裡做什麼的？**」

咕嚕一聲吞口水的聲音

這次是我的聲音沒錯。

可能嗎？那種事情，那種想法……擁有那種想法本身，不就是不能容許的事嗎？倘使如此，為何是「現在」？這個沙龍計畫也不是現在才開始。假如有那種想法，開始以後立刻進行不是……

不！

「現在」，就是「現在」，在這座鴉濡羽島的五位天才，每一位都是世界最頂尖的人物，最終極的特殊人物。伊梨亞小姐就是在等待這個時機嗎……

「沒有那種事！」

堅定的語氣出自光小姐，感覺就像強忍迄今的一切終於爆發。

「事到如今，小姐不可能再去想那麼、那麼殘酷、那麼殘酷的事情……」

事到如今。

已經受夠了。

以前。

許多事情。已經受夠了。事到如今。事到如今為何。這種事已經受夠了。請不要興風作浪。已經受夠了。已經受夠了、已經受夠了。這種事已經受夠了。

可是，彌生小姐沒有讓步。

「我從昨天早上就一直觀察班田小姐。哪，人看著另一個人的時候，即使一開始不是那樣，但隨著時間增長，應該說是跟自己的共通點嗎？就會從對方身上感到人性面或醜陋面吧？也就是親近感。『啊啊，這個人原來也跟我一樣是人』不是會有這種想法嗎？我對伊梨亞小姐就有這種感覺，她跟我一樣是人，雖然說謊，但跟我一樣是人。可是班田小姐——我很怕那個人，那個，**彷彿靠演技活著的那個人**，我對她恐懼不已。」

「那種事……」光小姐話沒說完就低下了頭。「那種事、那種事、那種事——」

然而，那句臺詞似乎沒有下文。光小姐即使如此仍竭力辯駁，遵循自己的職責捍衛自己的主子。實在過於悲痛，那是令人不禁要發笑的悲痛。

「——原來如此。彌生小姐，我大概明白妳的意思了，總之妳是想這麼說吧……」

我硬是插入兩個人之間，但終究徒勞無功，彌生小姐繼續無情逼問光小姐。

「彩小姐和明子小姐離開是為了找名偵探？可是有誰可以證明那件事？不許我們報警的究竟是誰？不許我們離開小島的究竟是誰？光小姐，妳有什麼證據可以證明自己沒有被她們蒙在鼓裡？伊梨亞小姐認定妳就是嫌疑犯，妳有什麼證據可以證明自己不是用來模糊焦點的代罪羔羊？不，不是那樣，說不定妳根本就是跟伊梨亞小姐一夥，被派來阻撓玖渚他們——」

「別再說了，彌生小姐，到此為止。」我靜靜地說：「請不要侮辱我們的**朋友**。我跟玖渚都不善於生氣。可是不會因為不擅長，就對該做之事敷衍了事，我們沒有那麼沒志氣。」

我的視線可能相當冷漠，彌生小姐忽然全身一顫，然後又縮起身子，恢復成剛進房間時的那種不安神態。

「——我很害怕、很害怕、很害怕，我只不過很害怕而已。」

「嗯……我當然了解。」

「……這裡是滄海孤島，沒有逃生的地方。假如我的想法沒錯，或許我不會被殺。你也不是受邀的天才，或許也不會被殺。可是，你重要的朋友玖渚友小姐就危險了。沒有任何人，甚至沒有神可以保證玖渚小姐的肩膀不會變成一片平坦。已經沒有時間在那裡悠哉地玩推理遊戲……事情不趕快解決，就來不及了。我來這裡並不是要逼問光小姐，我是想玖渚小姐是工程師，說不定能夠開船吧？如果可以的話，就用那艘快艇逃脫……」

「……等一下！」

我伸出右手，打斷彌生小姐。彌生小姐一臉詫異地抬頭，光小姐也狐疑地看著我。只有玖渚沒有看我，用微微呆滯的眼神凝視遠方，我現在的表情或許跟玖渚也一樣吧。

呃……說到哪了？為什麼我剛才打斷彌生小姐說話嗎？

對！的確——

「請再說一次。」

「……什麼？」

「剛才的話，請再說一次。」

彌生小姐愣了一愣。

「如果可以的話，就用那艘快艇逃脫……」

「不是那句。」

「說不定能夠開船——」

「不，也不是那句。」

「……呃，我來這裡……是這句嗎？」

「不對，不是那句。總覺得有什麼耿耿於懷，但不是那句，應該更前面。」

「我已經忘了。」

「那快點想起來！彌生小姐，妳之前說了什麼？」

「……事情不趕快解決……已經沒有時間在那裡悠哉地玩推理遊戲……」

「不對，那種事不用說也知道。事情不趕快解決？那根本就是廣告臺詞嘛？已經知道的事情無關緊要。彌生小姐，應該是在那句的前面附近。」

「……不行了，我只能想到那裡。」

「小友！」我看向玖渚。「妳應該記得吧？」

「嗯。」玖渚迅速點頭。

然後猛然用小手在脖子上一劃。

「人家的肩膀就會變成一片平坦——呦。」

「——賓果！」

是了——就是**那句話**，就是對那句話耿耿於懷。對那句話耿耿於懷的理由，是因為那一句暗示著我不願想像的未來嗎？不是那樣，不是那種迂腐的理由，壓根兒就不是那樣。

這才是，這才是真正的關鍵。

羅塞達石碑（註21）。

「請問——」

21　西元一七九九年拿破崙遠征埃及時，在尼羅河口羅塞達發現的石碑，為解釋古埃及象形文字的可靠線索，現藏於不列顛博物館。

「安靜一下，我想想看。這條路線可能是對的，沒有錯！只要抵達這裡，不論是跟京都的地形相比，或是跟札幌的地形相比，都一目瞭然。假設答案已經出來，接下來就只剩證明了。」

我暗自推敲。

玖渚也凝神思索。

所有的材料，應該都齊了，有那種感覺。不，材料本身早就齊了。當玖渚的電腦遭人破壞的那個階段，縱使我已經抵達真實也不奇怪，因為那些材料業已擺在我的眼前。第三起事件並不是關鍵之鑰，那終究也是材料之一。

而如今，終於取得關鍵之鑰。

這次總算成功取得。

然後，正如只要擁有鑰匙，就能立即開門，我也即將抵達答案吧。猶如零和遊戲，如同有必勝法的單純迷宮——

玖渚應該也是如此。

砂山即將告竣。

「——真是，這才是戲言啊——」

然後。

片刻之後。

「——**是這個嗎？**」

我喃喃自語。

可是，這個……

「——**不對吧……應該不是這個吧……**」

應該不是這樣。

不可能是這樣。

豈有此理？

不但沒有矛盾，而且有整合性，同時合理，符合邏輯，完美無缺。可能性就只剩下這個……已經無法再堆積更多的砂子，但是……

總覺得很不安，總覺得很不穩定。檢查再多次依然無法放心的最後一道考題，就是那種感覺。儘管不可能出錯，但不安仍舊無法消除，就是那種感覺。無法擺脫那種感覺。

怎麼一回事……這種隱隱約約的不適感。

「小友……妳覺得呢？」

「唔咿～」玖渚沉吟。

「不是人家覺得如何如何的問題唷，這個當然也只能如此哩。人家會介意**手指**，就是因為那樣吧……可是，這樣子啊……」

玖渚好像也跟我相同，感到一種茫然若失的不穩定。光小姐和彌生小姐宛如看著火星人般地注視我們，不，或許是金星人才對。但不論是哪一種，都是微不足道的小事。

「……可是，只有那個吧。」玖渚比我更早接受事實。「因為只能那樣想，所以就只有這樣囉。」

「……是啊。倘若可能性只有一種，即便是多麼不可能的事情，那一定是真實。」結果只能依賴選擇性思考。要是赤音小姐聽見了，或許會心裡不舒坦，但如今也沒有必要在乎她的感受。如果將這個視為同一犯人的連續殺人事件，可能性就只有一個。可能性只有一個，就代表準確率是百分之百，別無他想。

好！

承認吧。

儘管我一點也不喜歡，但這傢伙是現實，這傢伙就是真實吧。

反正**那**也只不過是本人戲言的感傷罷了。

「你好像妥協了喔，阿伊。」玖渚說：「那麼接下來要怎麼辦呢？」

「不論如何……這裡都太寬敞了，是啊……」我又陷入沉思。思考這類事情，我比玖渚更為適合。雖然我不太會下日本象棋，不過倒很擅長擺殘局。「那麼……彌生小姐、光小姐，可以請妳們幫個忙嗎？」

「咦？」兩人發出美麗的雙重唱問號。

我站起來。

「……這麼一來，一局上終於結束。縱使丟了好幾分，還不算截止比賽（called

game）。現在總算三人出局，那麼，終於輪到一局下，換我們攻擊了。」

「一棒一壘手彌生，二棒中外野手小光，三棒捕手人家，四棒投手阿伊。」

玖渚砰咚一聲從床上躍下，綻放藍天般的笑容。

「反擊開始囉！」

第五天（3）——鴉濡羽

佐代野彌生
SASHIRONO YAYOI
天才・廚師

結束吧。

10

話說回來。

鴉濡羽在俄語裡似乎有「絕望的盡頭」之意。這麼一來，用有點羅曼蒂克的表現法來說，或許這座島上是絕望人們的終點站也未可知。正如愛的相反詞並不是恨而是無視，希望的相反詞當然也不是絕望。可以無所謂地放棄一切的無力感，才是希望的相反詞。可以容許一切事物，可以肯定所有事物是「那樣就好」，具有如此絕對說服力的無力感才是希望的相反。

正因為擁有一切，所以什麼都不需要。

在平均化的那條線的遙遠彼方。

可以比喻為所有感情終點的場所。任誰都曾經以摻雜憧憬的欣羨目光眺望，那個放任自流的湖泊對岸。位於禁忌的反面，擁有與現實連接的對等寬敞，但又保持與剎那相同密度的那個領域。

為了到達那裡，需要莫大的犧牲。不僅如此，那還是沒有任何保證的單程票。

可是。

即使如此。

仍舊有人抵達那裡。

因為某種失誤。

或者是某種成功。

伊吹佳奈美、園山赤音、佐代野彌生、姬菜真姬。

赤神伊梨亞、千賀彩、千賀光、千賀明子、班田玲。

然後是玖渚友——

或許這其實是無謂的感傷，不過是無聊、毫無價值的戲言。然而，宛如在作弄人，這個戲言還有下文。

真是的……究竟要滑稽到何種程度？

我這個人啊。

「知道了什麼嗎？」

第五天的晚餐會。

據說有私人工作，因此明子小姐的位子空著，其他九個人則全數到齊。九個人，直到前天為止，不過是前天為止，還有十二個人圍著這張圓桌。

「不能再問一次嗎？玖渚小姐，你們不是還在進行各種調查？唔，知道了什麼嗎？」

伊梨亞小姐重複相同臺詞。

看起來非常愉快。

應該是非常愉快吧。

一定很愉快。

因為這個人，可能也是內心自成一個世界。因為這座島，這座叫做鴉濡羽的島，對她而言就是全世界。

「要不要再問一次呢？」

「完全、根本、一概、毫無一絲頭緒。」我回答：「怎麼了？有什麼不對勁的嗎？」

「沒有——只是覺得呀，這種事情終究要專家才行。」伊梨亞小姐陶醉地說：「既然如此，到三天後為止，還是這樣集體行動最好吧。」

「三天後嗎？」深夜先生說：「——話說回來，伊梨亞小姐，妳似乎對那個人相當期待……究竟是怎麼樣的人物？在什麼機緣下認識的呢？」

「私事不便多提……」伊梨亞小姐浮起苦笑似的笑容。「不過，我可以說明那個人是怎麼樣的人物。該怎麼說呢，是了，是很可怕的人，畢竟是**人類最強**的承包人啊。可是，腦筋很好喔！一定沒兩下就可以替我們解決事件。呵呵呵，我真的很期待。」

「……」

——名偵探嗎？

在名偵探出場前解決事件，這算是失去配角的資格吧，我略為自虐地胡思亂想。但是，我們畢竟是性命交關，也有許多私人恩怨，沒辦法悠閒地等待主角登場。基本上，這種事情定然是遲到的人不對吧？

真姬小姐在我旁邊嘻嘻嘻嘻地笑。

這個人也真是的，似乎是在看好戲。是洞悉我的想法？或者是看著即將上演的鬧劇而笑呢？或許也包含那些吧，但真姬小姐發笑的理由可能不僅只於此。真是的……吞噬真實世界的一切竟還笑得出來，這個人究竟是何等人物？

或許值得尊敬。

我將視線移開真姬小姐。

「哀川大師將在三天後的白天，或者更早抵達本島。那樣一來，一定立刻就——」

正當伊梨亞小姐得意地述說名偵探之事，「受不了啦！」隨著突如其來的大叫，響起餐具翻倒，陶器劇烈擦撞的聲音。

是彌生小姐。

她砰咚一聲站起，用右手掃落自己烹調的滿桌料理。接著，猛力一扯被料理弄髒的桌巾，餐具因此接二連三地從桌上滾落、碎裂，餐廳不斷響起刺耳的聲音。

「我受不了啦——」

彌生小姐砰一聲用力擊打桌子。

「佐代野小姐——」

光小姐從椅子站起，想要勸解似地靠近她身旁，但彌生小姐一把推開她。

「什麼啦！給我差不多一點！我才不想陪你們咧，這種鬧劇！什麼名偵探！什麼密室！什麼無頭屍！又不是推理小說？有人被殺了耶？為什麼大家還可以一邊說這種事，一邊吃飯！有人被砍頭了耶！不要一邊吃我的料理，一邊說那種事！竟然能夠如此冷靜，你們大家的腦子都有問題啦！為什麼有人被殺還可以若無其事？你們真令人作嘔！這裡何時變成有人被殺也無所謂的國家了！」

「佐代野小姐——」跌坐在地的光小姐說：「請冷靜下來。那個——」

「你是犯人耶！」彌生小姐怒吼更甚。「肯定是那樣！不是很明顯嗎？只有妳有那間倉庫的鑰匙，半夜也去過園山小姐的房間嘛？就是那時下手的！就連伊吹小姐，也一定是妳殺死的！」

「那種事沒有任何證據啊。沒有證據就不應該說那種話，彌生小姐。」我盡可能用冷靜的聲音訓誡彌生小姐。「沒有任何證據顯示光小姐就是犯人——」

「證據？那種、那種東西跟我無關！」

「可是，光小姐沒有理由要做那種事。」

「誰知道砍下別人首級的異常殺人犯在想什麼？反正一定是用來進行什麼儀式？鐵定是用來召喚神明！我受夠了、受夠了、受夠了啦！幹什麼？別靠過來，是想要取我的首級嗎？我才不會讓妳得逞！」

「彌生小姐，請冷靜下來。」

「我不但很冷靜，而且很正常！發瘋的是你們！你們的腦子都錯亂啦！噁心死了，別欺人太甚，我才不要陪你們咧！一群大人的腦袋串在一起，想要幹什麼？我沒辦法跟你們溝通！那是哪一國話？你們在說哪一國話？名偵探？密室？斬首？那是哪一國話啊！這裡只有我是地球人？既然如此，我要走了。我已經不想待在這種瘋狂的小島，不想再跟你們說話了！」

彌生小姐接著又「砰」一聲拍打桌子。

「我不信任你們，我要一個人守在房間，斷絕一切往來。假使你們願意讓我離開，隨時來叫我！除此之外，別再干預我！別再管我了！」

彌生小姐丟下這句話，憤憤然地離開餐廳。

「佐代野小姐！」光小姐又喚了一次，但彌生小姐沒有回頭，不久身影也消失了。

「……」

一時之間，室內充滿尷尬的沉默。

「哎呀呀。」伊梨亞小姐終於聳肩苦笑。

「明明是很客氣的人，想不到竟如此強硬。倘若沉不住氣……」伊梨亞小姐接著嘆氣般地說道：「傷腦筋哪！哀川大師好不容易願意駕臨，沒辦法讓嫌疑犯離開呢——光，這是妳的責任，想辦法說服她喔。」

「……是。」光小姐垂首回應伊梨亞小姐。「我知道了，小姐。」

「啊——美食就這樣浪費了。彩，妳可以立刻重做嗎？真是的，明子這時候到哪去了……」

正如伊梨亞小姐所言，美食的確是浪費了，但這種程度的表演也算是必須花費吧。反正也不是我的錢，儘管不應該浪費食物，但浪費的人也不是我，是烹調本人的彌生小姐。

旁邊的玖渚不勝惋惜地瞅著地板上的餐具碎片，不是食物，而是餐具。顏色也是白色，或許是想起了自己的電腦吧。

「嘿！三棒捕手。」

「唔咿？」玖渚轉向我。「什麼事，阿伊？」

「我差不多該走了，這裡交給妳了。」

「知道了。」玖渚點點頭。

然後我站起身，朝房門走去。

身後響起打鬥的聲音。回頭一看，玖渚正越過桌面，用身體抱住**深夜先生**。雖然是令我有一點嫉妒的景象，不過眼下還是——忍耐。

而且……

也不能帶玖渚一起去。

我閉起單眼，在走廊奔跑，上了樓梯，接近彌生小姐的房間時，終於發現彌生小姐的身影。彌生小姐靠著走廊牆壁，一副無事可做的模樣。

彌生小姐轉過頭來，發出「啊——」一聲安心的嘆息。

「怎麼樣？」

「演技精湛。」

「倒也不是演技，一半以上是真實心聲……」彌生小姐跟我併肩行走，側頭說道。

「……可是，真的有那種事嗎？**那個人**竟然是犯人……」

「妳也已經確認過了吧？」

「的確**氣味**是那樣……但我對嗅覺比較沒有自信，因為我不是狗。」

「可是兩者挺像吧？」

「那不是讚美之詞喔。」

「嗯，佳奈美小姐也對我說過類似的話……『像什麼什麼一樣』並不是讚美之詞。」

不過呢，即使不是彌生小姐，對任何女性而言，跟狗相提並論都不是一件愉快之事吧，我老老實實地向她道歉。

然後，我們抵達彌生小姐的房門。

「……接下來怎麼辦？」

「彌生小姐請先回餐廳，因為很危險。」

「……那麼，你為什麼要故意做這種危險的事？」彌生小姐狐疑地問：「總覺得還有其他方法……當然這只是我的猜測，但總覺得你好像是故意從可行方法中選擇最危險的一種。」

「……」

「世界上有暴食死亡跟飢餓死亡的人，前者占壓倒性的大多數……儘管如此，你似乎是屬於後者的類型。」

「你把我估得過高了。」

「這不是讚美之詞喔。」

「我先走了。」彌先小姐點點頭，朝來時路緩緩離去。

「危險啊……」

我獨自低語。那種事情我當然明白，明知就裡而決定做這種事，或許我的確是飢餓死亡的類型吧。

雖然那才是戲言。

於是乎，我便輕輕地、小心地、緩緩地開啟彌生小姐的房門。

薄暗中——看不清楚裡頭的情況，

朝室內踏入一步。

就在那一瞬間。

颼！

破空聲。

我向前翻滾，滑入室內。然後，用單膝跪起，將閉起的單眼睜開。如此一來，便可大略掌握漆黑室內的情況。

那個人物反手關上門。我清楚看到那張臉，曉得自己的推測正確。對方浮現略為吃驚的表情，可是那也只是一瞬間，右手握著柴刀——柴刀！正對著我。

無言。

對方一語不發。

「呼——」我調整呼吸，從地面站起。

儘管設下這種陷阱，但真的好久未與人動武了。雖然身手並不弱，但返回日本後的數個月，也荒廢了好一陣子。

對方可能是判斷應當速戰速決，便率先採取行動，躡手躡腳地朝我走來。既然玖渚制住深夜先生，只要爭取時間，援軍應該隨後就至，我沒有必要主動攻擊。相較下，我倒是想要逃亡，但是對方背對著房門，應該也不容易吧。

總而言之，避開對方的攻擊——我只須全神灌注在那件事即可。然而，這種符合本人風格，太過符合本人的消極性思考並不好。由於視線完全集中於對方的柴刀，我完全沒有注意到自己的腳。

對方以柴刀為餌，一個掃腿攻來。那一招成功破解我的守勢，我仰面一倒，背部重重撞上地毯。對方一把按住我的肩，騎在我的背上，投球權兩下子就被奪走了。

「……」

這幾乎等於大局已定。我平時早上應該不要散步，而是跑馬拉松嗎？或者返日後應該繼續到道場修行？

「……唉呀……」

唉，也罷。反正我在這裡遇害，對事態也沒有任何影響。玖渚此刻應該正在向眾人說明真相，彌生小姐也差不多抵達餐廳了，對方終究是無法逃脫。我縱使打輸比賽，輸給對方，卻也並非吃了一場完全比賽（Perfect Game）。

故事這樣就好了。

好吧，就用那把柴刀——

用那把柴刀。

「**去死吧**——」

對方那個冰冷、熟悉的聲音。

讓我意識到輕易放棄的自己。

就是這種感覺嗎？

為什麼？為什麼我會如此輕易放棄自己的生命？

是因為不想活下去嗎？

雖然並不想死，但也並非想活。儘管活著很麻煩，但也懶得求死。

重要的東西、渴望的東西、想保護的東西，我都沒有嗎？所以，才能夠如此輕易放棄嗎？

「——不。」

不對。

那是因為即便我在這裡死亡，也不會造成任何人的麻煩。因為，不會造成玖渚的麻煩。

真姬小姐。

妳也有看過這個發展嗎？若然，真的得感謝妳什麼都沒告訴我。真姬小姐洞悉一切卻不置一詞的理由，我如今終於懂了。

應死時刻即是死亡最佳時機。

雖然我尚未抵達那個境地。

的確。

一如明子小姐所言，我最好去死一次吧。真是的，啐！

是啊——

可是，柴刀遲遲沒有揮落。停頓在高舉之處，一動也不動。我心下生惑，凝視對方。那並非意欲狎玩、嘲弄對方的表情，而是拚命想要揮下柴刀的苦悶、蹙眉神情。

「**你都不閉上眼睛的啊——**」

還有一個人！

跟騎在我身上的人不同的聲音。從我的位置無法看見，但是第三個人物似乎用手抓住揮起的柴刀，牢牢地固定住。

是誰？是彌生小姐來救我嗎？或者是玖渚趕來了？可是，這兩種可能性都非常低。

第三個人物終於奪走對方的柴刀，同時在那一瞬間，朝對方全無防備的側腹巧妙地、漂亮地一個下踢。對方禁不住翻倒，撞向前方的沙發，但立刻站起與第三個人物對峙。

我的角色頓時降格為旁觀者。

第三個人物此時不知為何扔下柴刀，明明是攻擊對方的絕佳武器。我內心詫異無比，莫非是運動家精神？在這種狀況下？

不同於和我對敵的情況，對方終究不敢冒然飛撲。然而，對方是有時間限制的。倘若不及早解決，難保向眾人說明完畢的玖渚不會率眾前來。

可是，第三個人物並不打算發生跟我一樣的失敗。咚一聲蹬地，然後朝對方躍進約莫兩公尺。接著比了一個宛如日本拳法的動作，利用前進的衝勢擊出正拳。正常應該朝後方或兩側閃避，但對方不過身子一側便已閃開，同時向前一衝，揪住第三個人物的頸部。可是第三個人物毫不閃避對方的手臂，繼續擊出正拳。因為對方的攻擊動作進行到一半，避無可避的情況下，那一拳正中心臟位置。

「嗯……」

對方逸出一聲嗚咽，但並沒有鬆開扣住喉嚨的手。對方並未用蠻力硬拚，順勢穿過第三個人物的脇下，用後踢朝腿肚的方向踹去。

身體浮起。

下一步應該是靠力量將第三個人物踢倒在地吧。就連在一旁觀戰的我都以為勝負已分，但結果並非如此。第三個人物以對方的手臂為軸，向後一個翻滾，在半空變換姿勢，當兩人身體著地時，已變成鎖臂姿勢；宛如一場柔道的攻防戰。

一瞬間。

意外輕微、令人傻眼的骨折聲響在昏暗的房間響起。

第三個人物鬆開手臂站起，對方也跟著起身，但還來不及站直，應該已經骨折的那隻手旋即被無情地踹了一記。對方的身體在半空浮起，飛越沙發，在另一側墜落。噹啷一聲，茶几上的玻璃杯應聲碎裂，對方的身體滾倒在對面的沙發上。

第三個人物颼地一聲，一息不亂地重新擺好姿勢。

勝負揭曉。

「……」

我完全無話可說。

第三個人物總算朝我看來，神色木然地說：「死的時後應該要閉上眼睛才對。」我全身無力，喃喃自語道：「……像我這種傢伙不是最好去死嗎？」

「啊啊，那是──」

玉首一偏。

「騙你的。」明子小姐如是說。

我緩緩搖頭，朝明子小姐伸出手。雖然覺得機率只有一半，但明子小姐握住我的手，將我拉了起來。

「──妳為什麼在這裡？」

「沒有理由，必然而已。」

「妳在說什麼？」

「請不要介意，戲言而已。」

那也是——

那也是我的臺詞。

哎呀呀……

「……謝謝。」

明子小姐扶起我，倏地鬆開玉手。然後，依舊用沒有對焦的瞳孔注視我。

「道謝就省了，更重要的是——」

停頓俄頃。

「……我有件事很在意。」

「什麼？」

明子小姐這話意味深長。這種時候，究竟她打算說什麼呢？完全無法預料。

陰暗不明。

即便眼睛已經完全習慣黑暗。

卻仍然無法解讀明子小姐的表情。

宛如自己的心。

宛如他人的心。

「……白天的問題。」明子小姐用眼鏡後方的冷峻眼神，淡淡地問我。「……雖然知道那是比喻……但那是指玖渚小姐？還是指**你**？」

被關在地下室的小孩。

十年間，沒有跟任何人說過話。

「……啊啊。」

我——

我又毫無意義地意欲觸碰明子小姐的手。

然後準備回答問題。

一瞬間，手指跟手指接觸。

然後——

在手指分離的剎那。

刺穿耳膜的聲音。

彷彿衝擊波在體內奔馳。

明子小姐的身體朝我的方向倒下。

撲通一聲。

變成了我擁著明子小姐的姿勢，明子小姐軟軟地依偎著我。輕柔溫潤的身體感觸一如外觀，然而我沒有時間享受，我的視線牢牢盯住沙發方向。

更正確地說——

是佇立在那裡，拿著手槍的**她**。

超然而立的她。

牢牢盯住。

「……」

黑色、相當流行的那個形狀，我在休士頓也見過幾次，但完全沒想過會在這個國家看見。

竟然有奧地利克拉克槍……

但**如果是她**，擁有那種東西也不容置疑。可是，為什麼至今都不使用呢……那種事情不用想也知道。雖然這幢宅第太過寬敞，但也沒有大到聽不見手槍的聲音。總之，這也正是她的最後王牌吧，應該用殺手鐧來形容，絕對不想使用的手段。

那樣的話——

那樣的話，逼迫她使用，就是我的勝利了。我這裡還……留有王牌。也許只是錯失了顯示的時機，然而如今才是真正結局。

「……　　——　。　……」

所以，這才是結局的下文。

最後一幕的補足。

「——　……　，　——

聲音。　　　　　　　　　。」

淡淡的聲音。

然後。

槍口指著我的臉。

「　　——」

她說。

「　　　　　　　」

她說了某些話。

她說了什麼話？

剛才槍聲震壞了耳膜嗎？我聽不見她的聲音。不，耳膜本身應該沒事，只不過是一時麻痺。然而在這種狀況下，那根本沒有分別，我不認為她會等我恢復聽力。

究竟說了什麼？

有一點介懷。

這樣就要將軍了。

永別了。

你真傻啊。

你究竟想要做什麼？

竟然在這種節骨眼死掉。

究竟是為了什麼而活？

——她會對我說的話，大概就是那些吧。不，說不定什麼都沒有說，也許是那樣吧。

無論如何，聽不見的臺詞就沒有意義。

正如沒有化為言語的想法沒有意義。

「……」

我——

我無力地看著她。

越過明子小姐的肩膀，

越過手槍的瞄準器，

看著她。

「……唉呀……」

果然——

果然我就到此為止嗎？

自己遇險時有人會及時現身救援，我當然不會相信那種好事……也想過事情大概會是如此。儘管將明子小姐拖下水非我本意，但事及至此，嗯~也算是一如預定吧。

因為我的預定只有一個，

就是不要將玖渚捲入其中。
其他什麼事都無所謂。
真的都無所謂。
沒力氣，不關心。
沒有前面。
沒有後面。
出生的事情早已遺忘。
生存的真實感與我何干？
現實對我而言，只不過是幻想的相似詞，絕對不是夢的相反詞。
已經。
明子小／姐依／偎／著的身體。隱隱／作痛的／腳踝。麻痺／的思緒。毀壞／的價值／觀。融解／的倫理。崩塌／的道德。佳奈／美小姐的／首級。赤音小／姐的／首級。事／件的真／相。犯人／。／殺人／犯。殺／人鬼。
化為一段一段的她。
那些事情怎樣都無所謂。
全部都能宥恕。
所以。
請扣下扳機——

結束一切吧。
喀嚓。
扳開擊錘的聲音。
我在休士頓已經聽膩了。
所以——終於——
在這裡。

「阿伊！」

房門被人猛力摔開的聲音。
光線以排山倒海之勢湧入，眼睛突然喪失機能。可是，那個身影無須使用視覺器官辨識，我早已知道站在那裡的人是誰，原本麻痺的鼓膜也只能聽見那丫頭的聲音。
然而，那卻是，
一時之間難以置信的事情。
玖渚友，一個人，站在那裡。
胡來！豈有此理！**為了阻止那種事情發生**，我才將玖渚留置一樓。正因為玖渚無法一個人爬樓梯，所以我才將她一個人留在一樓——玖渚不可能一個人抵達這裡。
可是，玖渚確實是一個人。

那雙秋眸裡噙著淚珠。
極度憔悴的神情。
非常痛苦地喘息。
小手撫著胸口。
硬是支撐著搖搖欲墜的身體。
一個人，站在那裡。
「……怎麼會……」
等……等一下啊！不可能有那種事吧？應該有誰站在身旁。如果不是跟誰在一起，她不可能登上那個螺旋梯。一階、兩階也就罷了，可是現在……
不可能。
縱使如此，
即便是不可能的事情，
真的是一個人到這裡的嗎？
到這裡。
那是——在物理上而言，的確不是不可能。然而所謂的強迫症，並不是那麼簡單的事情，不是藉由意志力就能夠克服的單純疾病。我非常了解，要違逆自己的潛意識，並不是那麼容易之事。
儘管如此。

儘管如此，玖渚她。

聽見了槍聲。

明明痛徹心腑，稍有差池很可能因此喪命的痛徹心腑，卻仍竭力爬上樓梯。

甚至忘記請他人陪同。

忍住噁心，按著心臟。

奮力抬起僵直的雙腿，鞭策著怯懦的精神。

憑藉那顆生存上太過脆弱的心靈。

克服無間地獄般的痛楚。

最後趕到我的地方嗎？

喪魂落魄，豁出一切——

玖渚友。

為了我。

「……為什麼？」

胸口一緊。

那是極度殘酷的悲痛。

我究竟要滑稽到何等程度？

這份感情。

這份痛澈心脾的感情。

究竟是叫什麼名字……

「妳為什麼——」

妳為什麼，總是這個樣子……

撼動著我？

妳這丫頭。

真的，從以前開始。

一點也沒有變。

「——哼……」

突然。

她颼一聲將那個槍口。

移開了我，朝向玖渚。

「等……」

妳在做什麼？妳要射的人——應該是我才對。為什麼要將手槍轉向那裡？那種必然性不是根本不存在嗎——又或者那種東西，那種無聊的東西根本不需要？必然性那種東西，真實感那種東西，根本就不存在於機會主義的現實世界嗎？

我的眼睛漸漸習慣這光線，她也應該一樣吧。可是，不像我跟她是從暗到明，從明到暗的玖渚此刻還無法認清她的身影。因為從明到暗比從暗到明更花時間，倘若現在射擊，玖渚根本避無所避。

我彈身而起。

然而，如今任何行動都已經遲了，沒有任何意義。現在不可能趕到玖渚的位置，我不可能比子彈的速度更快。即使能夠，那也沒有意義，我不能死在玖渚面前。已經遲了，又跟五年前一樣遲了。我老是會遲一步。

既然如此。

我可以做的事情已經——

「啊！」

玖渚似乎捕捉到我的身影。她根本沒有看手槍，完全沒有放在眼裡，只是指著我嫣然一笑。

「太好了，阿伊你沒事。」

那個微笑。

完全沒有顧慮自己的微笑。

慘兮兮的笑臉。

一點也不理解狀況的玖渚。

我。

真的。

「——我很喜歡那丫頭。」

對！

那是無論何時都再明白不過的事。

對我而言太過明白，不用化為語言，因為我跟玖渚之間不需要語言。

那是天經地義的事。

那種事情早就有所覺悟。

從我第一次見到她開始，

就選擇了玖渚。

猶如對其他事情不屑一顧。

就算我，

不被喜歡、不被選擇也無所謂。

「所以，請住手。」

我向她祈求。

她一時間沒有動作，但終於，

「——呵呵！呵呵呵……」

一轉手槍，將槍口朝向地面。

然後又繼續笑了一會兒。

「呵呵呵呵……呵、呵呵呵……」

就像真的發生了什麼開心之事。

宛如歌唱般笑起來。

我拖著雙腿走近玖渚，摟住她的肩。玖渚的體溫很高，僅從這點事實便可想見她是多麼拚命趕來這裡。我庇護般地抱著玖渚，同時將視線轉向她。

她看著我們。

看著簡直像在擁抱的我們。

「儘管尚有諸多不滿——」

然後。

開口了。

「——不過，既然可以從你這種男人口裡聽見那麼老實的臺詞——這次就算了吧？」

她如是說。

「因為那是昨晚你沒說出口的話嘛。」

她——

園山赤音小姐戲謔地說完，然後扔下手槍。

2

「嗚哇！你身上好多瘀青哩，阿伊。」

玖渚捲起我的褲管，用力摩擦腳踝附近。這個藍頭髮的！不知道瘀青這樣摩擦會痛嗎？光小姐不知從哪拿來鎮痛貼布，貼在傷處，有一種猝然被攫奪體溫的感覺。這真是舒服啊。

「赤音好厲害咩！唔，不過原本看起來就不柔弱。」玖渚感慨萬千地說：「可是，阿伊不知道嗎？」

「怎麼可能知道……誰想得到ＥＲ３的七愚人會強到那種地步……又不是電動玩具。」

完全小覷她了。不論如何，壓根兒就沒想到對方會高強如斯，也沒想到她會準備手槍。儘管至今也經歷過數次性命交關的情況，但這次也算是其中數一數二的危機。

「假如明子小姐沒有趕來幫忙，事情就大大不妙了。」

「小心一點呦，因為不是阿伊一個人的身體。」

「是那樣嗎……」

在那之後——

以治療傷者為第一優先，極端常識性的劇情發展。雖然當時並不覺得有何大礙，但隨著時間流逝，最初挨的那記掃腿，痛楚開始如實顯現，因此如今正在玖渚的房間接受治療。

「背部也撞到了嘛……很痛吧？」光小姐說：「請您多加小心，赤音小姐高中時曾經參加空手道社。」

「好像曾經聽過……」

「曾經參加全國大會。」

早點說嘛！

「啊啊，不過好像只贏了五場。」

「全國大會贏五場的話，應該就是冠軍了。」

順道一提，赤音小姐的傷，首先是右手骨折。另外，一開始被踢的當時，肋骨好像就已經斷了四根。那是足以稱為重傷的傷害，但竟然還能夠站立，真的非常了不起。

現在正由彩小姐和明子小姐進行治療。

至於那個明子小姐。喉嚨被揪住的時候，赤音小姐的指甲陷入皮膚，聽說有些微出血，但除此之外沒有任何傷痕。槍聲響起時，我以為鐵定射中明子小姐的背部，但事實上並未擊中。原本以為她是因為中槍的衝擊，才會倒向我的方向，然而並非如此，據說那是為了躲避子彈的結果，是聽見擊錘聲音的反應云云。

她是霹靂嬌娃嗎？

而且之後還裝什麼死人咧！

「啊，應該不是那樣喔。」祖護妹妹的光小姐說：「明子是想當您的擋箭牌。」

「擋箭牌……」從外觀上看起來，那個姿勢確實也能如此作解。「那是捨身來保護我嗎？」

「不，倒也不是捨身，因為明子的圍裙洋裝有經過防彈加工。」

「防彈加工——」

看來並不是嬌娃，而是戰鬥女僕。

現實是跑到哪去了？

「嗯，衣服內襯縫有光譜纖維（Spectra），跟杜邦克維拉（KEVLAR）不同，光譜纖維不論被擊中多少次，防彈效果都不會降低。因為很輕盈，也不會悶熱。明子在近距離上是所向無敵，因此特別注意長距離的防禦。這件圍裙洋裝，您看！裙子的部分很長吧？功能就像合氣道的褲裙，聽說很方便。」

「……」儘管覺得應該是玩笑話，可是光小姐的表情很難判斷。這也給她放水流比較好嗎？「……話說回來，明子小姐為何那般厲害？莫非光小姐也很強？」我一邊略向後退，一邊問道。

「不……明子小姐基本上是小姐的保鑣，跟我們的任務完全不同。喏，您也沒有看過明子小姐跟我們做相同的工作吧？」

這麼說來，確實一直只有光小姐跟彩小姐在工作。沒有發現那件事，或許是曾經加入ER計畫的我的一大失敗。聽她這麼一說，的確……

「可是，想不到她會幫您……從外表應該也看得出來，她是相當冷淡的人喔。幫助您就算了，但竟然還挺身相護……實在是常識上無法想像的現象。」

「就是說啊，為什麼呢？」

「不知道，因為她很反覆無常。」

淨是一群反覆無常的人類。

可是，總覺得也不是不能了解。雖然我依舊無法全然理解明子小姐的情感，不過，她對我而言是怎麼樣的存在，我對她而言就是怎麼樣的存在吧。

明子小姐應該是，

僅僅單純地，

想要詢問吧。

「雖然是戲言啊……」

……話說回來，今天白天被明子小姐抓住手臂時，感到一股異樣的力道，沒想到那竟是伏筆？

「背部好像沒問題……腰也是。沒有撞到頭吧？那麼，好，這樣就沒問題了。」

如此說完，光小姐貼上我的背脊，開始替我搓揉肩膀，這真是極樂天堂啊。

「那麼，差不多該去餐廳了吧？」

是地獄。

是的。除了傷者以外，此刻眾人都在餐廳焦急等待我和玖渚的登場。
無法相信的事實。
令人恐懼的事實。
「小友，妳一個人去嘛。我的傷比想像來得嚴重，沒辦法走路。」
「是無所謂呀，可是阿伊，這是在小彩面前自我表現的好機會唷，順利的話，說不定可以手到擒來呢。」
「……」
「哎喲，您喜歡彩嗎？她好像喜歡聰明的人喔。」
玖渚和光小姐非常愉悅地提案，這兩個人是國中女生嗎？
「……妳也知道，小友，我最怕那種事了。就算沒有特別說明，那種事情，自己去想不就得了？」
「阿伊，你在休士頓沒有做嗎？演講之類的，那種口頭報告呀。」
「有是有，不過每次都像地獄。結果都是『你講得太拐彎抹角』『太抽象』『我對你的煩惱沒有興趣』之類的，被別人抱怨……啊啊，知道啦！去就好了吧！去就可以了吧！」
「敷衍了事咩。」玖渚曖昧地笑了。
「不行唷！會被罵唷！那種態度。這種事情要開開心心去做呀，雖然對阿伊來說很困難。好，走唄，阿伊。先幫人家綁頭髮。」

「咦？現在這樣不喜歡嗎？」

「好像頭皮被揪人住呦，還是一個或兩個比較好。」

「嗯——可是很可愛……」

「友小姐，我來幫您綁吧？」

「唔——」玖渚搖搖頭。

「幫人家綁頭髮是阿伊的工作喔。」

「是是是。」我鬆開玖渚的頭髮，然後。

然後，準備完畢。

「那麼……出發吧？」

地獄之門緩緩開啟，我的腳步十分沉重，不光是受傷的緣故。

「真是戲言啊……」

一面低語，一面抵達餐廳。除了重傷的園山赤音小姐以外，全員到齊。

當然也包括深夜先生。

深夜先生像是已經放棄，又像終於卸下肩頭重擔，態度平靜地看著進場的我們。

真姬小姐看見我以後，噗嗤一笑。心想不知她又要取笑我什麼，但真姬小姐什麼都沒說。

餐桌上擺著全新料理，是彌生小姐在我接受治療時重新烹調。也許是心安之故，料理也比剛才更顯豪華。

彩小姐仍然尷尬似地閃避我的視線，明子小姐脖子纏著繃帶。

玲小姐靜靜地看著現場。

然後是「主人」赤神伊梨亞小姐。

以挑戰性的目光看著我。

「那麼，可以開始了嗎？」伊梨亞小姐向入席的我說：「究竟是怎麼一回事？」

「我來向各位說明吧。ＥＲ３七愚人的園山赤音小姐是犯人，伊吹佳奈美小姐的看護，坐在那裡的逆木深夜先生是共犯。」

沉默。

「……然後呢？」

「就結束了。」

「請再多講個三十分鐘。」

伊梨亞小姐蠻橫要求。

「首先，想請你說明一下，為什麼園山小姐會在那裡？」

「那很簡單。彌生小姐不是離開餐廳了？赤音小姐意欲利用彌生小姐落單的機會，將她殺死，所以才守在房間。」

我那時應該是要扳回一城，卻被對方反將一軍，最後承蒙明子小姐相救。而且就結論來說，還是有賴赤音小姐的溫情。

赤音小姐朝我揮來的那把柴刀。

一定是用那把柴刀斬首的吧。

「我很感謝明子小姐。」

「不，我不是那個意思……你應該知道吧？園山小姐不是已經遇害了？那個，在倉庫的密室。」

「誠如剛才所見，她還活著。」我聳聳肩。「若非雙胞胎，我想她應該就是赤音小姐沒錯。」

「那麼，那間倉庫裡的無頭屍呢？」

「既然赤音小姐還活著，那個就不是赤音小姐的屍體。那是——合理性思考。」

「是別人的屍體？」

「有無頭屍的話，就要懷疑是否被掉包，那不是推理小說的鐵則嗎？我想伊梨亞小姐看上的名偵探也一定會這麼說。」

伊梨亞小姐彷彿無法理解似地歪著脖子。

「呃，請等一下，我想想。」她似乎打算自己思索，我也有些佩服她的氣魄。

「嗯……」

「既然如此，我可以藉機問一個問題嗎？」深夜先生舉手。「我有點問題想問你。」

「無所謂。」我點頭。我以為他可能要問我是何時發現真相，或者為何認定他是犯人之類的問題，但深夜先生的問題卻大出意料之外。

「你的腳傷沒有大礙嗎？」

「……是的，只有瘀青而已。」

「是嗎？沒有折斷啊，那傢伙……」深夜先生自嘲地笑了，然後低下頭。「或者是下不了手嗎……真不像她啊……不，或許應該說是像她吧……」

我無法理解深夜先生的自言自語。

「不行了。」伊梨亞小姐終於放棄。

「果然還是搞不懂，真的是掉包嗎？」

「對，是掉包。玖渚的電腦被破壞了吧？第三起事件。那是**誰都無法辦到**，真的沒有任何人。每個人都是別人的證人，根本不用什麼不在場證明、共犯不共犯的，每個人都監視著別人，誰都無法辦到，在那裡的每個人都無法辦到。既然如此，就只有**不在那裡的某個人**才能辦到，那是合理性思考。」

「到這裡尚能理解。」伊梨亞小姐說：「不用一直強調『合理』吧，你這個人還真是壞心眼……可是，既然如此，那間倉庫裡的無頭屍又是誰的？現在大家不是都在這裡嗎？沒有一個應該，或者能夠跟園山小姐掉包的人喔？這樣不是很奇怪嗎？」

「嗯，說奇怪的確很奇怪……」面對伊梨亞小姐的疑問，我提出一個比較容易理解的比喻。「妳聽過這個謎題嗎？與其說是謎題，也許比較像圈套或者詐術吧——」

我從口袋取出先前製作的不在場證明表，翻到背面。在上頭先畫一個大的長方形，然後畫上九條線。總之，就是十個小長方形緊黏在一起的圖案。

「那是什麼？」伊梨亞小姐問：「有什麼關係嗎？」

「請把這個想成電話亭，是十個電話亭，我們試著在裡面放十一個人吧。」
「電話亭是什麼東西？」
「……啊，不，就當作普通的箱子，想成房間也可以。」
「那就是十個房間囉？」
「是的。」我點頭。
順道一提，這個小伎倆是小學在書店看書時偷師的。
「那麼，將A君放入第一個箱子。但在那之前，第二個人已經先放進去了。」我在第一個箱子上打一個叉。「然後是第三個人。」在旁邊的箱子打一個叉。「第四個人。」再在旁邊打叉。「第五、第六、第七、第八、第九、第十個人。這樣十個人都放進箱子了。可是，還有一個空箱子。所以就將一開始沒有成功放進去的A君放進去。」
打上最後一個叉。
「這樣，十個箱子就放了十一個人，懂了嗎？」
「笑死人了。」伊梨亞小姐說：「第一個人根本沒有放進箱子裡吧？後面不是都多算一個。」
「對！就是那樣。只要稍微想一下就知道了，是很初級的圈套。但只要做法熟練迅速，卻很容易讓人忽略……」
「一定會發現的嘛。」
「不會發現的，事實上我們也沒有發現。」

「……我不知道你在說什麼。更何況，話題也岔開了吧？我問的是那間倉庫裡的屍體是誰。我們大家都在這裡，怎麼想都少一個人，或者本島還有第十三個人？」

「不可能。這座島就是十二個人，那是絕對的前提，不會改變。」

「那麼，那是誰？」

「現在，這幢宅第裡的活人有十一個：赤神伊梨亞小姐、千賀彩小姐、千賀光小姐、千賀明子小姐、班田玲小姐、姬菜真姬小姐、佐代野彌生小姐、玖渚友、逆木深夜先生和園山赤音小姐，最後是我。那麼，答案不就只有一個？」

我停頓片刻。

「那是伊吹佳奈美小姐啊。」

3

「放進睡袋裡的屍體，即使埋在土裡也不會弄髒。深夜先生在我們返回宅第以後，將佳奈美小姐從土裡**挖出來**，然後抬著屍體到那間倉庫的窗口，是外側喔。敲敲窗，赤音小姐從內側開窗，垂放屍體，再進行掉包。總之就是那麼一回事，如此而已。」

我若無其事地偷窺眾人的反應——特別是深夜先生——再繼續說：「很不可思議。埋葬佳奈美小姐的時候，深夜先生理所當然地拿著睡袋，當作棺材。可是等一下，為什麼會有睡袋？倘若是去露營那也罷了，受邀來宅第，不可能帶那種東西。那麼，是原本宅第就有的嗎？我當時如此認為，是伊梨亞小姐為了埋葬所提供。如此奢華的宅第裡竟然會有睡袋，連客人都提供附有頂蓋的大床，竟然還會有睡袋，雖然極不自然，但也並非絕不可能，因此我才那麼想。可是第二起事件，赤音小姐的屍體——雖然其實是佳奈美小姐——埋葬時，光小姐拿來的卻是擔架。第一個人提供睡袋，第二個人不提供，那說得通嗎？當然說不通。假使有什麼理由，至少光小姐應該會告訴我。既然如此，前提便瓦解了。這幢宅第裡果然沒有睡袋。所以，那就是深夜先生自己帶來的了。又不是露營，簡直就像一開始就知道需要棺材，知道屍體不能汙損一樣，讓人覺得就是為了那個理由。」

「無頭屍……**再利用**？」

「對，就是那樣。赤音小姐跟深夜先生利用殺死的佳奈美小姐，創造出新的屍體，虛幻的屍體。就是那樣，如此而已。」

「可是，倉庫裡有血跡。」伊梨亞小姐說：「如果那是一天以前的屍體，怎麼會有血……」

「我無法判斷那些血液是否為赤音小姐所有，警察的話應該可以。對，假使有警察的話，這種離奇的事件根本不會成立。可是，伊梨亞小姐不喜歡警察，沒有報警，那是可以想見之事。伊梨亞小姐不能報警，有不報警的理由，假如知道那件事，赤音小姐他們就能判斷，即使引起事件，也不會有警察出現。那個血跡可能是輸血用的血袋，也可能是牲畜的血，那得問赤音小姐和深夜先生。」

可是深夜先生對我的問題卻是沉默不語，未置一詞。

我繼續說道：「同樣的道理，倘若有警察的話，應該也可以區別死後一天的屍體吧。然而我們並不是專家，頂多只能分辨生死。假如死亡超過十天，我們當然也能分辨，夏季腐敗迅速的時候，或許也可以區分，但現在並不是那種季節，而是櫻花綻放的季節。」

「……幫屍體換衣服嗎？」

「對，半夜叫光小姐來，也是為了顯示赤音小姐被殺以前的裝束。光小姐到倉庫時，佳奈美小姐的屍體已經在倉庫裡了。那扇門是向內開啟的，因此只要藏在門後即可。如果自己出來拿書，光小姐自然不會主動進入房內。這裡可能就是最關鍵的時刻，若說赤音小姐有什麼必須『涉險』的場景，應該就是此刻吧。可是，有必要冒這個險。正如剛才所言，為了利用服裝讓大家將佳奈美小姐的屍體誤認成赤音小姐。同時，也為了縮短犯案可能時間，讓共犯的深夜先生有確切的不在場證明。」

那一晚，深夜先生和真姬小姐喝到天明。雖然是真姬小姐主動約他，但即使不是，深夜先生也會主動約她吧。說不定邀約的對象不是真姬小姐，而是我也未可知。不過事件已經結束，如今也無法證明。

「破壞玖渚的電腦，也是基於那個理由。因為玖渚的電腦和數位相機裡有照片，佳奈美小姐的屍體照片。如果將那些照片和倉庫裡赤音小姐的屍體仔細比對，有可能會發現那是**相同的東西**。」

「事實上也是如此呦。」玖渚說：「人家一直覺得不太對勁，應該說是手？還是手指呢？說得也是咩，佳奈美跟赤音怎麼可能有**相同的指紋**嘛。」

玖渚嘆了一口氣，似乎因為沒有當場發現那件事實而深受打擊。眾人或許以為玖渚是在開玩笑，但我知道並非如此。

真是的！

「可是，為什麼要做那種事……」

「可能性太多了。例如我認為是**為了消除自己的存在**。赤音小姐藉由重複使用同一具屍體，打造出幻影的第十三個人，而成功消除自己的存在。可以隱藏的地方太多了，這幢宅第很寬敞，沒有上鎖的房間也很多。即使要藏匿在屋外，其實也無所謂。」

「為什麼要消除自己的存在？」

「那根本不用想，一點兒都不用想。倘使自己變成被害者，倘使自己遇害，就沒有人會對自己產生戒心。簡直就像透明人，可以逃出思考和推理的範疇。這樣一來……比如想破壞玖渚的電腦也是易如反掌，對！第四起事件，想謀殺誰也是輕而易舉。不過，那方面還是得問問深夜先生或者赤音小姐——」

「原本打算殺死所有人。」

這次深夜先生回答我了。

彷若全盤放棄的冰冷語氣。

全身脫力的口吻。

「這裡的所有人哪。可是，為了達成那個目的，必須離開這個圈子。因為觀察到不是組成小團體行動，就是眾人齊聚在一個場所，當然自己就無法擅動。因此，必須離開這個圈子。」

然後從圈子外面，從比較容易下手的獵物開始依序屠殺嗎？「哈哈哈。」深夜先生虛弱地苦笑。「赤音那傢伙，那麼巧妙地脫離圈子，沒想到連一個人都沒能殺死。原本以為至少可以殺死一半……」

「剩下的就由深夜先生來說明嗎？」

「不……」深夜先生虛弱地搖頭。「全交給你了，那是你的任務，你的工作。」

我無言頷首。「那麼，關於第一個密室，應該已無庸贅言吧。簡單地說，那就是障眼法。總之，到第二起事件為止，任何時間都無所謂。與其說是計畫性犯案，或許只是基於大數法則的偶發事件，也許是地震發生後才臨時起意。雖然打算殺她，但沒有明確的計畫，地震發生後才靈光一閃。如果真是那樣，腦筋動得還真快，令人嘆為觀止。總之，地震發生了。然後，深夜先生打電話了。可是對象並不是佳奈美小姐，而是赤音小姐。接著，赤音小姐殺死了佳奈美小姐。深夜先生說佳奈美小姐告訴他『油漆倒了』，但那也是圈套之一。故意採用含糊的說法，事蹟敗露時也有藉口搪塞，連我也騙過了。」

「呵呵。」深夜先生笑了。

「那只是偶然而已。」

「是嗎，我認為那仍然有顯著差異……僅管我沒辦法下定論。總之，赤音小姐殺死了佳奈美小姐，然後為了製造密室，故意潑灑油漆。」

「既然如此，園山小姐是那起事件的犯人，至少當初沒有判斷錯誤吧。」

「正是如此，伊梨亞小姐。可能性很高，意思就是可能性很高，然而終究不過如此。因為赤音小姐製造了密室，所以我們無法肯定。當然，密室就是為了那個理由存在。為了讓自己成為**模稜兩可的嫌疑犯**，為了讓自己成為『**儘管有嫌疑，但無法斷定**』的嫌疑犯，赤音小姐製造出那間密室，然後被監禁在倉庫……」

監禁一案確實是我建議的，但縱使我沒有開口，深夜先生也可以主動提出。宅第有上鎖的房間不多，很容易預估出監禁的場所，有足夠時間探勘宅第的格局。那方面我也只能推測，假使深夜先生他們不願意說明，依然無法得知正確解答。

話說回來，赤音小姐在那天晚餐會上跟佳奈美小姐起那麼大的爭執，我想也是計畫中的行為，因為赤音小姐希望自己成為事件的嫌疑犯。

為了之後的準備。

沒有不在場證明的人只有赤音小姐（其實玲小姐也沒有），那不知是單純好運，或者亦是出自她的計算，我無從得知。可是，我想那應該還是偶然吧。

我如此認為。

「如此這般，就將伊吹小姐的屍體掉包了？」伊梨亞小姐說：「然後半夜露臉讓光看到她以後，將自己身上的衣服給伊吹小姐穿上，逃脫……接著再躲在宅第的某處。剛才晚餐時隱藏在餐廳附近，聽到佐代野小姐抓狂，得知她要一個人關在房裡。所以，就先繞去佐代野小姐的房間待機，因為沒有上鎖嘛。最後束手就擒……嗯——佐代野小姐抓狂，叱喝光，那就是你布下的陷阱吧？」

「是的。」我點頭。「仔細搜索當然也找得到，但這幢宅第實在太大了，有點麻煩，因此才設下陷阱。雖然十分驚險……」

「能夠在千鈞一髮之際解決事件，就是你的厲害之處喔。」

一時不知那是誰說的，但看來是真姬小姐。真姬小姐不帶任何譏諷地讚美我，這應該是頭一遭吧，我也不禁暗自竊喜。

「……可是，等一下。」

伊梨亞小姐用手按著頭，過了一會兒才說：「總覺得哪裡不對勁。」

「是哪裡呢……就覺得哪裡不太對勁呢。」

「應該是赤音小姐如何從那間倉庫脫身吧？」

「對！就是那個！」伊梨亞小姐雙手一拍。「就是那個，那件事還沒解釋。是深夜先生拉她上去的嗎？垂下屍體，再將她拉上去。」

「不是。深夜先生在室外的時間，只有到後山掩埋佳奈美小姐的時候。雖然那時將屍體放入倉庫，可是並未將赤音小姐拉上去，因為光小姐在半夜兩點看過她。同時，深夜先生在半夜有不在場證明，因此深夜先生不可能拉起赤音小姐，那是千真萬確之事。」

「那麼，就是深夜先生在那時塞入繩梯之類的東西嗎？」

「也不是。假使如此，必會留下痕跡。倘若使用非常長的繩索，倒也不是不可能，可是兩點鐘的時候，光小姐看見窗戶是關閉的，因此倉庫內的赤音小姐無法將繩索捆綁在室外。此時必須有共犯協助，但誠如剛才所言，共犯的深夜先生當時正忙著和真姬小姐製造不在場證明。」

「既然如此，還是不行嘛。」伊梨亞小姐耍起小性兒說：「討厭……弄得人家一個頭兩個大，都快『呼吸衰竭』了。」

「妳應該是指神經衰弱吧？」

「你就只肯說明這種事。」伊梨亞小姐苦笑。「然後呢？當然你也已經知道了吧？」

「是的。」我點頭。

「被關在房內，門從外側上鎖，窗戶的位置很高，而那扇窗戶可以自由開啟，想要從那裡脫身。伊梨亞小姐在這種狀況下，會怎麼辦？」

「沒辦法想像那種狀況。」

大小姐風格的回答。

「那麼，彩小姐呢？」

事前業已向光小姐和彌生小姐說明完畢，因此我便將話題轉向彩小姐。雖然也可以問明子小姐、玲小姐或真姬小姐，但畢竟她是我最喜歡的類型，也想藉此化解今天早上的尷尬氣氛。

「如果是我的話……是啊，伸手跳躍吧。」

「我想也是，可是，假如跳躍仍然搆不著呢？」

「用那間倉庫設想可以吧？如果我被關在那裡……假如跳躍也不行，那就站到椅子上，然後再伸手跳躍。」

「還是搆不著。」

「那事情就很簡單了。」彩小姐拚命擠出一個鬼臉。「只有放棄。」

「那話題就接不下去了。」

「所以，就結束了吧。」

唔——真是冷淡。與其說是尷尬，或許只是單純被她討厭吧。唉，也罷！我旋即切換頻率。

「剛才彩小姐提到利用椅子。不論是誰，大概都會那麼做吧。就好比猴子看到掛在高處的香蕉，也會那樣去拿香蕉。」

「你這是拐彎罵我猴子！」彩小姐俏臉通紅地怒叱。「真沒禮貌！你這人是木頭嗎？為什麼非要把我惹火了！」

失言。

看來是換錯頻率了。

「不，我並不是那個意思。而且別那麼生氣，猴子不是很可愛嗎？」

「我出生到現在從未受過這種侮辱！」彩小姐「哼！」一聲撇開頭。「我再也不理你了！」

「……」

的的確確被討厭了，有一點內傷。玖渚那妞兒，還唬我「說不定可以手到擒來」。

這根本就是反效果啊！

「呃……真是傷腦筋。總之，站在椅子上，大家都會這麼做，可是還是搆不著。跳躍，伸手，還是搆不著。好啦，那要怎麼辦？很簡單，只要站在更高的椅子上就好了。」

「那個房間裡只有一把椅子喔。」

「椅子只是一個形容詞，任何可以當作椅子的東西都無所謂。那麼，在那個房間裡還有什麼呢？」

「什麼都沒有呀，書嗎？或者是被褥？檯燈……」

「應該還有吧？我們一直看著，甚至可以說只有看著那個東西。」

所有人都靜了下來。也許是想不出來，也許是想到了。無論是哪一種，都應該是這種反應吧。

說出解答的人是伊梨亞小姐。

「……是**伊吹小姐的屍體**？」

「是的。」我頷首。

其他還需要什麼語言？

「……屍體僵硬在死後二十四小時達到最巔峰，嗯～雖然眾家說法各異。半夜兩點以後，先不管多多少少的差距，總之佳奈美小姐遇害後的時間差不多是那樣。屍體可能已經硬梆梆了吧。幫她換衣服或許也不容易，但相對的，僵硬的身體也有利用價值，就是所謂的有好有壞吧。」

「不容易……是套裝喔！那麼僵硬的屍體穿得上去嗎？關節部分也許還可以轉動——」

「要不然，相同的衣服準備兩套也可以。然後在白天身體尚未那麼僵硬時，先幫她換上。至於脫下來的小禮服，應該也是藏在門後吧。」我滔滔不絕地說：「我之所以會有這種結論，是基於砍頭的理由。那固然是為了讓佳奈美小姐的屍體一人分飾兩角，臉自然變成一個障礙。可是，我相信還有另一個理由。為了那種理由而砍下他人首級的傢伙，應該是絕無僅有了吧？對！就是為了**讓肩膀變成一片平坦**。」

「……若非如此，假使**不是平坦，就無法成為踏腳臺**？因為那種踏腳臺不穩定？」彩小姐用恐懼不安、彷若希望獲得否定答案的虛弱口氣問我。「是那個意思嗎……」

「是的。」我簡短肯定。「與其說踏腳臺，或許說樓梯比較正確。首先放好椅子，在旁邊豎起佳奈美小姐的屍體，稍微靠著牆壁的角度就可以了吧。然後，以椅子當第一階，佳奈美小姐的肩膀當第二階，最後向上跳躍。單腳跳、用力踏，然後躍起吧。如此將手伸出，就可以搆到那扇窗戶。」

因為佳奈美小姐一直坐在輪椅上，所以不知道她的實際身高。可是，既然會想到二度利用那具屍體，應該跟赤音小姐差不多吧。赤音小姐絕對算不上嬌小，即使少了一個頭，應該也有一米五。然後再加上赤音小姐本人的身高，三米多一點。接著再伸手，最後跳躍。只要手可以搆到窗戶，之後攀爬上去就可以了。佳奈美小姐的屍體可能因為跳躍時的衝擊倒下，但那樣反倒比較好，因為就不會被發現那是用來當踏腳臺。

從頸根處砍斷的理由，直截了當地說，就是為了那個。

「會那麼順利嗎？那種事……」

「就算失敗也無所謂。因為，不論多少次都可以重來。事實上，也不是一、兩次就成功的吧。可是，最後還是成功了。佳奈美小姐的屍體倒下。可能的話，應該也想把窗戶關起來，然而那只能從室內控制，因此才放棄的吧。第二天我們看到赤音小姐的屍體——其實是佳奈美小姐的掉包屍體，那時已經超過死後僵硬的巔峰期，變得較為柔軟。不過畢竟不是專家，所以那方面無法判斷。」

「怎麼可能——」彩小姐一臉慘白。那是早上那個混亂的彩小姐。宛若憤怒，又似絕望。「太殘酷了！太殘酷了！絕對不能原諒。殺了人，砍下首級，埋起來又挖出來，而且還充作別人的屍體，這樣已經很殘忍了——竟然還用來代替椅子、代替梯子、代替踏腳臺？那種事情豈能原諒——」

「『要坐在活人的身上很困難，況且還要坐上三十分鐘，是近乎不可能之事吧。然而，坐在屍體上稱不上難事』——」朗誦般娓娓道出的是深夜先生。「——這是大江健三郎說的，妳沒聽過嗎，彩小姐？」
彩小姐一臉慘白、厭惡般地搖頭。猶如小動物般畏怯，彷彿在否定現實世界般驚懼。
我禁不住嘆息。
屍體乃是空殼，裡頭已經沒有意識、人格、靈魂，甚至沒有意志和品格，對！只不過淪為單純的「東西」。同時，不論將它做何用途，主人都不會有怨言，縱使想要抗議，也沒有可以發聲的地方了。
有具無頭屍。
將那當作自己的屍體再利用。
有具無頭屍。
將它當作樓梯使用。
所以那又如何？
死亡等於結束，但活著也不代表開始。換句話說，只不過如此而已。要怎麼想是你家的事，要如何認為是個人自由，既然是個人自由，不論別人對此有何觀念，我們終究無法多加置喙。
我又嘆了一口氣。
「——說完了，伊梨亞小姐。細部說明我也懶得說了，請自己去想。其他應該隨便都能想出一個所以然。很可惜，我沒有親切到連那種事情都一一說明，請隨便自己去找理由吧。」

「細部啊……」伊梨亞小姐說：「可是，動機呢？動機不能算是細部或末節吧？」

「那要問本人才知道。」

我重複從剛才不知說過幾次的臺詞，朝深夜先生看去，眾人皆然。正當深夜先生莫可奈何地準備開口，我身後響起了話聲：「你沒有必要回答，深夜。」

一回頭，

餐廳入口的地方，

赤音小姐站在那裡。

她應該在房間休養才對。

究竟從何時起站在那裡的？

是從何時開始聽我的戲言？

手臂撐著木條的赤音小姐依舊露出大無畏的表情，宛若鄙視、輕蔑地環顧圍著圓桌的眾人。

「赤音小姐……」

ER3系統七愚人——圓山赤音。

無論何時、在哪、被誰、用何種方法、基於何種理由殺死，都無任何怨言——如此宣言的赤音小姐。然而，那是否僅意味著——無論何時、在哪、對誰、用何種方法、基於何種理由，我都原諒自己的殺人行為……

「哈……」赤音小姐笑了。

「動機？妳說動機？真是無聊死了。那種事在這個廣大的世界裡根本毫無意義，是極度平凡的東西。實在不了解你們為何對那種小事如此執著，完全無法理解。不過是一點點『偏差』似的玩意兒……」

「……」

赤音小姐冷笑道：「——我只不過想要嘗嘗你們一干人的腦子罷了！」

赤神伊梨亞
AKAGAMI IRIA
鴉濡羽島的主人

一週後——分歧

班田玲
HANDA REI
女僕領班

0

這裡是哪裡？
你是誰？

1

結果——

我跟玖渚一如當初預定，在抵達小島的一週後的白天離開，返回日本。玖渚有不喜歡變更既定計畫的傾向（那種強迫性當然並不像上下移動那麼強），因此我也稍稍鬆了一口氣。

然而，仔細一想，玖渚到這座島的理由，應該是對這裡以前發生的「各種事情」有興趣，就這樣回去可以嗎？我一問之下，她答道：「調查差不多都結束囉。」

就是這麼一回事。

在我不知道的地方，她似乎暗中調查了「各種事情」。儘管有些在意她究竟幹了什麼好事，但既然她這麼說，暫時應該沒有問題，還是趕快回家吧。

坐上來時搭乘的快艇，在其中一間船艙，我坐在沙發上，玖渚則躺在我對面的沙發上睡覺。

離島之際，心裡不免期待光小姐跟彩小姐會有何表示，但兩人只有向我公事化的道別。「謝謝，有機會再見，一路順風。」而明子小姐自不待言，一副「已經跟你說完一輩子分的話」的態度，默不吭聲。

唉，也罷。

反正我的人生也不過爾爾。

「……」

園山赤音小姐，逆木深夜先生。

至於本次事件的兩位犯人，當然不能容許他們滯留小島，如今兩個人正乖乖地待在隔壁船艙；不過我不清楚他們在談些什麼。

我們是依照預定返家，他們則是被主人驅逐。雖然跟流放外島剛好相反，但仔細一想，哪裡是外島也只是非常主觀的主觀問題。

彌生小姐跟真姬小姐留在島上。

彌生小姐對於伊梨亞小姐和玲小姐的疑慮已然洗清，但那究竟是好是壞，終究是我所知範圍之外的事情。當然，彌生小姐的人生必須由彌生小姐決定，我也不便插嘴。

而真姬小姐……

那個人，直到最後都很陰險……

「結果……妳究竟知道多少？」
離開小島以前。
面對我的疑問，真姬小姐抱以曖昧的笑容。
「你說呢？說不定我什麼都不知道，其實都是演技喔。」
「——我總覺得妳知道深夜先生和赤音小姐的所有計畫，然後還幫他們製造不在場證明。」
「若是那樣呢？」真姬小姐一臉無所謂。「若是那樣又如何？」
「若是那樣，妳就是共犯，如此而已。」
「可是，我什麼事都沒有問深夜先生喔，深夜先生也沒有跟我說任何事。」
「那樣的話，就是幫助殺人……妳連續兩晚主動與深夜先生接觸，協助深夜先生製造不在場證明。正因為如此，我才難以懷疑深夜先生。事實上是如何呢？倘若妳真的協助深夜先生——」
「又怎樣？」
「……不，那倒也不怎樣。」我聳聳肩。「一點也不怎樣。」
真姬小姐看著我，呵呵大笑。
其實我有話想說，但那種事也毫無意義吧。假如真姬小姐有那種能力，我根本無須開口，假如沒有，更沒有開口的必要。無論是哪一種，結果都是一樣。
然而，我還有一個疑問。深夜先生和赤音小姐的連續殺人計畫看似周詳，但有許多地方仰賴偶然。在伊梨亞小姐面對演示推理過程時，為了掩飾那個問題也煞費苦心。那並非杜撰的計畫，並非如此，儘管像是未經準備就正式上場，但又有一種事前業已完成準備的感慨。或者應該說，覺得對方的運氣非常好……對！就好像將偶然也納入計算，彷彿幸運之神與他們同在，從島上配置到傢俱皆是他們的同夥。

「……戲言啊。」

當然，那也正是所謂的偶然吧，不過是大數法則的一例。單純地說，他們只不過是賭贏了，僅此而已吧。倘若只站在選擇性思考的觀點，只關注結果的話，一切都是機會主義。

「奧卡姆剃刀（註22）嗎……」

可是——那座島上有一個能夠洞悉一切，甚至包括未來的人。

連那也是偶然嗎？

「……」

哎呀呀。

可能連那也是偶然吧。除此之外，我找不出其他結論。即使不是偶然，事情也已經結束，已經沒有辦法證實，縱使已經證實，深夜先生他們不願說明也沒有意義，假使有意義，也跟我沒有關係，倘若有關係，我也沒有興趣。

22 十四世紀邏輯學家、聖方濟各會修士奧卡姆的威廉（William of Occam）提出的一個原理。係指排除不必要的要素（假設）的思考方式；即理論忌複雜，將論題簡化的思考原則。。

就是那麼一回事。

我問她其他問題。

「我有危險，是真姬小姐告訴明子小姐的嗎？」

在彌生小姐的房間，我差點慘遭赤音小姐的毒手，此事不可能有人知道。因此，明子小姐實在沒有理由會如此湊巧，在關鍵時刻宛如電影女主角般英姿颯爽地現身。假如沒有可以預測未來的人。

「你覺得我會做那種事嗎？」

「不覺得。」

「那就不是囉。」

真姬小姐露出可恨的笑容。我暗忖繼續逼問也無意義，是故也沒有向她道謝，沒有道謝的理由。

「……今後如何？這座島……跟伊梨亞小姐。」

「不知道。」真姬小姐的回答依舊簡短。

我再度聳肩。

「那麼，我跟玖渚今後如何，可以幫我占卜看看嗎？那晚戀愛占卜的下文，今後我們也一直是這樣嗎？」

「我的占卜很貴唷。」

「那就免了。」我雖然如此說，真姬小姐卻告訴我。「暫時都會是那種感覺喔。」請她告訴我，她就不肯說，這個人搞不好只不過是天性彆扭。

「暫時嗎？」

「對，暫時。」

「大約多久？」

「再兩年多。」

我側頭。

「兩年以後有什麼事嗎？或者是一切歸零呢？」

「天知道。」真姬小姐略為譏諷地笑了。「我看不見兩年以後的未來。」前所未聞。

我可能隱藏不住驚訝之情吧。

「不過那是祕密喔。」真姬小姐繼續說：「所以你跟玖渚兩年以後會如何，我沒辦法知道。」

「那是能力界限的意思嗎？」

「那是我會死亡的意思。」真姬小姐爽快應道：「對我而言，時間是相對性的東西。對我而言，所有的時間都在那時結束。兩年以後的三月二十一日，下午三點二十三分，那就是我的死亡時刻與忌辰。」

「……」語塞。

「內臟碎裂，腦漿四散，對於過著邪魔歪道生活的我而言，是最適合的死法。」

「不能避免嗎？」
真姬小姐露出一抹淡笑，回答我的問題。
「——如果那時來臨，記得幫我揪出殺死我的人啊，就像這次一樣。現在先拜託你囉。」
「就算現在拜託，妳終究看不見那時的事情吧？既然如此，我接受或拒絕都沒有意義。」
「或許吧。」真姬小姐向我伸出右手。彷彿對她看不見未來感到自豪，真姬小姐挺起胸膛看著我。
「來握個手吧？」
「……好啊，最後的最後的最後，假裝一下感情好也不賴。」
我雖然那麼說，但終究沒有握住伸來的手。
結果……
那個人為何一直找我碴？結果我依然一頭霧水。那樣就好吧，或許那樣比較好吧。
可是……
依然……
殘留許多疑問哪……
「打擾了。」船艙的門板打開，玲小姐走進室內。「快到岸了，請準備吧。」
「知道了。」我回答。

既然如此，差不多該叫玖渚起床了。看起來睡得正香，總覺得很抱歉，但也不能把她扔在這裡。嗯～搞不好那樣也挺有好玩的。

「那個——這次真是非常感謝。」

原以為玲小姐會立刻離開，但她又繼續說道：

「特別是你。當然也很感謝玖渚小姐，你將那個情況——」

「……玩得很高興嗎？赤神伊梨亞小姐。」

「嗯～」對於我的疑問一點也不訝異，玲小姐神色自若地點點頭。

「正如你所言，我玩得很高興。」

然後——

赤神伊梨亞小姐開心地笑了。

她在扮演玲小姐時未曾出現過的笑容，那並不是演技，那是人類的微笑。

「你怎麼知道的？什麼時候知道的？我跟玲相互掉包。」

「就是剛才，只不過是靈光一閃。反正即使弄錯了，不過是稍微令妳不快，也不會造成人權侵犯。」我對伊梨亞小姐如此說：「如果妳剛才立刻出去，我可能也不會發現，至少也不會說出來。」

「是嗎？」

伊梨亞小姐佩服地點頭。

「我總是輸在最後關頭呢……爺爺也經常這樣說。可是，靈光一閃也是有原因的嘛？請告訴我是什麼。」

「問了又如何？」

「當作今後的參考。」

這個人還打算繼續扮下去嗎？

「那當然囉，因為彌生小姐還沒發現嘛……姬菜小姐，唔～她就不知道了。」

她咯咯地笑了。看著那種天真爛漫的態度，總覺得跟島上的伊梨亞小姐——班田玲小姐相比，真正的伊梨亞小姐缺少一種貴氣，或許假扮者比本人更像本人吧。

不過，伊梨亞小姐看起來是個非常自由的人。

「是啊……妳很少說話吧，伊梨亞小姐？不論如何，那實在太不自然了。妳或許覺得開口會露出破綻，但太沉默也是會出問題。妳可能是打算像明子小姐那樣，利用沉默製造普遍性，藉由凸顯毫無存在感的那種存在感，來掩飾那些不同——」

「不，她是天生如此。」伊梨亞小姐說：「即使沒有眼鏡，那三胞胎之中我唯獨能區分出明子。因為，她不說話嘛。」

那似乎是天生的。

不過呢，仔細一想，明子小姐的那種態度確實不像演技。

「是嗎？那也無所謂……嗯，如果那個伊梨亞小姐是替身，能夠掉包的人就只有一個。因為彩小姐、光小姐和明子小姐是三胞胎。**正因為是三胞胎**，所以不能掉包，那是顯而易見的道理。」

「正是那樣。」伊梨亞小姐微笑。

那是對於對等者的笑臉。

至少我是那麼認為。

「而且——對了，其他就是氣氛吧。明子小姐不太工作，因為她是負責保護妳的保鑣。可是，我也很少看到玲小姐工作啊。一想箇中原因，自然是……」

「我不是有幫你泡紅茶？」

「很好喝。」我向她補了那時忘記說的道謝。「而且……是了，我第一次去伊梨亞小姐的房間時，妳坐在沙發上，而伊梨亞小姐站著，當時就覺得正常情況應該相反才對吧。」

「嘻嘻。」

伊梨亞小姐似乎很高興。玲小姐應該也是盡可能地在模倣本尊的動作，但是該怎麼說才好，果然本尊還是**比較像**。

「繼續說。」

「嗯嗯，其他像是……對了……」

仔細一想，彩小姐跟光小姐當然知道那個事實，話說回來，她們也相當會演戲。特別是光小姐，想不到竟然那般輕鬆地、那般悲痛地不斷說謊。

真可說是了不起的演員。

「決定性的關鍵就是假伊梨亞小姐袒護妳的時候。那天晚上伊梨亞小姐跟彌生小姐徹夜聊天，對了，可能是玲小姐在問彌生小姐料理的事情吧。因為她是女僕，對料理有興趣也不奇怪。」

「正是如此。彌生小姐認定那個才是我，因此都不太搭理我，真是失算。」伊梨亞小姐耍起小性兒說：「而且，你看……玲那樣真的是演我嗎？我才不會在你面前換衣服，而且我的個性也沒有那麼差。」

似乎不太差。

唔——總覺得她好像在說謊……

「話說回來，妳那天晚上到底做了什麼？」

「祕密唷。」

「祕密嗎？」

「少女的夜晚是祕密。」伊梨亞小姐饒富深意地說。

再問下去有不好的預感，就讓它放水流吧。再出現麻煩事就糟了，對嘛，我又不喜歡興風作浪。

「總而言之，沒有袒護光小姐，甚至將她視為犯人，但是卻為玲小姐圓謊，製造不在場證明，是為什麼？因為玲小姐比光小姐跟自己更親？或許是那樣，但我對那個答案並不滿意。住在那麼離群索居的小島，我想應該不會分什麼遠近親疏，我不覺得人類是那麼冷淡的生物。」

「是啊。」伊梨亞小姐說：「對我而言，她們都像是家人。即使是我被逐出家門，仍然對我不離不棄的重要家人。」

逐出家門。

被逐出家門的理由——

「——但伊梨亞小姐袒護玲小姐，沒有袒護光小姐，是為什麼？因為對伊梨亞小姐而言，玲小姐是高於自己的存在，是盡忠的對象——」我啪一聲擊掌。「嗯～應該就是那種感覺。」

「了不起，簡直讓我想要擁抱你。」

「我無所謂。」

「下次吧。」

伊梨亞小姐天真地笑了。

「我也有一個問題。為什麼要跟玲小姐掉包，假扮女僕呢？是因為赤神家的孫女即使被逐出家門，還是不能無警戒地在來訪者前露面嗎？」

邀請來的天才們之中，仍舊可能混有可疑人物。即便已經事前調查，依然可能有漏網之魚。事實上，也發生了本次的事件。

所以才準備了替身——影武者嗎？

是那麼一回事嗎？

「不是。」但伊梨亞小姐氣質高尚地搖頭否認。

「我想看看誰會先發現，小小的惡作劇，根本沒有理由。」

惡作劇。

令人無力的答案，可是應該不是謊言吧。然後，那些被稱為天才的人們迄今未曾有人發現她的惡作劇。

好幾年之間。

誰也未曾察覺。

天才也不過爾爾嘛。

伊梨亞小姐可能如此認為。

然後今後也將繼續如此認為吧。

「可是，你發現了。」

「如果妳最後沒有做多餘的事，我可能也不會發現。就算發現了，應該也不會揭穿。如果妳沒有跟我們同船，乖乖待在宅第就好了。」

「可是呀，現在弄成這樣，人家也得去跟哀川大師道歉……大師好像現在就要來了。我送走你們之後，就要直接去接大師……那個人應該會生氣吧……生氣的話很恐怖呢。但大師總是在生氣……而且……是啊，也很想這樣跟你聊聊。因為不管怎麼說，你都讓我感到很開心。」

「榮幸之至。」

「喂。」伊梨亞小姐甜甜地笑了。「要不要現在回宅第去？跟玖渚小姐、真姬小姐、彌生小姐，還有你。倘若是你們，一定可以成為很棒的家人。你好像很中意彩和光，我也可以讓你對她們為所欲為唷。」

「……那不是對家人會說的話吧。」

「是啊，可是我是認真的呢。我總是、總是很認真。如何，這個提案？」

伊梨亞小姐天真地輕吐香舌。

我除了傻眼還是傻眼。該說是奔放？還是爛漫？無邪？這果然……

「我討厭殺人者。」

「嘻嘻嘻。」

伊梨亞小姐笑了。

我不知道她在笑什麼。

「無論有什麼理由？」

「無論有什麼理由。」

「是嗎？」伊梨亞小姐說。「雖然不知道你從光和明子那裡聽到什麼——你呀，該不會以為她們只會說實話吧？那三胞胎基本上就是大騙子喔。我跟玲掉包的事沒告訴你就是最佳證據吧？」

「是嗎……」

「我不報警的理由很單純——因為那樣就不好玩了，權力那種東西很無趣。」

如此說完，伊梨亞小姐捲起左手袖子。**肌若凝脂，毫無傷痕**。「那麼，告辭了。」

伊梨亞小姐笑容滿臉地說，接著步出船艙。

「……喂喂喂……」

哎呀呀……

沒想到竟會是這般結果。

什麼是真實？

什麼是謊言……

誰是真實？

誰是謊言……

在這個曖昧不清的世界，儘管不以為自己可以曉暢所有事物，不以為眾人皆是正直，不以為凡事都是簡單明瞭。

但總覺的……

真的。

「啐……真滑稽啊……」

「快到了喔。」正想叫醒玖渚，「唔喵～」看到玖渚像小貓般幸福呻吟的睡姿，頓時失去那股衝動。到岸後再叫也不遲吧，夢境當然是愈長愈好。

話雖如此。

家人嗎……

「拒絕那種提案還真可惜……」

我自言自語，當然不可能有人回應。況且不論如何，那個問題的答案都很明確。

對我而言，可以稱為家人的存在只有一個。我一如平日地低語：「真是戲言啊。」

後日談——純屬童話

哀川潤
AIKAWA JYUN
人類最強的承包人

尾聲。

離開鴉濡羽島約莫一個星期。

我終於開始去大學上課，但因為剛開始就慢了一大步，是故完全無法融入其中，因為沒有上課的心情於是我上午就離開學校，獨自漫步在西大路通。換言之，就是所謂的主動休息，講得更白一點，就是蹺課。

「我究竟是回日本幹什麼……」

自言自語比較接近真實心境，但其實也沒有什麼意義。因為不論是在ER3、京都，或者鴉濡羽島，我本身終究都沒有任何改變。就如同相隔五年，玖渚也沒有什麼變化。

「這也是戲言嗎……」

再一陣低語，我開始前進。暗忖乾脆就直接折回位於中立賣的公寓看書，一路往南走去，路上想到今天是玖渚固定閱讀的雜誌出刊日，便決定順道繞去書店幫她買。

「……玖渚友嗎……」

玖渚在那之後一直關在家裡。她正忙著修理被赤音小姐破壞的電腦和工作站，以及其他東西。她決心這次要做個鋼鐵規格的超級堅固機器，但就常識來看，應該是不可能的吧。不過當事人既然有此決心，那是她的自由，我也不便多說。

順道一提，玖渚利用網絡調查園山赤音小姐和逆木深夜先生後來的消息，可能是藉用昔日夥伴小豹等人的力量吧。

赤音小姐辭去ＥＲ３七愚人一職，目前過著半隱居的生活，但仍以學者身分馳名各界，深夜先生也陪伴在旁。既然沒有報警，那應該算妥當的結果吧。

走進書店，用圖書券買了該買的雜誌，站著看一會兒書，離開。就在此時，書店對面停了一輛極度豪華、非常高級的敞篷車。即使這裡不是京都街道，這輛車也非常突兀，不知道該如何形容，應該說是古怪？或者像是賣藝的？總之就是那樣一輛車子。

就是在雜誌上經常看到的高級車，記得叫做蟒蛇、響尾蛇還是青蛇之類的名字吧。只能確定不是青蛇，總之就是那種蛇類的名字。可是，那種車子在日本道路上奔馳也太誇張，不，更重要的是，究竟什麼樣的人會開這種誇張的機器？橫眼一看，有人從駕駛座下來，那個女性一身高調服飾完全不輸給那輛車。

即便不喜歡也很引人側目的酒紅色西裝裡，可以瞧見胸襟大開的白色敞領　衫，外面則披著一件風衣。及肩長髮應該是抹了什麼高級髮霜，看來異常閃亮。完全遮住眼睛的大紅太陽眼鏡。令人聯想到模特兒的均衡比例，身材高眺。那絕對是代表美女的外貌，不過卻是令人難以親近的美女。彷彿有許多特殊習慣，應該不是人見人愛的類型吧。

就像是反治療系、非溫柔系那一型。

「嘿……」

我不禁吐露出感嘆之聲。原來如此，帥氣的車子果還是要帥氣的人來開嗎？胡思亂想地看著那個人時，她竟一步一步朝我的方向走來。猜想她可能是要去書店，便讓開路給她，但我想錯了。

她在我正前方停步，然後透過太陽眼鏡凝視我。震懾在那種壓倒性的暴力氣氛，我全身僵硬，宛若被蛇盯住的青蛙。所以——所以，我也無法避開。

她在全無預警之下垂直舉起修長美腿，高跟鞋尖端直接命中我的內臟。我難忍巨痛，向前撲倒。

「嘔……」

彷彿要將胃裡所有東西嘔吐出來的感覺。可是，我沒有時間發出慘叫。對於頹倒的我，她更加無情、毫不客氣地朝背心踏去。因為是鞋跟部分，所以相當疼痛。

這種時候運氣就特別背，附近不見半個人影。雖然不遠處有公車站牌，但公車好像剛駛離不久，沒有一個人。可惡，真是有夠背。話雖如此，我也不想做出哀號求救那種丟臉行徑。不斷翻滾身體想要躲開，最後被對方揪住胸口而宣告失敗。

她接著一把將我拉起。

「唔……真的沒有閉眼睛啊。」她略為佩服似地說：「啊呀！厲害、厲害……哈哈哈，好帥哪。唔，嗯，到此結束。嗨！你好。」

「……妳好。」

「別跟我沒大沒小地打招呼！」

我暗忖自己是說了什麼不禮貌的話，但她更使勁地揪住我。然後將我一路拖到敞篷車，猶如行李般地扔進副駕駛座，她自己則坐進駕駛座。她取下太陽眼鏡，猛然一踏油門。似乎未熄引擎，真是環境的惡敵。

「……」

我一邊揉著肚子和背部一邊尋思。

呃……什麼東西？怎麼一回事，這個？這是綁架？為什麼是我？事情進展太快，腦子跟不上。縱使我是很容易隨波逐流的十九歲，但也甚少遭遇這種急流。究竟想要幹什麼，這個女的？

「……妳是誰？」

「咦？名字嗎？小哥，你是在問我的名字嗎？」

她轉向我。取下太陽眼鏡後更令人害怕的，那種凶惡眼神，可以用「萬箭穿心」來比喻，非常可怕的視線。究竟是過著什麼樣的人生，人類才能夠擁有如此可怕的目光？

「——我的名字是哀川潤。」

「……」

哀川？

哀川、哀川……

好像在哪聽過那個名字。

「……哀川小姐嗎？」

「叫我潤！」

口氣非常粗魯、無禮的人。虧她生得那麼標緻，真是可惜，但又不禁覺得那樣比較適合她。

「……呃，潤小姐。那個，我跟潤小姐是在哪見過嗎？那個，我對人物的記憶力很弱……可是，好像沒有見過妳。」

「第一次見面。」

「……我想也是。」

再怎麼說，如此個性十足的人，見過一次就不太可能忘記。

「怎麼了？咦？伊梨亞沒告訴你嗎？」

「伊梨亞小姐……」那個名字好像也在哪聽過。「呃，伊梨亞小姐、伊梨亞小姐……」

啊！

我的大腦電路終於接通了。

對了……想起來了。

「那麼，妳就是那個『名偵探』……『哀川大師』嗎？」

「正確來說應該是承包人。」哀川小姐嘲諷地說：「你終於想起來啦？」
「……因為沒想到會是女性。」
「謝了，那是最高的讚美。」
哀川小姐砰一聲拍了我的肩膀一記。一直以為是男性的「哀川大師」竟然是女性，而且還是個大美女，我對這個事實大吃一驚。可是仔細一想，伊梨亞小姐邀請的客人，除了深夜先生跟我這種跟班外，清一色都是年輕女性。如此想來，或許我早該發覺哀川大師是女性。
看來是被伊梨亞小姐那些「英雄」言論誤導了……
「原想直接去大學……」哀川小姐輕笑道：「猛一看，你這小子不正在書店裡看書嗎？這真是了不起的偶然，所以就出聲叫你了。」
「……換言之，妳是在找我嗎？」
「嗯——想親眼確認確認，是哪個傢伙搶走了本小姐的工作。多虧你這小子，本小姐失去了出場的機會，你要怎麼賠給我？」
哀川小姐惡狠狠地瞪我，感覺就像直接被人揪住心臟。對我而言，那座島上的事件已經結束，因此這種發展完全是出乎意料。
「你害我的工作報銷了哪！那種沒有性命之虞，稍微用用腦筋便能解決的輕鬆工作。」
「啊啊，那個……」雖然莫名其妙，但我決定先道歉再說：「那真是對不起，不好意思。」

「哈哈！」結果哀川小姐笑了。

「沒什麼好道歉的，反而要感謝你讓我輕鬆了。」

到底是哪邊啦？我逐漸冷靜下來，不安感也開始升起。究竟現在是什麼狀況？完全無法理解。這個叫做哀川潤的承包人究竟想做什麼？究竟有什麼目的？我全無一絲頭緒。

「那個……車子是要開去哪裡？」

「天堂。不，是地獄吧。忘記了。」

「……那是完全不同的地方吧……」

「啊啊，完全不同啊，真的是完全不同，所以只會抵達其中一個吧。」

真是隨性。

然後哀川小姐繼續輕快地駕駛車子。究竟是要開到哪裡……真的是地獄？看起來也不像不可能。搞不好我的人生就要在此落幕。話說回來，結束總是突如其來。

「……那麼，看過你的臉，也算是了卻一樁事，如今就剩另一件了。」

哀川小姐毫無防備地將那張魅惑俏臉貼近我。由於那種無意的舉動，我的身體瞬間僵硬。除了玖渚之外，我對他人的接觸並沒有那麼習慣。

「那個……另一件……究竟是什麼？」

「哎呀，就想說幫你解決一件煩惱。」哀川小姐說：「我是承包人，工作就是代人解決他們的麻煩。對你這種無可救藥的煩惱小哥伸出援手，就是我的工作。」

「……那個就是承包人……嗎？」

名偵探這種「工作」也是承包項目之一，就是那麼一回事吧。「可是，我的煩惱……是什麼？」

「偶～爾也會做一點義工，我到底是個隨性的人嘛，算是對你幫我漂亮地解決事件的獎賞。」

「獎賞……」

「都叫你別那麼緊繃了！別看我這樣，也算得上是大好人屬性喔。」

大好人會不用高跟鞋踹初次見面的人。

「那麼，煩惱小哥，要抓住我的手嗎？」哀川小姐完，向我伸出手心。「如何？決定權在你喔。」

「……」

怪人一個，非常怪異的人，高人一等的怪人。倘若以島上的天才集團為平均值，她仍舊是高人一等的怪人。可是我一反常態，毫不遲疑地握住哀川小姐的手。

這麼奇異的人。

放過實在太可惜了。

「好啦，小哥。」

哀川小姐邪惡地笑了。

或許是決定得太快了，我心想。

「那個……在那之前，首先，我的煩惱是什麼？」

「那點小事你自己應該非～常了解才對啊？非～常哪。應該想得到吧？我可是親自來見你喔？這麼偉大的我。所以，當然就是鴉濡羽島的事啊？」

「……事件嗎？」我說。

「啊啊。」哀川小姐螓首微點。「我結果還是去了那座島。原本就打算休個假，所以你解決事件算是幫了我一個忙，這是真心話……總之啊，伊梨亞、光、彩和玲她們跟我說了。對了，明子照樣是不發一語，真是沉默的人哪。那丫頭的聲音我也只聽過一次……這麼說來，還有一個**廚藝馬馬虎虎**的廚師跟一個陰陽怪氣的占卜師……啊啊，真不想回想起來，那女的真是莫名其妙！」

哀川小姐突然激動起來，彷彿要將方向盤整個折斷，看來在島上跟真姬小姐發生了許多事……那個人究竟幹了什麼好事……光從外表來看，哀川小姐跟真姬小姐確實不太合……

哀川小姐啐了一聲，又繼續說道：「總之，從她們那裡聽說事件的經過，從頭到尾哪。」

「有什麼不滿嗎？」我說：「以哀川小姐來看。」

「潤！」哀川小姐突然用極為駭人的低沉話聲說：「不許用姓氏叫我！用姓氏叫我的只有敵人。」

「……以潤小姐來看，有什麼不滿嗎？」我重新訂正提問。

「那樣很好。」哀川小姐笑了。喜怒無常的人，或許該用陰晴不定來比喻，但即便是山裡的天氣，也不會如此善變。

「哎呀呀……小哥，我才沒有什麼不滿，我是說我哪。小哥，有不滿的不是我，而是你吧？你解決了事件，漂亮地解決了，誰都無法反駁地漂亮解決了。可是你自己還有些事情無法苟同吧？不是對自己的推理有所不滿嗎？」

我啞口無言。哀川小姐繼續說：「沒錯吧？兩三下就解決那個事件，擁有如此腦髓的你，不該有那種不滿的感覺吧，不是嗎？」

對於哀川小姐的言論，我未置一詞。當然並不是因為哀川小姐說得不對，正因為她說得完全正確，所以我無法辯駁。

正如她所言。

我——我跟玖渚以迅速解決事件為前提，將自己的疑慮擱置角落，直接提出內心無法苟同的推理。

哀川小姐咧嘴一笑。

「那個不滿的真相，不能苟同的真相，你無法接受的真相。這樣懂了嗎？」

「那是——那個。」

「**深夜為什麼要殺伊吹？深夜和園山為什麼要組成共犯關係？**」哀川小姐伸出鮮紅色的小舌，向我做出挑釁的表情。「沒錯吧？」

「……沒錯。」我勉為其難地點頭。「可是，那是他們兩個人的問題，終究也只是他們自己的問題吧？因為是有關動機的問題——那種事也非我……」

「很像。」哀川小姐說：「你是那麼想的吧？深夜本人也是那麼說吧？你跟逆木深夜『很像』。然而，那個同類為何要殺死無可取代的伊吹奈美，對你而言就等於是『藍髮女生』的伊吹佳奈美？」

「……可能只是我們誤會了吧。如果不是那樣……是了，對於深夜先生而言，『無可取代』的是赤音小姐，應該是那樣吧？」

「你可以接受嗎？」哀川小姐語帶嘲諷。「不能吧？你完全無法苟同吧？我可是完全明白喔，深深了解你的心情。」

「真是拐彎抹角哪……對！我對此確實很不能苟同，可是啊，哀川小姐。」

「潤！叫你不許用姓氏叫我。」

又被瞪了，非常可怕。

「……潤小姐，我對此確實很不能接受，但既然沒有其他可能性，不是無可奈何？將絕對不可能的可能性全數消除，剩下的可能性不論看來再如何不可能，那都是真實。」

「那是迷信……那你說，犯案動機是為了吃腦漿的那個宣言也是實話嗎？」

「呃？」我無話可說。

哀川小姐笑咪咪地欣賞我的反應。

「喂喂喂，振作點啊，振作點嘛，小哥。吃天才的腦子就會變成天才，做那種事情就會變得更聰明，盲信那種白痴點子的白痴，你覺得這個世界上真的存在嗎？雖然存在也無所謂，要怎麼想都是個人自由，誰都有低能的權利，一點也無所謂。思想是自由的，要白痴也是自由的。可是啊，會想到用屍體當踏腳臺，那種對人類毫無敬意的人，真的會那麼想嗎？喏，小哥？」

那是。

那的確是，誠如她所言。

「縱使如此……縱使如此，那又如何？我對自己的拐彎抹角有相當自信，但看來還是輸妳一成。」

「那是因為你本來就比不過我。對！你不知道的事情本小姐知道。唔？那並不代表你是無能的喔。」

「那代表妳是有能的嗎？」

「我是全能的。」哀川小姐咆哮。「若非如此，焉能當承包人！」駭人聽聞的自我陶醉者。

「……那麼，潤小姐對此有何看法？潤小姐應該已經全都想通了吧？既然如此，請教教我吧。」

「一開始老老實實地問，我也不用這許多廢話。」哀川小姐笑了。「喏，小哥，腦筋如你，應該也感到不自然吧？光跟我說過，你也發現了吧？你那幅肖像畫。**為什麼有**

畫手錶？就是那檔事。」

……

我愣住了。

手錶？

那種事情一清二楚地，呃……忘記了。

「不可能忘記吧？」哀川小姐恐嚇道：「忘記那麼重要的事情，你該不會說那種話吧，小哥？」

「沒那回事，怎麼可能忘記？可是，那是……以為她畫錯了。佳奈美小姐是靠記憶畫畫的人，因此以為是單純記錯，那個……」

「不可能！那麼肯定表示記憶跟認知是一樣的人，技術上不可能出現那種錯誤。即使真有可能，但是小哥，你不覺得是有其他理由嗎？」

「那麼，哀——潤小姐的想法是？」

「別人怎麼判斷我不知道，不過本小姐、人類最強的承包人、本小姐哀川潤的判斷是——**那幅畫不是伊吹佳奈美畫的**。」

「……」

「對吧？只能那麼想了。用反證法來想想看嘛。假設那幅畫是伊吹畫的，那麼畫裡有手錶就很奇怪，對吧？你坐在伊吹面前時沒有戴手錶，那麼，畫那幅畫的人就不是伊吹吧。」

「……為什麼？」

「什麼為什麼？你也沒有親眼看著伊吹畫吧？不能在他人面前畫畫的畫家。雖然的確有那種人，但我不覺得伊吹是那樣。我的結論是——**伊吹佳奈美不會畫畫**。」

「不會畫畫……佳奈美小姐會畫畫啊，很有名的，怎麼可能不會畫呢？」

「你說啥？請人代畫的假畫家到處都是。」哀川小姐理所當然地說：「至少有五萬人，五萬喔？就算伊吹是其中之一，也沒什麼好奇怪，一點也不奇怪。」

「那麼……那麼，妳是說佳奈美小姐是假畫家？」

「你好好想想嘛。」哀川小姐說。

「你不畫畫嗎？」

「藝術方面不是……不是很擅長。」

「嗯——我看你呀，鐵定是一看到伊吹佳奈美，就自以為是地認為『這個人打從骨子裡是藝術家』吧？」

「……」

為何得以那般正確地、那般正確地猜中別人的內心想法？那簡直就像真姬小姐，但那樣說的話，哀川小姐可能會發火，因此我沉默不語。

「別把我跟那種怪異輕浮女相提並論！」

「……」

喂喂喂！

哀川小姐露出一抹虛無的微笑，看著我說：「別不說話啊。」
「這不過是初級的讀心術嘛，不過是一點小技巧。只要稍經訓練，誰都可以做到。那不是重點……總之，你為什麼認為伊吹是藝術家？」
「為什麼……那是因為，嗯……」
我不禁為之語塞。
「你事實上也沒有看過她畫畫吧？我說你啊，小哥，就只有聽伊吹用嘴巴說而已。聽那丫頭的話……然後，**只憑如此**就判斷她是藝術家。」
「……畫也有看過，櫻花之類的。」
「沒有親眼看她畫吧？小哥，你根本不信任人類，但卻是個老實人哪。不相信所以也不懷疑嗎？或者是不想下結論……所以就信了伊吹的虛張聲勢嗎？」
虛張聲勢……
那是虛張聲勢？佳奈美小姐的那些話全部都是虛張聲勢，是那個意思嗎？那種事。那種事怎麼可能——
「那種事怎麼可能知道？」哀川小姐搶走我的臺詞。「真的嗎？真的是那樣嗎，小哥？」
「……如果有什麼話想說，請便。」
「那是拜託人的方式嗎？」
「請告訴我。」

「好。」哀川小姐微笑點頭。

這個人搞不好比想像中更加幼稚。

「例如小禮服的事。對，你啊……當模特兒的時候，看到穿著小禮服的伊吹小姐，說了什麼？記得是『那個樣子沒關係嗎』之類的吧？」

不知她是聽誰說的（話雖如此，知道那種事的大概也只有真姬小姐），的確如此。

「好畫家不會被畫具弄髒衣服……」

哀川小姐謐靜地低語。然後驟然口氣一變，怒叱道：「怎麼可能有那種傢伙！」

「那種事怎麼辦得到？即使衣服沒有弄髒，也會沾到味道嘛！不是辦得到辦不到的問題，基本上就沒有人會做那種事！連那都沒發現，白痴！」

不是在演戲，哀川小姐真的生氣了，我也真的萎縮了。彷彿立刻就要一拳揮來的氣勢，原來如此——光小姐的意思，我終於懂了。

「激烈的人」嗎……

「……總之，既然使用畫具在畫布上畫圖，穿個圍裙也是理所當然的吧。就算不擅長美術，那點小事也要用常識判斷！」

那麼一來，事情又是如何？佳奈美小姐對我說謊嗎？不，那與其說是謊言，應該只是對於繪畫的……

無知？

繪畫天才伊吹佳奈美……不可能連那種程度的小事都不知道。因為只要稍有經驗，那是任何人皆能察覺的事實……

那麼一來……

「對，無知！」哀川小姐譏諷地說：「不會畫畫的繪畫天才，伊吹佳奈美……換成了你，究竟該如何解決這種矛盾？」

「那麼，呃……佳奈美小姐，呃，是假畫家，潤小姐的意思是那樣嗎？」

「不是那樣。你也思考一下嘛，然後發現一下啊，小哥。**所以**那幅畫不是伊吹畫的，**可是**伊吹是畫家，**既然如此**，單純的三段論——那個伊吹是假的嘛！所～以～當然不會畫畫。」

「假的？可是，就算說是假的……為什麼？呃……對不起，有點混亂。」我搔頭思索。「那麼……換言之……假的佳奈美小姐被殺了，真的佳奈美小姐沒有被殺嗎？」

「對！然後**真的園山赤音**被殺了。」

哀川小姐砰一聲拍了我的肩膀。

思考瞬間停止。

然而，驚詫立即襲向頭部。

「……妳說什麼？赤音小姐？」

「對！園山赤音。那樣想的話，一開始的疑問也可以解決了吧？為什麼深夜要殺伊吹？很簡單，**沒有殺死啦**！為什麼深夜要跟園山組成共犯關係。很簡單，**沒有組成啦**！他的共犯是伊吹佳奈美，那個無可取代的存在。」

「……佳奈美小姐跟赤音小姐掉包了？究竟是什麼時候？請等一下。我這三天都跟佳奈美小姐和赤音小姐待在島上。就算記憶力再差，假使兩個人掉包，我一定會發現。」

「所以**在那之前**，兩個人就已經掉包了，在抵達小島以前。伊吹佳美和園山赤音，儘管不知道她們是從什麼時候開始在那座島上，不過是在那以前。」

「……一個是金髮碧眼，另一個是黑髮知識型。那種差異要如何……」

「頭髮可以染色，眼睛可以戴隱形眼鏡，有心去做的話，模倣別人是很簡單的事。倘若是那麼明顯的特徵，更是如此。是吧？」

「可是，那麼，那幅畫……」

「所以，那應該是園山畫的吧？那一天，你在她面前總是戴著手錶吧？所以，畫畫的就是園山啊？園山……也就是伊吹佳奈美。」

園山赤音……也就是伊吹佳奈美。那麼說來，赤音小姐那天早上在哪？在畫室裡畫櫻花，是那個意思嗎？那天晚上，赤音小姐在畫我的肖像，是那個意思嗎？

「為什麼要做那種事……」

「為了讓你們相信扮演伊吹的園山是『真的伊吹』吧。那麼會畫畫的丫頭不是伊吹佳奈美，你不可能會那樣想吧？」哀川小姐繼續說。「手錶那件事根本不像**那丫頭**的錯誤。」

「可是……可是，伊梨亞小姐……邀請她的伊梨亞小姐，應該一看就能察覺那是掉包的吧？」
「為什麼？」
「因為……至少事前也看過照片吧……」
「照片？喂！喂！喂～喂～喂～喂～喂～喂～，別笑死人了，小哥。你是企圖讓我笑死嗎？饒了我吧。你啊，照片裡的人臉跟實際上的人臉會一樣嗎？照片給人的印象跟實際見面的印象根本不同，所以通緝犯才抓不到嘛。照片是靜止畫，現實是會動的，而人類的眼睛是很隨便的，就是那麼一回事。假如將兩個一對照，肯定是以現實為優先吧？」
正如她所言。佳奈美小姐自己也說過類似的事。我彷彿自己才是事件的犯人，有一種被名偵探哀川大師逼到窮途末路的微妙、非常微妙的心情。
「為什麼……為什麼要做那種事？」
「惡作劇！惡作劇掉包的。伊梨亞跟玲掉包了吧？如果你問她為什麼要那樣，那丫頭一定會回答惡作劇，一樣的道理。誰會發現呢？被稱為天才的大家誰會發現呢？玩沙龍家家酒的千金小姐，會發現我們的不同嗎？」
「……」
「——至少園山是如此相信。是啊，那是指真的園山。深夜和伊吹跟園山接觸，然後提出那個計畫。園山也接受了，可能是覺得好玩吧。學者這種人反而會有那種快樂主義，特別是ＥＲ３系統的傢伙哪。你也知道那件事吧？所以才會懷疑她。」

「小豹」調查的情報。

伊吹佳奈美和園山赤音在芝加哥見面……兩個人認識……計畫那種事一點也不奇怪。爭吵不斷的佳奈美小姐和赤音小姐。那場爭吵，換句話，是為了不讓掉包之事被發現的預定和諧？

「所以……意思是？」

「事情就是這樣，伊吹和園山掉包，伊吹是園山，園山是伊吹。接著其中一個人被殺了。剩下來的是園山，掉包後的園山。」

「……」

「喏，原本以為已經死的人，甚至被檢舉是殺人犯的人，**結果竟然是另一個人**，誰想得到啊？」

「……意思就是佳奈美小姐**變成了**赤音小姐嗎？」

赤音小姐辭去ER3七愚人一職，目前過著半隱居的生活，但仍以學者身分馳名各界，深夜先生也陪伴在旁。

「既然沒有報警，那應該算妥當的結果吧。」

哀川小姐諷刺地說。

「動機……就是為了**那個**嗎？可是，究竟是為什麼要做那種事……」

「哈！」哀川小姐嘲笑地瞇起眼睛，搖擺身體。「那還真是難以用筆墨形容的無聊問題哪，小哥。喂！小哥，假如有人問你為何而活，你怎麼回答？」

「……」

「小哥，你這種類型的人可能沒想過吧，你應該沒想過**想成為什麼**吧？沒想過**想成為什麼人**吧？既然如此，再怎麼說明，你都無法了解伊吹佳奈美的心情。對於你這種侷限於自我風格的人類，就算走遍全世界也無法理解伊吹佳奈美的心情。」

虛擬機器！我靈光一閃。

模仿……

欺騙軟體，為了運轉。

「……潤小姐的說法，好像妳很懂的樣子。」

「不懂啦。誰能夠明白別人的心情？可是有腦袋思考，多少可以想像。對，密室不過是小孩子的玩具，對她們而言不過是一場遊戲，為了隱藏真正目的的障眼法。你們啊，全副精神都集中在密室啦！無頭屍啦！根本沒想到**打從一開始人就掉包了**吧？」

正如哀川小姐所言。

可是，可是那實在是太——

「等等……那個，一時之間實在令人難以接受……」

「對，的確是。拐彎抹角到令人難以置信，簡直就像是我的言論變成毫無章法、你的性格變得毫無問題般的拐彎抹角。可是那還是有意義的，那丫頭將自己的舊殼『伊吹』抹殺，然後成功新生成為『園山』，直接承繼園山赤音的經歷。」

「可是……不會被人發現嗎？」

「不會，應該很早以前就開始緊鑼密鼓地籌備。也許是原本五官就有些相似，才會萌生取而代之的奇異想法吧？」

「取而代之……換句話說，就是為此殺人？倘若要完全取代，確實必須請本尊消失……」

倘若要請本尊消失，殺人確實是最快的方法。警察權力無法觸及的滄海孤島，確實是最佳的殺人地點。

「……那樣的話，一旦殺死伊吹小姐，不就應該結束了？根本沒有必要假扮被害者被殺。」

「振作點啊，小哥，真是不可靠哪。那樣的話，大家不就會問**為什麼只有伊吹被殺**？所以必須假裝成連續殺人事件，利用**殺人**來隱藏真正目的，**必須假裝成以所有人為目標的快樂殺人者**，吃腦漿云云應該是偷聽你們的對話才加上去的吧。是啊，就算說要殺人，也不忍心殺死毫無關聯的人吧？**所以自己假扮被害者**。很簡單吧？令人傻眼的單純算計吧？」

「……殺人犯真的會替別人著想嗎？」

「又不是所有殺人犯都是快樂殺人者，就像狼也並非都是獨行俠。為了達成目的，當然要盡量避免涉險。多發生一起事件，只會增加給對方的材料，不是嗎？」

深夜先生說，原本想要殺死所有人，而我採信他的說法。殺死兩個人，原本也企圖殺死彌生小姐，甚至連我也差點遇害，因此根本沒想到他們會有饒恕之念。

可是……

「可是，她想要殺彌生小姐。」

「沒有殺死。」哀川小姐一刀砍斷我的垂死掙扎。「那是你自以為是的想法。利用屍體來隱藏自己的『園山赤音』接下來也企圖殺死某人，那是你自以為是的想法吧？所以利用佐代野設下陷阱。倘若你認為事情已經終結，那種陷阱就不會成立。可是，你錯了，那只不過是偏見。」

「……」

「你也思考一下嘛，然後發現一下啊，小哥。你不啻在伊吹和深夜的掌心愉快地跳舞啊。為什麼深夜要讓你看見睡袋？為什麼伊吹在人人都有不在場證明的時間破壞電腦？」

「……連那些都是……」

連那些都是精心計算下的行動嗎？不是偶然，而是完全洞悉我們的行動，不，應該是說在操弄我們嗎？彌生小姐房裡的攻防戰、玖渚友的痛苦，那一切的一切都是如來佛的手掌心嗎？在令人無從預測的計謀下，我們所有人都成為西洋棋的棋子嗎？以為是自己將對方逼到絕境，結果卻是被對方控制而已。

無論如何都不可能是那樣——沒有證據可以如是想。然而，那豈不是太離奇了？

然而。

原本那種隱隱約約的不穩定感，此刻已然煙消雲散。

哀川小姐將右手伸到我眼前，又白又長又細的食指，用那個指尖輕撫我的唇。儘管沒有那種經驗，但總覺得好像被人侵犯。

「所以那幅畫才會完全吻合，不論是手錶或者其他東西，沒有一絲錯誤，完全跟伊吹佳奈美畫的那幅畫吻合，真不愧是畫家……隨便說說的啦，哈哈哈，那兩個人說不定打從一開始也將本小姐『一個星期後會來』這件事算計進去了。反正誰都無所謂，只要可以解決密室之謎就好，只要推理出『園山赤音』沒有死的真相，利用指認犯人讓**『自己』復活**，那樣就好了。」

然後她成功地變成別人。

以大統合全一學者的身分馳名各界——

「……對了，即使取代他人經歷，成功變成別人，能力仍然是一個問題。赤音小姐現在雖然辭去七愚人，可是依舊是學者，是偉大的大統合全一學者。假如兩個人掉包的話——」

「假如啊。」哀川小姐詭異地笑了。「你又再說那種事了，小哥，果真是死纏爛打不屈服。」

「——根據潤小姐的推理，現在的赤音小姐其實是佳奈美小姐。可是根據玖渚的調查，那個人確實還在當『學者』。」

「那有什麼問題？有能力畫畫，有能力做學問，當然也有能力殺人，有能力取代別人。那種人——不正是所謂的天才嗎？」

「……天才。」

伊吹小姐被邀請到島上的理由——究竟是什麼？不就是因為她有特殊才能？異端中的異端，終極中的終極，超越領域的彼端。是了！是了！正是因為如此——

「小哥對天才定義是什麼？記得是『遙遠的人』吧，伊梨亞說的。可是你錯了，應該是『向量』啊，終歸一句話……可以將人生所有時間朝單一方向全部發揮的人。人類可以做許多事，可是當人類不做許多事，而只集中於一件事的時候，就可以發揮令人難以置信的力量，甚至讓人感覺像是遙遠的人。」

突出的機能。

向量的方向。

受限的偏倚。

不是朝各種方向分散，

倘使那個箭頭指向單一方向……

集中力。

學者症候群。

永無止境的欲望。

「……」

哀川小姐又砰砰地拍了我的肩膀兩下。

「幹得好啊，小哥，可是你只能算是業餘，棒球的話就是少棒吧，四棒投手少年。

以為對方也是少棒，熟料對方竟然是童夢（註23）啊，比喻的話大概就是那種感覺吧。你知道嗎？童夢？可能年代不同吧？」

哀川小姐親暱地用手環著我的肩說：「不等名偵探出場就擅自結束故事，小哥，你不是稱職的演員，修行還不夠喔。」

「可是……請等一下，佳奈美小姐不是坐輪椅嗎？」

「腳沒事的人也可以坐輪椅吧？」哀川小姐嘲弄地說：「不過如此而已。伊吹佳奈美也說過了吧？腳只是裝飾品。踹你的時候是派上用場了，但也不過爾爾吧。」

「赤音小姐就罷了，只要坐輪椅就好，可是佳奈美小姐是天生不良於行喔？怎麼可能那樣到處亂跑——」

「取代園山赤音的伊吹佳奈美，希望成為別人的伊吹佳奈美，那個伊吹佳奈美就算**以前**是誰變成的，我也不會特別訝異。」

深夜先生究竟是從何時開始服侍伊吹小姐？

他說不是兩三天的交情。

究竟，是從何時——

而現在也還在赤音小姐的身邊。

究竟，要到何時……

虛擬機器。

23 日本卡通《少棒小魔投》的主角新城童夢。

宛如設定成好幾臺機器……

沒有任何風格。

放棄一切風格。

「那種——事。」

真姬小姐。

名叫姬菜真姬的超越者，連這種事，連這種事實都「知道」嗎？明明知道，卻還是笑嘻嘻地、笑嘻嘻地，一言不發地注視這一切……不，應該說是置之不理嗎？

什麼是真實，

什麼是謊言？

誰是真實……

誰是謊言？

「不許發問。」

哀川小姐呵呵笑了。

然後，車子終於停在路肩。

「塵歸塵、土歸土……總之就是那麼一回事。幹得好啊，小哥。真的幹得好，值得稱許。可是還差一步，多多加油啊。有不滿別裝蒜！不穩定就把它搞定！把不合理壓進合理！別把你的想法當作無謂的感傷，了嗎？」

「……了。」

「答得好。」哀川小姐伸出鮮紅香舌。

「那麼，就是那樣了，叨擾鬼。這個世界正因為有你們這種人，所以還有生存的價值，我是這麼覺得。可是小哥，你還是太磨菇了，人類這種生物啊，可以比現在好上千萬倍哪！振作點、振作！」

接著她略為側頭。

「——那麼今天就到此為止，別了。去！別擋路！下車下車。」

隨便把人抓上車，又嫌別人擋路，真是有夠誇張。然而，當然我也不會反對，便開門下了車。

四下環顧這裡究竟是哪裡，

那竟是玖渚住的大樓正前方。

與古典京都毫不相襯的街道，高級住宅區城咲。到了這裡，就連哀川小姐的大紅敞篷車也顯得很自然。

「原來如此……」我仰視大樓屋頂，點點頭。「這裡的確是天堂哪。」

「或者是地獄吧？哈哈哈，反正你本來就打算到這裡吧？」

「……妳為什麼會知道？」

哀川小姐指指我手裡的書店紙袋。裡面的東西，說來正是要交給玖渚的雜誌。可是，光憑這點就可以推理到那種程度嗎？那簡直就像——簡直就像那個過度有名的老舊小說裡登場的，簡直就像——

簡直就像名偵探哪。

「哈！」哀川小姐笑了。

「有緣再相會了。不過……你這種怪小子跟本小姐應該不至於沒有緣分。」

哀川小姐露出非諷刺的普通笑容，最後各拍了我的頭和肩膀一下。然後指著大樓頂樓說：「幫我跟玖渚打個招呼。」

疑問來了。本次事件並非我一個人的功勞，玖渚也擁有一半以上的名譽。然而，為什麼哀川小姐只來見我呢？是打算以後再去見玖渚嗎？

「不去見玖渚嗎？」我試探問道。

「既然來了，要不要上去見她？」

「不用了，反正昨天也見過。」

「……」

我排在玖渚後面啊。

肩膀上的力量頓失消失。

「啊……」我嘆了一口氣。

「……潤小姐。」

我最後又問道：「那麼……那麼，潤小姐是為何而活呢？」

「那還用說？就跟你一樣啦，阿伊！」

如此說完，紅色承包人一踩油門，瞬間在我的視野裡消失。我在原地愣了良久，什麼都無法思考。什麼都不想思量。

哎呀呀……

「……總覺得像是別人半路打劫哪……」

那絕對不是錯誤的比喻吧。我感到一種虛無感，彷彿肩膀上負載的行李全都被人搶走。

結果……那個人究竟是什麼意思？一開始那樣猛踢我究竟代表什麼？是想要試試從明子小姐那裡聽來的事情？或者只是因為憤怒？

既然特地來找我，是了，那也是因為憤怒嗎？因為自己的登場機會被搶的憤怒……或許是，或許不是。或許只是興之所至，或者就像她所言，是對我的獎賞。

可是，或許那些都無關緊要。至少看起來不像是好個性的人，即便並非如此，不管我原先想法如何，也不是無法訂正的嚴重錯誤吧。

真是的……

啐！

搞什麼嘛……

每個傢伙都這樣。

真是的。

「真是……莫可奈何的戲言啊。」

例如赤神伊梨亞。

她邀請天才、誑騙天才、愚弄天才，只為自己的快樂，只為自己的世界而行動。迄今如此，今後亦然。

偏離常軌的她們三個人一方面相同，但又完全不同，就像史賓斯基三角形（註24），全部與部分擁有跟自己一致的相似性，儘管不同但又全然相同，誰也無法窺透那無限性的底端。

例如千賀姐妹。

例如姬菜真姬。

已經自行決定兩年後要迎接終結的她，知悉所有真相，參透一切真實，卻仍笑嘻嘻地，猶如小貓般打著呵欠，只是在那兒打盹。

例如哀川潤。

號稱人類最強的承包人，紅色名偵探，在事件結束之後，再將事件毫無意義地、體無完膚地、不留一根草地解決，然後戲謔地離去。

例如連名字都不知道的她。

她……絕對是天才吧。

「……然後。」

24　波蘭數學家史賓斯基（Waclaw Sierpinski）提出的圖形。先畫出實心的正三角形，將三角形每一邊的中點連線，會分割成四個小正三角形。把中央的正三角形拿掉，剩下其餘的三個正三角形。將每一個實心的小角形都重複上述步驟繪製下去。

然後。

然後，例如玖渚友。

「……」

對我而言一切都無所謂。

反正這個世界該如何就是如何，就算是如何，那跟我也毫無瓜葛，就算是有瓜葛，我對那也沒興趣。

我既沒有想要變成誰，也不認為一定得做什麼事。雖然內心也懷疑那是否適當，但對我而言，終究是無所謂吧。

我內心某處已經冷掉了。

不，不是那樣。

或許，我內心某處已經乾涸了。

沒力氣，不關心。

玖渚友對我而言，因此就像是一種滋潤吧。

「滋潤啊……」

……深夜先生也是那樣嗎？猶如影子般地對她竭盡心力，那個叫做逆木深夜的他。若然，果然他跟我是太像同類的同類吧。

「唉——」

哎呀呀。

儘管不知道我們的世界是以誰為中心旋轉，反正地球是以太陽為中心旋轉。換言之，一切不過如此，終究不會超出那種道理吧，不論對誰都一樣。

真實總是在我的手搆不著的地方。

而且我也並不想要那種東西。

換句話說，或許那就是問題所在。哀川小姐所謂的怠惰，就是指這個吧？

「……不過也無所謂，那種事情。又不是時時必須想著那種事情而活，我也沒有期待世界順應我的心意，更沒有企圖解開世界的謎團。眼前有謎題，到底只是個麻煩。只要明天也可以這樣活著，那就夠了。」

結束自言自語，我終於開始前進。

再繼續想下去太麻煩了，其餘的就讓想要思考的傢伙去想吧。雖然對哀川小姐不好意思，不過我並不是為了給予世界價值而生存。

假設你問我是為何而活，我或許會回答因為活著吧。人活著的理由也不過爾爾，我活著的理由也不過爾爾，大部分的人皆不過爾爾吧。

可是。

雖然如此，玖渚不同。

要我說的話，就是那種感覺。

「——怎樣都無所謂吧。」

結果我站在玖渚住的大樓前，心想今天就這樣回家吧。而理由，只不過是想讓那個強勢的承包人出乎預料，不過如此而已。

就算今天不見，明天也可以見到。

只要想見面，隨時都可以見到。

只是那樣而已吧。

儘管如此……

我的腳步再度停下。

然後開始思考。

五年前。

和玖渚相遇以前，我認為自己一無所有。然而，如今這般重遇之後，即使一直在一起，我還是一無所有。

一個空殼。

那簡直就像……

毫無意義的例行公事。

只不過動著，只不過活著。

「……啊……可惡！」

承包人的諷刺笑容閃過腦際。

我想起預言家的臺詞。

還有騙子三胞胎的話。

以及，身分不明、誰也不是的她的忠告。

「……去就好了吧，去就可以了吧……」

生氣歸生氣，反正隨波逐流就是我的人生。這豈非是一如所想、一如所願、一如所喜，任由他人恣意操控嗎？

宛如人偶。

猶如沒有心的機械。

不過，也許還是相當優柔寡斷的那種。

如此這般。

敷衍了事、模稜兩可、機械性的含糊不清，伴隨著平庸無奇、異常空洞的真確實在，如同渾沌純粹的童話般劃下了句點。

我決定前往玖渚身邊。

《Alred marchen》is the End!!（註25）

25 作者的文字遊戲。All red在日文裡代表「純粹」，Marchen則是德語的「童話」，兩者結合即為〈後日談〉的副標題——純屬童話。

後記——

打趣地回顧不算長久的人類歷史，配得上「天才」二字的人類多到令人震驚的這件事如今已習以為常，然而不問好或壞，這些值得尊敬的「天才」，是靠周遭的「凡人」扶植以及鞏固才足以當上「天才」的這件事實被點出來時，並非意料之外似乎也是實情。極端來說，假設隨便有一個人就是所謂的天才，靠自己察覺自己身上的天才性，或許完全沒有那樣的可能，意思就是只要周遭的某個人沒「發現」該人物的才能，那人物想必就會過著平凡無奇的人生吧。自己會覺得自己的才能是理所當然的，必須在與他人比較時才會初次發現彼此的差異，但自認為自己是「特別」的，每個人卻都一樣。其實，自己覺得自己很特別，也是理所當然的，然而，若想以客觀的角度來立證這件事的話，果然還是需要客觀的視點，也就是需要有「凡人」的觀眾。雖然這是謬論，但看出天才的價值的並不是天才。說得更具體一點，天才是無法理解天才的，能夠理解天才的，永遠都是凡人——之後，加以讚揚或異化，則要看狀況了。

本書的故事中有許多被稱為天才的角色登場。伊吹佳奈美、佐代野彌生、園山赤音、姬菜真姬、玖渚友以及哀川潤。然而，除她們以外，或許本書也出現雖然沒被如此稱呼，卻配得上「天才」二字的角色。相反來說，不只是故事，所有的案例中，人即使不是天才也可能具天才性，不是天才也可能具天才氣質。而且，不論是名副其實許的天才，或絲毫未露出天才性和天才氣質的天才，相信這樣的人一定是存在的。或許天才被稱之為天才的那一刻，才真正算得上是天才，然而被稱為天才後，那個天才或許就不再是天才了。戲言系列第一集《斬首循環　藍色學者與戲言玩家》就是這樣的感覺。為了讓本書上市所費的勞力可不小。本書付梓之際，深受各方人馬的關照，我向這些人致上萬分謝意，並藉此一版面特地向講談社文庫出版部，以及插畫先先生獻上由衷的感謝。

西尾維新

浮文字

斬首循環 藍色學者與戲言玩家

（原名：クビキリサイクル 青色サヴァンと戯言遣い）

作者／西尾維新　插畫／take　譯者／常純敏、李惠芬
發行人／黃鎮隆　副總經理／陳君平
副理／洪琇菁　國際版權／黃令歡
執行編輯／呂尚燁　美術編輯／李政儀
企劃宣傳／邱小祐
發行／英屬蓋曼群島商家庭傳媒股份有限公司城邦分公司　尖端出版
台北市中山區民生東路二段一四一號十樓
電話：（〇二）二五〇〇—七六〇〇（代表號）
傳真：（〇二）二五〇〇—一九七九
中彰投以北經銷（含宜花東）／楨彥有限公司
電話：（〇二）八九一九—三三六九
傳真：（〇二）八九一四—五五二四
雲嘉經銷／威信圖書有限公司　嘉義公司
電話：（〇五）二三三—三八五二
傳真：（〇五）二三三—三八六三
南部經銷／威信圖書有限公司　高雄公司
客服專線：〇八〇〇—〇二八—〇二八
電話：（〇七）三七三—〇〇七九
傳真：（〇七）三七三—〇〇八七
一代匯集／香港九龍旺角塘尾道六十四號龍駒企業大廈十樓B&D室
電話：（八五二）二七八三—八一〇二
傳真：（八五二）二七八二—一五二九
馬新經銷／城邦（馬新）出版集團　Cite(M)Sdn.Bhd.
E-mail：Cite@cite.com.my
法律顧問／王子文律師　元禾法律事務所
台北市羅斯福路三段三十七號十五樓
二〇二〇年八月二版一刷

■中文版■

郵購注意事項：
1. 填妥劃撥單資料：帳號：50003021戶名：英屬蓋曼群島商家庭傳媒(股)公司城邦分公司。2. 通信欄內註明訂購書名與冊數。3. 劃撥金額低於500元，請加附掛號郵資50元。如劃撥日起 10～14日，仍未收到書時，請洽劃撥組。劃撥專線TEL：(03) 312-4212 ・ FAX：(03) 322-4621。E-mail：marketing@spp.com.tw

國家圖書館出版品預行編目資料

斬首循環 藍色學者與戲言玩家 / 西尾維新 著 ; 譯.--1版.
--臺北市：尖端出版, 2020.08
面 ; 公分.--(浮文字)
譯自:クビキリサイクル 青色サヴァンと戯言遣い
ISBN 978-957-10-8932-4

861.57 109004973